怀想中大

（增订版）

陈平原 著

中山大学出版社
·广州·

版权所有　翻印必究

图书在版编目（CIP）数据

怀想中大 / 陈平原著. —增订版. —广州：中山大学出版社，2022.10

ISBN 978-7-306-07409-6

Ⅰ. ①怀…　Ⅱ. ①陈…　Ⅲ. ①散文集—中国—当代　Ⅳ. ①I267

中国版本图书馆 CIP 数据核字（2022）第 167062 号

出 版 人：	王天琪
策划编辑：	嵇春霞
责任编辑：	林梅清
封面设计：	曾　斌
责任校对：	周昌华
责任技编：	靳晓虹
出版发行：	中山大学出版社
电　　话：	编辑部　020-84110283，84113349，84111997，84110779，84110776
	发行部　020-84111998，84111981，84111160
地　　址：	广州市新港西路 135 号
邮　　编：	510275　　　传　真：020-84036565
网　　址：	http://www.zsup.com.cn　　E-mail：zdcbs@mail.sysu.edu.cn
印 刷 者：	恒美印务（广州）有限公司
规　　格：	787mm×1092mm　1/16　21 印张　263 千字
版次印次：	2022 年 10 月第 1 版　2022 年 10 月第 1 次印刷
定　　价：	88.00 元

如发现本书因印装质量影响阅读，请与出版社发行部联系调换

谨以此书献给中山大学一百周年华诞

（1924 — 2024）

作者简介

图 秦颖 / 拍摄

陈平原 广东潮州人,文学博士,现为北京大学博雅讲席教授(2008—2012年任北大中文系主任)、现代中国人文研究所所长,教育部"长江学者"特聘教授,中央文史研究馆馆员,国务院学位委员会第六、第七届中国语言文学学科评议组成员。2008—2015年兼任香港中文大学中国语言及文学讲座教授(与北京大学合聘)。曾被国家教育委员会和国务院学位委员会评为"做出突出贡献的中国博士学位获得者"(1991);获教育部颁发的第一、第二、第三、第五、第六届高等学校科学研究优秀成果奖(1995,1998,2003,2009,2013),以及第四届王瑶学术奖著作奖(2016)、第四届思勉原创奖(2017)、第十四届文津图书奖(2019)、第五届中国出版政府奖提名奖(2021)等。先后出版《中国小说叙事模式的转变》《千古文人侠客梦》《中国散文小说史》《中国现代学术之建立》《触摸历史与进入五四》《作为学科的文学史》《左图右史与西学东渐》《现代中国的述学文体》等著作三十余种。治学之余,撰写随笔,借以关注现实人生,并保持心境的洒脱与性情的温润。近期出版的随笔集包括《故乡潮州》、《大圣遗音》、《读书是件好玩的事》(增订版)、《怀想中大》(增订版)、《花开叶落中文系》(增订版)等。

我在康乐园完成了精神蜕变
（增订版序）

　　几年前，曾应邀编写《我的八十年代》，连"小引"都完成了，最后还是决定放弃。一来新作不多，必须动用我的其他书籍；二来八十年代的我，一半在中大，一半在北大，写作方向不一致。在那篇未刊的"小引"中，我提及："二十世纪八十年代，那是个神奇的时代。所谓否极泰来，从'文革'废墟中崛起的中国，冲破重重思想及制度的障碍，一举奠定了改革开放的方向、路线与基本格局。那个年代，举国奋起，上下一心，虽也有阴晴圆缺，但在晚清以降一百多年的历史上，这一段是走得最为顺畅的。多年后回望，谈论中华民族的伟大复兴，此等背水一战，最为关键。有幸躬逢其盛，虽从未有'弄潮儿向涛头立，手把红旗旗不湿'的经历，但所见所闻、所思所感，多少也能见证这个伟大的时代。一个普普通通的人文学者，生活在如此风起云涌的大时代，其故事居然也能活色生香。这不禁让人驰想，一旦风起了，

什么样的动物都能飞,差别只在距离的远近以及时间的长短。"

作为一名七七级大学生,回望当年的恢复高考以及校园生活,真的恍若隔世。"说出你我的故事",辨析我们的光荣与梦想、机遇与局限,构成了第一辑"时代记忆"。这其实是删繁就简的"我的八十年代"。最想说的,还是那句话:"至于因缘凑合,八十年代登上历史舞台的七七、七八级大学生,普遍有较大的表演空间,但其业绩也不该过分放大";"'八十年代'能否以比较健康的姿态进入历史,某种意义上,取决于我们这代人的视野、胸襟与见识"(《遥望八十年代》)。

当初设想在改革开放四十周年的历史时刻,编成一册小书,谈论早就消逝的八十年代,当然是别有幽怀。在我看来,单就精神饱满与勇于开拓而言,八十年代最值得缅怀。不过,个人的那点可怜的小故事,只有附着于这个伟大的时代,方才值得再三讲述与玩味。只是在一次次讲述中,很多人会不自觉地添油加醋,越说越详细,越说越神奇,最后连自己也都信了。谈论八十年代,我缺少现成日记,也没能"上穷碧落下黄泉,动手动脚找东西"。我相信钱穆说的:"能追忆者,此始是吾生命之真。其在记忆之外者,足证其非吾生命之真。"(《师友杂忆·在台定居》)这话很有哲理,只是须略为修正:有些蕴藏在心里的关于个人以及时代的话,暂时不合适说出来,与其吞吞吐吐,或歪曲变形,不如不说。这样也好,不是重要人物,也没多少戏剧性,装也装不好,不如琐琐碎碎,如实道来,说不定另有一番风采。文章并非一气呵成,其思考与表达,必定带有撰文时的时代印记。这就要求读者思绪活跃,在八十年代、写作时间以及当下情势三者之间不断穿越。

在本书所收《失落在康乐园的那些记忆》的"附记"中,我谈及了如何拒绝"伟大"或"有趣"的诱惑:"对于有机会且有权力发表回忆文字的人来说,除了战胜自家的虚荣心,还得抵御公众的好奇心——后者的'殷切期待'本身就是一种巨大的压力。"记得有一次接受采访，记者问我在刚听闻"四人帮"被打倒时，是否十分激动。我说没有，因那时我在乡下，信息闭塞，根本不知道北京城里谁好谁坏，谁英明谁无能谁臭狗屎。习惯于今天拥护、明天打倒，从来都是敲锣打鼓庆祝"伟大胜利"，已经完全麻木了。我属于后知后觉，上大学后，才逐渐了解"文革"中错综复杂的政治斗争，以及打倒"四人帮"的伟大意义。基于此切身体会，追忆往事时，我尽可能忠实于自己的记忆，努力还原历史现场，拒绝为了配合演出而事后诸葛亮。

相对来说，第二辑"我的大学"最有辨析度，因恰逢恢复高考制度以及改革开放大潮，我们这一代是"有故事的"，就看能不能讲好。关于自家高考故事，以及七七、七八级大学生的校园生活，我多次接受媒体专访，如《中大学生、北大教授陈平原谈77、78级现象：我们的苦与乐》(初刊于《南方日报》2002年5月5日，收录于拉家渡主编《八二届毕业生》，广州出版社，2003年)、《1977恢复高考，我的命运我做主》(《文史参考》2011年第12期)、《"我在中大康乐园完成了精神蜕变"》(《广州日报》2013年5月22日)、《老同学陈平原吴承学忆昔思今话高考："觉得自己真的是走在希望的田野上"》(《南方日报》2017年6月6日)、《陈平原：77、78级大学生是在一个不幸的时代找到了一个好位置》(《南方都市报》2017年7月6日)、《陈平原：下一代会比我们做得更好》(《财新周刊》2017年7月10日)。2017年6月6日凤凰网推送的答问《陈平原：恢复高考的最大意义是给年轻人希望》，日后整理成文，改题《那是决定自己命运的关键时刻》，初刊于《北京青年报》2017年12月29日，收录于《参事馆员见证改革岁月》(人民出版社，2019年)等。至于网络上广泛流传的《回望恢复高考时》，并非原作，而是有心人根据我的文章及答问拼接而成。

与恢复高考制度紧密联系在一起的，是我那篇刊登在《人民日报》上的高考作文。除了撰写《永远的"高考作文"》，接受专访时，我多次被问及此话题。这还只是故事的开端，其后的逐步展开，更是大大出人意外。我在《故乡潮州》（商务印书馆，2022年）的后记中补充了后半段，且强调："一篇高考作文，竟有如此魔力，诸多戏剧性变化，乃大时代的投影。不是我特别能干，而是当代中国史叙述需要这一笔。"

第三辑"师友情谊"题目显豁，也最为用力，只是此等话题适合于任何时代、任何大学，且"丹青难写是精神"。谈论董每戡先生，乃应邀撰序，"算是一位后学的读书笔记"；其他各篇，都是怀人文章。怀人文章其实不太好写，在虚与实、情与理、文与史之间，须保持必要的张力。其中吴宏聪、陈则光、饶鸿竞三位先生是我在硕士阶段的指导教师，相对比较熟悉，感情也最为深挚，只可惜几篇文章写于不同时期（最早的1992年，最迟的2021年），风格迥异。穿插其中的《吴宏聪与西南联大的故事》有点特殊，目的是推介吴先生的《向母校告别》及相关照片。二十年前，此文初刊《中华读书报》时，先生很得意，开玩笑说"以附骥尾"。

第四辑"校园文化"主要收录我在中大的演说或与中大相关的文章。前年十月，在京接受《百年中大·薪火相传》口述史小组的访谈，被问及"在关于中山大学校园的记忆中印象最深的是什么？在中山大学就学，对您影响最大的是什么？"我的回答如下——

作为恢复高考后的首届大学生，我们与中大一起复苏，目睹思想解放运动的酝酿与展开。具体到自己的小环境，中文系同学在系领导支持下，创办《红豆》杂志，我不是主事者，但积极参与。至今翻阅保存完好的那七期杂志，还是很感动的。从第一期的周扬题词、楼栖教授的《代发刊词》，到第七期封底的出版日期1980年12月、工本费三角五分，还有众多同学的作品，很容易触摸那个时代的思想与文化氛围。

多年没有读书或教书的机会，终于否极泰来，同学与老师密切配合，那种欣欣向荣的局面，至今记忆犹新。多次搬家，留存的笔记极少，不知为何，古代文学的课堂笔记未丢失。翻阅开来，1979年9月13日卢叔度老师开讲《诗经》，1980年2月28日黄天骥老师开讲魏晋隋唐文学，1980年9月6日苏寰中老师讲北宋文学，至于南宋及元代文学由吴国钦老师讲授，教明清文学的则是刘烈茂老师。因专心听讲，我的笔记不是很详细，同学中笔记比我精彩的大有人在。

1984年初夏，我硕士毕业，北上求学，黄海章先生为我书成《重题燕子龛遗诗》三章。其中"花开花落浑闲事，流水高山自写心"的襟怀，我在《花开花落浑闲事——怀念黄海章先生》（1993年）中曾提及。今年夏天，黄天骥先生给我写了一幅字，把我和妻子的名字都嵌在里面，让我很感动："平原跃马任扬鞭，万里江山欲占先。忽睹青峦分曙色，晓虹彩绕碧云天。"

中大七年，不仅长学识，而且养性情。我日后到北大念博士，主要业绩确实是在燕园取得的。但我多次提及，我的精神蜕变是在中大完成的。记得八十年代后期，有一专访，谈我初到北大有点自卑，在未名湖边徘徊。那时我在国外，妻子替我审稿，将这一段一笔勾去，说：你不晓得，他进北大气很壮，一点都不自卑。那种底气，是在康乐园养成的。

这篇未刊的口述史,最后一问是:"中山大学马上就要建校一百周年,巨变的中大让我们看到了一个巨变的时代和国家,您对百年母校想说点什么吗?"我的回答是——

中大办在广东,除了必不可少的国际视野与中国情怀,还有就是与地方文化氛围相激荡。整个广东乃至大湾区的风格,若用一句话来概括,那就是"生猛且务实",关键在这个"且"字。务实而不保守,生猛而不莽撞,靠的是认清二者之间的张力,把握好分寸。少喊口号,多做实事,胸有大局,稳扎稳打,下一个百年,中大肯定能达成自己的目标。不过在我看来,比起"迈进世界一流大学行列",更重要的是,为当代中国经济建设及文化复兴做出重大贡献。这种写在祖国大地上的文章更值得期待。

这就说到近年的热门话题:粤港澳大湾区建设;如何在政治与经济之外,兼及教育及文化。这方面,中大乃近水楼台,完全可以大有作为。本书收录的《岭南文化的新变与大湾区的未来》,好像是说开去了,其实别有深意。

虽然十几年前就写过《深情凝视"这一方水土"》(《同舟共进》2006年第4期)、《岭南文化如何"步步高"》(《广州日报》2013年4月16日)等,但我并非粤港澳大湾区研究的专家,只不过作为广东人,自觉有义务为大湾区呐喊助威。2021年9月,我在广州的楠枫书院和我中大的老师黄天骥先生合作做了一场很好的对话,讲生猛的、务实的广东,以及包容的、交融的岭南文化等;11月,广州举行"粤港澳大湾区(广东)文史论坛",我因疫情无法参加,录制视频在会议上播放,也是讲岭南文化和大湾区的未来。但所有这些演讲,其实根源于2020年11月底，我应深圳市南山区委的要求，为南山区的中层干部做的专题演讲，题为《岭南文化的蜕变与新生》。

这就说到，多年来我虽主要生活在北京，但一直在观察广州、香港、深圳这三座国际性大都市的崛起与演进——"在这么小的一个地区，集中三座同样有岭南文化基因的大都市，形成三足鼎立的局面，如此壮观景象，让人浮想联翩——三城间能否真诚合作、携手前行，以致好戏连台？"（参见《"三足"能否"鼎立"——都市文化的竞争与对话》，《南方都市报》2011年11月18日）。这才能理解，为何讲述中大的书籍，会收录一则略显离题的《我与深圳的文化因缘》。这里的潜在思路，不局限于"三校区五校园"的办学格局，而是中大该如何借助国家的大湾区发展战略，实现真正的腾飞。

八年前，为庆祝中山大学建校九十周年，我请花城出版社刊行了《怀想中大》初版本；如今，临近母校一百周年庆典，我调整思路，增加了十七篇新作，删去已入他集的《六位师长和一所大学——我所知道的西南联大》，并将此增订版交给中山大学出版社出版。依旧还是随笔集，长长短短，略表心意而已。

书中所收各文，凡与他书重叠的，以此为准，而在其他各书修订时删去。唯一的例外是《永远的"高考作文"》，为纪念我在乡下苦读的日子，感谢生于斯长于斯的故乡，编印《故乡潮州》（商务印书馆，2022年）时允许重收。也有一些涉及中大的文章，如《政治家的教育梦——孙中山关于教育的六次演说》《烽烟不绝读书声——中山大学档案中的徐中玉》《潮剧史小引》《岁末怀故人》等，放在他书更合适，这里就不再收录了。

2022年3月9日初稿，3月19日修订于京西圆明园花园

我的"中大故事"

（初版序）

北大百年校庆时，我出版了《老北大的故事》及《北大旧事》（与夏晓虹合编），对于当代中国的"大学论述"，起了不小的作用。记得上世纪末的某一天，我到康乐园拜见吴宏聪老师，吴老语重心长地说，你要记得自己是从康乐园走出去的，将来有机会，可为中大也写一本书。说着说着，口气逐渐变了，"可以"成了"必须"。当初我是漫而应之，后来越想越觉得有道理。不仅是古人常说的"滴水之恩，当涌泉相报"，而且我确实是在中大完成了基本的学术训练以及精神蜕变。

基于此，最近十几年，虽东奔西跑，忙得不亦乐乎，凡中大要我做的事，我都尽力而为。有的从容应对，如参加母校组织的各种学术会议；有的则不堪重负，如出任中大北京校友会会长。因缘凑合，也会为中大写点文章。不过，着眼点不是"校史"，而是我的老师、我的同学、我的校园、我的青春……如此"偶一为之"，更多的是出于个人兴趣，而非所谓的"社会责任"。直到前些天半夜醒来，忽然想起，今年是中大建校九十周年，自己"必须"有所表示，这才有点慌张。

我在《校友与大学文化》中提及："过去走江湖卖艺的，总喜欢说：有钱出钱，无钱出力，没钱没力的，捧个人场。不失时机地为母校'叫声好'，这也是一种贡献。"对于我来说，为母校捐款建大楼，犹如"挟泰山以超北海，此不能也，非不为也"；至于"叫声好"，在我能力范围之内，故乐此不疲。

写专书来不及了，想来想去，只好从过去刊行的若干散文随笔集中，挑挑拣拣，凡涉及中大的均入围，也就十多万字，刚好印成一册小书。因书中各文曾先后进入《书生意气》（1996年）、《北大精神及其他》（2000年）、《茱萸集》（2001年）、《当年游侠人——现代中国的文人与学者》（2006年）、《大学有精神》（2009年）、《当代中国人文观察（增订本）》（2010年）、《读书的"风景"——大学生活之春花秋月》（2012年）、《京西答客问》（2012年）、《花开叶落中文系》（2013年），还有即将由香港三联书店和北京三联书店分别刊行的《大学小言——我眼中的北大与港中大》，不好意思重复收录。本想自费印行，作为礼物赠送学校及我的前后同学，可朋友们提醒，按相关规定，若是自费印刷，邮寄很困难，连图书馆也不能收藏。于是，只好略为变通，说服自己，这是一本为母校生日"特供"的"自选集"。

书分三辑，第一辑从一名七七级大学生的视角，谈我如何进入大学校园，怀想三十年前的读书生活，捡拾那些失落在康乐园的记忆。第二辑怀念师长，关于黄海章、董每戡、陈则光、吴宏聪的几篇题目显豁，需要说明的是，《"爱书成癖"乃书生本色》一文以鲁迅为主，只是兼及饶鸿竞；至于徐中玉虽早年在中大念书、教书，日后成名主要在上海的华东师大。第三辑收录四篇我在中大的演说辞，与专业论述不同，此类"友情出演"，有严格的时间限制，反而必须精心准备。

这回的"即兴演出"，实在仓促，各文之间缺乏呼应，且有重叠

处。希望中大百年校庆时,我能奉上像样一点的礼物。若真能实现,这册小书,便是宋元说书人口中的"得胜头回"。

2014 年 1 月 23 日于京西圆明园花园

目　录

第一辑　时代记忆

未必"永远"的记忆　　　　　　　　　　　／2
　　——《永远的 1977》序
我们和我们的时代　　　　　　　　　　　／11
说出你我的故事　　　　　　　　　　　　／17
　　——致七七、七八级的兄弟姐妹们
遥望八十年代　　　　　　　　　　　　　／25

第二辑　我的大学

我的大学第一课　　　　　　　　　　　　／68
永远的"高考作文"　　　　　　　　　　／71
从《红豆》到"学刊"　　　　　　　　　／76
怀想三十年前的"读书"　　　　　　　　／98
失落在康乐园的那些记忆　　　　　　　　／108
我回母校讨诗笺　　　　　　　　　　　　／133
从中大到北大　　　　　　　　　　　　　／142
我的大学梦　　　　　　　　　　　　　　／148

第三辑　师友情谊

花开花落浑闲事	/ 156
——怀念黄海章先生	
一位后学的读书笔记	/ 166
——《董每戡集》序	
此声真合静中听	/ 178
——怀念陈则光先生	
"爱书成癖"乃书生本色	/ 186
那张唯一的合影找到了	/ 190
——纪念饶鸿竞先生诞辰一百周年	
为人师者	/ 201
——在吴宏聪教授从教五十五周年纪念会上的发言	
吴宏聪与西南联大的故事	/ 205
——吴宏聪先生的《向母校告别》及相关照片	
格外"讲礼"的吴宏聪老师	/ 215
我的中大师兄	/ 222
学问之外的教授	/ 227
——《李炜教授追思集》序言	

第四辑　校园文化

不该消失的校园风景	/ 236
——《走近中大》序	
校友与大学文化	/ 245
民族自信与文艺复兴	/ 253
"做大事"与"做大官"	/ 258

收藏校友的足迹	/ 263
我为什么常回母校走走	/ 268
"摸着石头"办大学	/ 272
大学如何接受监督	/ 275
制度创新的可能性	/ 278
"大亚洲"的理想与现实	/ 281
中大的校魂	/ 284
南国学人的志趣与情怀	/ 290
——读黄天骥教授近著四种	
岭南文化的新变与大湾区的未来	/ 307
我与深圳的文化因缘	/ 313

第一辑

时代记忆

未必"永远"的记忆

——《永远的1977》序

近些年,因谈论改革开放的成绩、怀想邓小平的功业、报道八二届大学生(七七、七八级)的返校等,事件本身(1977年冬天,邓小平果断决策,恢复中断了十年的高考)透明度极高,可谓家喻户晓。体现在书刊中,便是该说的都说了,几近"题无剩义"。好在此事件既代表着新时代的到来,也牵涉到一大批年轻人的命运。因此,宏大的历史叙事,一转就成了琐细而温馨的私人记忆。

没错,1977年的恢复高考,改变了很多人的生命轨迹。对于当事人来说,这是永远无法抹去的记忆。听闵维方说到"每当回想起1977,我总是百感交集;每当谈起1977,我总有说不完的千言万语";或者听刘学红提及"没想到,30年前那一次具有历史意义的高考,不仅改变了我的人生命运,还在我的身上留下了如此多的特殊印记,以至于成为我一生都难以摆脱的一种情结"(引文均见本书,下同),你很容易体会到,事隔多年,这些"老学生"对那个特殊年份的一往情深。那是他们个人命运的转捩点,没有这个"一阳初始""万象回春",也就没有日后应接不暇的鲜花与掌声。在这个意义上,对于这一代人来说,"1977"这个年份,确实具有永恒的意义。

问题在于,哪代人没有自己的油盐酱醋、喜怒哀乐,为何本书的当事人,可以如此理直气壮、大张旗鼓地讲述自己那些平凡的往事?须知,在一个流行"颠覆"、怀疑"崇高"的时代,此举很容易被解读为"过度自恋"。不过,读者也可能放七七级大学生一马,通达地看待他们的怀旧。原因是,就在"1977"这个节骨眼上,国家命运与个体经历高度重合,读者不妨小中见大,借此体会30年前的斗转星移:"30年过去了,再次回望1977年的高考,我们会发现它是一个历史性的标志,是国家后来一系列变革的开端,而这样的标志和开端,也同样适用于我们每一个走过1977年高考的人。"(张维迎)在"大时代"的波涛汹涌与"小人物"的悲欢离合之间,建立某种联系,这是一种古老而有效的叙事策略。更何况,对于七七级大学生来说,这种联系是如此紧密,以致你想摆脱都摆脱不掉。对此,杨国荣有清醒的认识:"77级学生的取向、观念,在某种意义上渐成为一种心理定势。它不仅体现于四年的大学阶段,而且延续至后;即使在具有休闲性质的生活中,仍不难注意到这种影响。"

就像跳舞一样,只要合上了节拍,你怎么扭都行;反之,则很可能吃力不讨好。今日中国,谈论1977年的恢复高考,是一件"合上了节拍"的雅事。除了事件本身的重要性,还有"30年"这必要的时间长度,再加上当事人如今大都成了社会中坚,使得这一回的"追忆逝水年华",基本上是雨霁波平,碧空如洗。比起"反右倾"运动五十周年,或全面抗战爆发七十周年,"恢复高考"这个话题,明显平静、温柔、

离开山村前夕（1977年12月）

雅致多了。既没必要左躲右闪，也不存在什么"地雷"，尽可高歌猛进。

可也正因为是"一马平川"，大家的意见差不多，这文章反而很不好做。我认同南帆的看法——"30年的光阴却让我更加真实地掂量出这场考试的分量"，我也赞成徐友渔的意见——"1977，这是一个神奇的年份，一个值得回味和反思的年份"；问题在于，如此文章体式，如此书籍篇幅，能否很好地体现"这场考试的分量"，以及如何落实当事人对于历史事件的"回味和反思"？

任何特殊年份的"分量"，都是靠当事人（及后来者）不断的"回味"与"反思"，才逐渐在历史书写中站住脚，并为后世所"体认"与"记忆"的。在这个意义上，七七级大学生借入学三十周年这一契机，追忆那个红红火火的大转折年代，完全可以理解。匆匆赶路者，无暇顾及路边的闲花野草；三十年过去了，当初幸运地跨过高考门槛的年轻人，如今大都功成名就，确实是到了"讲故事"的时候了。更何况，这些故事还有个冠冕堂皇的"总题目"，那就是——"与中国的改革开放同行"。

对于如此"阳光灿烂的日子"之追忆，当然有其历史及审美的价值；但请记得，当年的报考人数为570万，跨过这道门槛的人仅27万，录取率为4.7%。也就是说，每一个"成功者"背后，都有20个落选者。你可以说，条条大路通罗马，考不上大学不要紧，照样可以"广阔天地，大有作为"。可这都是站着说话不腰痛——随着国家政策的"急转弯"，那些没能在随后几年中通过各种考试转换身份的老知青，很容易被甩出高速运行的"时代列车"，成为改革开放的"牺牲品"。对于他们来说，"1977"所代表的，很可能是"永远的痛"。

我相信，当年很多考生都像韩少功那样："对于那次高考能否真正做到尊重知识和公平择优，我一开始十分怀疑。"因为，此前也有过考

试,可"交白卷"的成了英雄,得满分的则很可能政审不合格。半信半疑者,怀着忐忑不安的心情走进了考场;看透世情的,则干脆撒手而去。事后证明,这一回的高考,录取时确实主要看成绩;可"家庭出身不好"、父辈"有历史问题",或年龄偏大等,仍然卡住了不少成绩很好的考生。对于他们来说,1977年"并不是一味的光辉灿烂,挫折、阴影和教训也不罕见"。像陈晓明之没能进入好大学,或者像夏晓虹之作为"走读生"被录取,日后还能凭借自身努力"翻身得解放"。至于那些高考落败(或不屑参与)者,他(她)们根本无缘大学校园,能认可本书的标题吗?

"说起那永远难忘的1977,说起我那至今未圆的大学梦,心中却像打碎了五味瓶,苦辣酸甜咸一起在上下翻腾,真有一种不堪回首话当年的感受。"董国和的这篇《未圆的大学梦》,因与本书原先设定的宗旨不合,险些被删去;是我再三坚持,方才保留下来的。之所以极力主张"破例",是想表达这么一种意念:恢复高考的意义,主要指向国家的否极泰来,而不是个人的得失成败。不这么看,谈"永远的1977",既遗漏了"本是同根生"的七八级、七九级同学,也可能"开罪"那些因各种原因而没能进入大学校园者。

本书的作者,尽管境遇和立场不太一样,但基本都是"恢复高考"这一决策的直接受益者。这就决定了其叙述策略以及自我反省的力度。说全书弥漫着某种"成功人士"的"踌躇满志",不算太刻薄。可这主要不是作者的问题,而是文体的特性决定的——30年后"追忆逝水年华",很容易就走到这一步。那些"落魄江湖"的,或不愿参与其事,或因文章不合时宜而被淘汰,留下来的,必定偏于"春光明媚"。就像托尔斯泰在《安娜·卡列尼娜》开篇说的:"幸福的家庭都是相似的,不幸的家庭各有各的不幸。"相对于落败时的"五味杂陈",获胜时的欢愉反而显得大同小异。并非嘲笑作者"辞不达意",而是因为此类追忆文章大框架已定,若无机密可言,唯一的制胜法宝是"细节"——那些琐琐碎碎的故事,远比作者高瞻远瞩的"宏论"更受欢迎。虽是过来人,我对于考试的具体进程,包括第一天考什么,第二天又考什么,都忘得一干二净,更不要说具体的考试题目了。因此,阅读同代人那些巨细靡遗的"追忆",包括王泉根、沈益兵等人的"高考日记",确实饶有兴味。

比起接到录取通知书时之欢呼雀跃,入学后发生的故事,更值得今人仔细品味。当年的大学校园,百废待举,不如意事常八九,而并非总是"蓝蓝的天上白云飘"。作者们对于大学生活的描述,虽稍嫌理想化了些;但借助他(她)们的追忆,上世纪七十年代末八十年代初北京大学(夏晓虹)、四川大学(罗志田、王岳川)、吉林大学(王小妮)、华南师范学院(李行远)、四川师范学院(吕澎)、南京艺术学院(丁方)、哈尔滨师范学院(杨书澜)等大学的校园生活,还是得到了精彩的呈现。这些支离破碎但异彩纷呈的"片断",对于今人之进入历史,理解那个尚不算太遥远的年代,还是颇有帮助的。这一效果,可能出乎此书编者的意料。

翻阅本书,第一印象是,作者都属"幸运儿",大大得益于新时期的政治变革与社会转型,故谈及"1977"时,感恩多而反省少。知恩图报是好品格,所谓"吃水不忘掘井人"。高度评价邓小平的"拨乱反正",这我完全赞成;尤其是在"两个凡是"甚嚣尘上的时候,能当机立断,借恢复高考制度,得人才也得民心,不愧为大手笔。但如果不局限于具体人事,从制度层面考量,你会发现,此举只是"回归常识"——用整整十年的时间,拐了个大弯,回到原先的轨道。让人感叹不已的是,所谓的"十年浩劫",其起点与终点,竟然都是从"大

《永远的1977》封面

学"打开缺口。教育体制的变更，成了政治家鏖战的疆场，这对于整个民族来说，是一种悲哀。作为受益者，谈论"恢复高考"时，很容易感情用事，越说越神奇，越说越伟大，忽略了此举并非真正意义上的"制度创新"。

当然，这与本书原先设定的目标有关——对于30年前那个激动人心的历史时刻，是"追怀"，而不是"辨析"。因此，本书的趣味，更接近的是"文学",而非"历史学"或"教育学"。这点,单看题目就一目了然。还有一点容易被忽略:本书的作者,以作家和人文学者为主。36位作者(扣除没考上的董君)中,学中文(含新闻)的比例最高,占21席;学历史的次之,有4位;接下来是,学政教的2位,学哲学、教育、经济学、工艺美术的各1位。大学阶段学理科的,只有区区5人;而这"五君子"中,或从数学转哲学(徐友渔),或从医疗转社会学(周晓虹),或从物理转律师(夏廷康),或从农业转经济师(林坚),真正"从一而终"——当初学物理、现在仍是物理学教授的,只有1位(邱建伟)。不用说,这一作者构成,势必影响本书的观察角度与写作策略。

对于往事,"说"是一种权力,"不说"也是一种权力——有时甚至是更大的权力。拒绝"追忆",可能是因为无法发出自己的声音,也可能是为了某种更高利益而刻意保持沉默。面对"1977"这样的话题,在那里絮絮叨叨的,主要是文坛和学界;至于更有力量的政界、军界、商界,基本上都不开口。而对于最近三十年中国的巨大变革,后者无疑更有发言权。可惜的是,他们或无暇、或不屑参与此等文字书写。在这个意义上,"1977"的价值,是否真的"永远",还有待观察。假如真正得益/得意的人"不说",而"沉默的大多数"又找不到表达的机会,你怎么判断本书所讲述的到底有多大的代表性?

如此挑剔,纯属苛求,有谁能承担"全面评述"某一历史事件的重任?正是因为意识到面对"1977",不同阶层的人会有截然不同的反响,我才更多地从侧面及反面立论,预测本书可能面临的质疑。不用读文章,单看书名,你都能想象到,激进的人会讥笑你"怀旧",而冷静的定嘲讽你"滥情",温和的则感叹"生不逢时"。而我则更关注文章的写法——几乎从拜读"征文启事"那一刻起,我就在揣摩可

能遇见什么样的文章,是夹叙夹议的"追怀",还是捶胸顿足的"感叹"?依我浅见,此类"命题作文",天地太窄,没办法像孙猴子那样一个筋斗十万八千里。故与其将本书作为"锦绣文章"还不如作为"文化史料"来阅读、品鉴,借此理解一个消逝了的时代以及一代人的思想感情。

同是七七级,我深知我们这代人的长与短,包括内心深处的"柔软",以及不可救药的理想主义。正因此,我时刻提醒自己,必须学会站在前一代或下一代的立场,多角度地看待自己那未必"真的很精彩"的人生。十五年前,也就是大学毕业十周年,我竟鬼使神差,写下一则短文,题目就叫《永远的"高考作文"》(《瞭望》1992年第38期);不过,那个"永远"并非春风得意,而是自我调侃。五年前,回母校参加毕业二十周年聚会,接受记者采访时,我再三强调,"77、78级不像大家想象的那么'神奇'",这代人的"成功",只是从一个特定角度折射了三十年来中国社会的巨大变迁(参见郭滨《中大学生、北大教授陈平原谈77、78级现象:我们的苦与乐》,《南方日报》2002年5月5日)。这个思路,至今没有动摇——我不希望世人过高估计七七、七八级大学生的成就。所谓"盛名之下,其实难副",戴着高帽过日子,不好受。

谢绝为变幻莫测的"1977"撰写个人记忆,转而阅读、欣赏同代人的文章,我更想借助这一视角的调整,站在史家的立场,来理解、诠释那个特殊的年代。

2007年4月30日于京西圆明园花园

(初刊于《文汇报》2007年5月25日,收录于《永远的1977》,北京大学出版社2007年版)

我们和我们的时代

一个人的命运与某个伟大的历史事件联系在一起，那是很幸福的。因为，你从此很容易"自我介绍"，也很容易让时人或后人"过目不忘"。比如，你只要说自己是七七、七八级大学生，大家马上知道你大致的背景、阅历以及前途等。

不仅生逢其时，而且有机会成为某种意义上的"代表"，这种幸运感，类似于"天上掉下个林妹妹"。不瞒你说，我就有这种感觉。因当年的高考作文《大治之年气象新》登在《人民日报》上，以致每当新闻界、文化界或历史学家需要追怀改革开放如何起步，以及恢复高考的戏剧性场面，我经常被要求"配合演出"。时至今日，还不时有同龄人或对当代中国历史感兴趣的后辈，用欣羡的口气向我提及此事。这确实"很光荣"，可同时也是一种尴尬，仿佛自己从此被定格，很难再有大出息。二十年前，我写过一则短文，题为《永远的"高考作文"》（《瞭望》1992年第38期），嘲笑自己再也写不出比"高考作文"更有影响力的文章了。

　　考场上的作文，再好也好不到哪里去，怎么能登上中共中央机关报《人民日报》呢？你只能从"文革"刚刚结束、整个中国百废待兴这个角度，才能理解我的不虞之誉。其实，不仅是我个人，我们这一代都面临相同或类似的处境。当初惊天动地的大变革，今天看来不过是"恢复常识"而已。换一个历史时空，上大学无须经过严格的"政治审查"，这有什么好激动的？再过百年，那些子孙后代们，肯定觉得我们很奇怪，唠唠叨叨大半天，说的就这么点芝麻小事。只有设身处地，才能理解我们当初的激动，以及日后为何不断追怀这个决定自己命运的"关键时刻"。

　　也正因此，我们很容易在有意无意中夸大了自己的感受，以为全世界人民都跟我们一样，特别看重"恢复高考"这件事。五年前，为了纪念这个"伟大的历史时刻"，北京大学出版社编辑并刊行了《永远的1977》一书，我为此书撰写了题为《未必"永远"的记忆》的序言，提醒大家注意："本书的作者，尽管境遇和立场不太一样，但基本都是'恢复高考'这一决策的直接受益者。这就决定了其叙述策略以及自我反省的力度。说全书弥漫着某种'成功人士'的'踌躇满志'，不算太刻薄。可这主要不是作者的问题，而是文体的特性决定的——30年后'追忆逝水年华'，很容易就走到这一步。"

　　对于如此"文体的规定性"，最近我又有了新的体会。2012年6月30日，我和另外两位朋友合作，在北京的欧美同学会举办了"'中国梦'回顾与展望论坛"，副题是"纪念77、78级毕业30周年"。此论坛筹备了半年多，中间起起伏伏，好几次我要求退出，都被劝阻了。不是人事上闹矛盾，也不是经费问题，而是我担忧论坛主旨不清晰：到底是怀旧、是自我表扬，还是从政治史、思想史、教育史的角度审视"这一代"的得失成败？我的愿望当然是后者，而实际效果呢，很可能是前者。

会前一天，我在《南方都市报》上提及我的基本立场："77、78级的大学生是天之骄子。我们得益于改革开放的时代，是时代的受益者。我们赶上了干部年轻化，赶上了社会转型。我们从那么低的地方起步，走过来是不容易的，但从历史角度看来，并不因我们走来不易就获得很高评价。我们要警惕过分地自恋，清醒认识到自己在历史中的作为。"（王晶：《陈平原：我们要进行全面的反思，未来如何走？》，《南方都市报》2012年6月29日）会还没开呢，就提"警惕过分地自恋"这样的丧气话，那是因为我已预感到，"自我表彰"将成为本次会议的主调。因为，我们请的都是"成功人士"。

事情过后，我终于想通了——"学术性"与"纪念性"本就是两回事，几乎是鱼与熊掌不可兼得。当初的莘莘学子，如今成了各行各业的"领军人物"，借毕业三十周年的机缘欢聚一堂，有何不可？谁让你把事情想得那么伟大？不就是一次聚会嘛。若这么定位，更合适的组织形式应该是以学校或院系为单位，彼此之间互相熟悉，多少总有点"情意结"。

记得十年前，中山大学举办过类似活动，我专门从北京赶去参加，还接受了《南方日报》记者的专访。针对所谓的"77、78现象"（即"这两级学生无论是从事学术研究，还是从政、从商，大都取得了相当出色的成就"），我的回答是："77、78级大学生基本上都是从社会底层摸爬滚打走过来的，是中国教育史上成分最复杂、年龄跨度最大的一群。他们在时代转折关头进入大学，具有自我审视的能力，学习比较认真，也取得了一定成绩，如此而已。""其实，77、78级不像大家想象的那样神奇，他们的成绩被放大了。"（郭滨：《中大学生、北大教授陈平原谈77、78级现象：我们的苦与乐》，《南方日报》2002年5月

5日)这么说,并非妄自菲薄;在我看来,这代人的"成功",只是从一个特定角度折射了三十年来中国社会的巨大变迁。十年后重读这篇专访,其基本立论还是站得住的。

之所以自我评价不是特别高,是因为我心中另有一把尺子,那就是1916、1917、1918级的大学生。五四运动爆发那一年,北大中国文学门(系)三个年级的学生,合起来85人,日后常被提及的有:1916级的傅斯年、许德珩、罗常培、杨振声、俞平伯;1917级的邓康(中夏)、杨亮功、郑天挺、罗庸、郑奠、任乃讷(二北);1918级的成平(舍我)、孙福源(伏园)等。"要是你对现代中国政治史、文化史、学术史略有了解,你就明白这一名单的分量。"(陈平原:《"中文教育"之百年沧桑》,《文史知识》2010年第10期)单就人数而言,参与五四运动的北大国文系这三个年级的学生,与中大中文系或北大中文系七七级的规模不相上下。可两相对照,无论北大还是中大,都再也拿不出如此辉煌的名单。

我曾提及:"对于当事人来说,曾经参与过五四运动,无论在京还是外地,领袖还是群众,文化活动还是政治抗争,这一经历,乃生命的底色,永恒的记忆,不死的精神;毋须讳言,这也是一种重要的'象征资本'。"(《"少年意气"与"家国情怀"——北大学生的"五四"记忆》,《光明日报》2010年5月4日)对于七七、七八级大学生来说,何尝不是如此。上大学时,社会对我们殷切期待;走上工作岗位后,又获得了绝好的发展机遇。如此幸运,难怪我们对自己身上的"徽记"念念不忘。

"五四"一代和七七、七八级大学生不一样,前者的"光荣和梦想"是自己争来的;我们的"幸运",则很大程度是时代给予的。日后被提及,人家是历史的创造者,我们则是大转折时代的受益者。也正因此，在随后漫长的岁月里，"五四"一代有能力在一次次饱含激情与深情的追怀与叙述中，或多或少地延续了其青年时代的梦想与追求，或强或弱地挑战着当时的主流思想。而七七、七八级大学生则习惯于颂扬邓小平的英明决策，还有就是夸耀自己如何因参加高考而"翻身得解放"。

说实话，我们都是幸运儿，从那么低的地方起步，一路走来，跌跌撞撞，但因踩上了大时代的"鼓点"，于是显得有板有眼。有人从政，有人经商，有人搞实业，有人做学问，三十年后盘点，我们到底成功了没有？答案五花八门，因为这取决你设定的标准。想当初，我们在康乐园里指点江山，看不惯社会上诸多先辈的保守、平庸、专横、贪婪、碌碌无为，驰想将来我辈掌权，将是何等光明的新世界！而如今台面上的"重量级人物"，无论政治、经济、学术、文化，很多都是七七、七八级大学生，但那又怎么样？比起此前此后的各届大学生，我们处在"出击"的最佳位置，那么好的历史机遇，是否将自家才华展现得淋漓尽致？扪心自问，言人人殊。

毕业三十周年聚会，除了热泪盈眶，怀念母校，感谢老师，祝福同学，还能说些什么？若你不满足于鞠躬、谢幕，希望对早已失落在康乐园的"青春"有所回应，建议诸位在各自专业以及精神史的高度，重新审视"我们这一代"——到底取得了哪些值得夸耀的成绩，错过了哪些本该抓住的机遇，留下了哪些无法弥补的遗憾。今天的我们，已过了"天高任鸟飞"的时节，但认真反省自家走过的历程，将其作为思想资料，留存给学弟学妹们，这是一种"贡献"——当然，也是一种"乐趣"。

（此文据作者 2012 年 6 月 30 日在北京欧美同学会会所举办的

"'中国梦'回顾与展望——纪念77、78级毕业30周年"论坛以及9月22日在全国政协礼堂举办的"芳草有情、岁月如歌——中山大学建校88周年暨77、78级毕业三十周年北京庆祝酒会"上的发言改写而成）

（初刊于《同舟共进》2012年第12期）

说出你我的故事

——致七七、七八级的兄弟姐妹们

这些年，在不同场合听到后辈们对于七七、七八级大学生的评价，有说了不起的，有说很一般的，也有说大失所望的。所处位置不同，衡量标尺各异，加上说话人往往有自家的关怀，故做不得准。

贡献大小其实很难说，但我们绝对是"有故事的一代"。比起此前此后的大学生，我们大都有独特的经历与感受，单是那个充满戏剧性的恢复高考，以及同学年龄相差一半，还有课程设置随风转向，就能把后生小子侃得晕头转向。更不要说躬逢时代变化、社会转型，四十年风雨兼程，我们留下了多少可歌可泣、可气可恨、可悲可悯的故事。当下的普通民众，以及后世的历史学家，肯定会对我们的故事感兴趣的。与其让那些不太知情的好事者胡乱编造，吹到天上或踩在脚下，还不如以口述或文章的形式，自己给自己勾几笔，留一幅几分神似的画像。

四十年前,因为特殊的机缘,你我陆续走进关闭了十一年的考场。我们都承认,那是国家政策调整的结果,单靠个人努力,绝难闯过对我们来说这辈子最为艰难的关卡。闯过去了,海阔天空。但若没有这个机会,那将是完全不同的另一种命运。正因此,我多次提及,七七、七八级大学生是邓小平改革开放路线的坚定拥护者。除了政治判断,还有切身感受,我们知道那时中国的状态,以及突围的可能性,不会被各种花里胡哨的言论迷惑。

还记得1977年10月21日《人民日报》,那天的头版头条是《高等学校招生进行重大改革》。自此,你我的命运发生突变。12月,天很冷,我们走进了考场;第二年2月,花未开,我们步入了大学校园。一切似乎顺理成章,但又像在梦中神游。我曾为北大版《永远的1977》写序,提醒大家要记得那些跟我们一起走进考场而不幸落第者,他们在日后的社会转型中,需要付出更大的努力与代价。七七级录取27.3万人,考生是570万;七八级录取40.2万人,考生则有610万。不管怎么说,我们都是幸运儿。不难设想,高考制度再晚几年恢复,我们中很多人就没有这个机会了。上大学得益于政策改变,找工作又何尝不是如此?赶上了干部年轻化大潮,很多同学"小荷才露尖尖角",立马受到重用。看看今天无数学士、硕士、博士找工作的焦虑,以及入职后的拼搏,我们这代大学生是何等的幸运!

除了是"有故事"的"幸运儿",我们曾经很努力、能合群、师生融洽、不太世故,还是中国改革开放历史的见证人。自己给自己戴那么多帽子,好玩吗?是的,好玩,且听我逐一分解。

你我同学中,大多有上山下乡的经历,劳动不忘读书,这才能够在国家政策改变的瞬间,抓住这很可能是最后的机会,闯进那道刚刚重新开启的狭窄的大学之门。在这个意义上,你我即便不算很聪明,起码也不笨，而且好学。只是受大环境制约，我们当年的学识实在低得可怜——英文是从 ABC 学起，这让"见多识广"的儿孙辈笑破了肚皮。很多人没上过中学，直接从"文化大革命"（简称"文革"）前的小学跳到了"文革"后的大学。不说学历不完整，即便混了张文凭的，也未必认真读书——那是我们这代人很难避开的遗憾与悲情。但可以骄傲地说，七七、七八级大学生很有韧性，就像一棵树，被强力扭曲了好多次，居然还能弹回来，挺直腰杆，活得还有模有样，这实在不简单。在如此低的地方起步，凭借师长指导与自家努力，四年苦读获得的不仅是具体的学识，更重要的是"学习"的能力，这才能在毕业后不断自我调整，紧赶慢赶，在"到站下车"前，多少做出点成绩。

走出插队的山村，洗净泥腿，步入窗明几净的大学教室，说实话主要得益于国家政策调整。但进入学校后，迎接的每一缕晨光，以及毕业后迈出的每一个脚步，却都是我们自己完成的。因自觉前途一片光明，心无旁骛读书，四年间稳坐教室、图书馆与实验室。当初只道是平常，日后阅历渐多，方才明白这种宁静安谧的心境，放在中国历史上，其实是很奢侈的。乍暖还寒时节，有很多不如意的事情，可我们的校园生活丰富多彩，一点不比今天的学弟学妹们差。后人或许会嘲笑我们多少延续了"文革"时期的思维惯性，志气高而学问少，机遇好而能力小，有点辜负了当初入学时社会寄予的巨大希望。可我们确实努力过，不敢说始终引领风骚，但经过多年的自我调整，大致跟得上时代的步伐，掉队的并不多——哪一代人都是良莠不齐，我们起码成材率高。

比起此前此后的大学生，我们最不像一代人——坐在同一个教室，小的十五六，大的三十几。可实际上，我们最合群，且有强烈的"代"

的感觉。在大学里教书，深知学生们喜欢划"代"，几年便是一茬。都说是隔代，其实差别没那么大。哪像我们，因特殊的机缘走到一起，即便立场、学问及趣味差别很大，也都能互相容忍。一个宿舍六七人，当然会有隔阂与吵闹，但没听说有拍砖打架的，更未闻"谢同学不杀之恩"那样的冷笑话。在校时格外珍惜难得的读书机会，且紧紧抓住青春的尾巴，荡了好几回秋千；毕业后更是彼此挂念，方便时还互相照应。不能说没有矛盾，但那时的大学校园，比现在安静多了，基本上各自读书。最多评个三好生或选个班干部，没多少"油水"，并不是非争不可的。哪像今天，一些同学之间的竞争几乎白热化，分毫不让，寸土必争，因牵涉那么多真金白银，以及留学或推免（推荐免试就读研究生）名额。"重奖之下"，确实"必有勇夫"；可众多勇夫之间，如何友好相处，是个难题。或许正因为我们当初竞争不激烈，没听说告黑状、布陷阱、打小报告之类的丑闻，才留下彼此都是谦谦君子的好印象。

　　同学相处友好，师生关系更是融洽。多年后回母校，常被老师们表扬：教了这么多年书，就数你们七七、七八级最好。这里的"好"，如果指学习态度，那我承认；如果说水平，则不见得。为了撰写《失落在康乐园的那些记忆》（2012年），我曾调阅当年的课程表，翻看当初的课堂笔记，结论是"很不理想"。关键是刚从"文革"的"噩梦"中醒来，师生都心情舒畅，彼此互相体谅，也互相欣赏。这种其乐融融的校园生活，只有抗战中的西南联大等可比拟。1948年，冯友兰撰写《回念朱佩弦先生与闻一多先生》，谈及西南联大时期"中国的大学教育，有了最高底表现"；关键就在于"教授学生，真是打成一片。……那一段的生活，是又严肃，又快活"。我们也一样，毕业多年，谈及当年的师长，无不心怀感激。其实，怀念的何止是师长，更是自己的青春岁月。我相信师长们也一样，当他们表扬七七、七八级大学生时，也是在重温改革开放初期那段"又严肃，又快活"的日子。

你我七七、七八级同学，能力有大小，运气有好坏，位置也有高低，但很奇怪，似乎都不太世故。这是我多年观察的结果，超越地区及院系的限制。只要是七七、七八级大学生，即便素不相识，聊上几句就能接得上，而且，改革开放初期那种激情、乐观且带有几分幼稚天真的特殊气质还在。这当然只是直觉，说出来请大家猜猜，到底是为什么。估计很多人会质疑，你们不是下过乡吗，应该很深沉、很复杂、很有机心才对，怎么会天真、肤浅、清纯呢？可我见到老同学，最大的感慨还是，历经多年官场、商圈、学界、文坛的磨砺，彼此都还保留几分"少年意气"，这其实很难得。言谈举止间，很容易让你我读出那段早就消逝的青春岁月。或许应该这么解释，我们进大学时，大都已有一定的社会阅历，性格也基本定型。此前缺乏正规教育的遗憾——也就是自由阅读、野蛮生长，反而使得我们虽也接受时代的洗礼，但不会被规训成一张熨帖的纸片，总是在一些凹凸或皱褶处，存留若干自己的风格。这个特点，处在上升管道时不太明显（因需要瞻前顾后）；一旦退出一线，可以相对放松（还说不上随心所欲）了，那时才发现我们身体、学问及精神上的粗粝与自然（得失均在此）。

多年后看，七七、七八级大学生作为一个整体，有理想，守底线，能吃苦，在中国政治、经济、社会、文化转型中，发挥过很大作用，基本上完成了历史赋予的使命。作为人类历史上这么一场惊心动魄的"大剧"，改革开放四十年，我们有幸成为亲历者或见证人。这实在是千载难逢的好机遇。我们认真表演过，也收获了不少掌声。但如今的舞台，明显属于年轻一辈。这个时候，除了鞠躬退场，若能为自己、也为历史留下一份证词，那是再好不过的了。

　　不是每代人都有这种幸运，与大的历史潮流同行，以至个人的得失与荣辱，竟然与整个国家的兴衰联系在一起。你我1978年2月或9月入学，而同年5月11日《光明日报》发表《实践是检验真理的唯一标准》，引起激烈且持续的讨论；同年12月18日至22日召开的中共十一届三中全会，确立了解放思想、实事求是的思想路线，作出了把全党工作的着重点和全国人民的注意力转移到社会主义现代化建设上来的战略决策。无论朝野，谈论中国的改革开放，都得从这个地方说起。我们三生有幸，踩上了时代的鼓点。因此，同学四年的记忆，既属于你我的私人生活，也必定沾染上时代风云。人物并非都是高大上，故事也不一定结局美满，但九曲十八弯，我们都亲历过，至今还能说出每次起伏的时间、转弯的角度，以及关键时刻的水温与风向。

　　讲故事，太远太近，或太大太小，都有局限性。四十年的时间跨度，特别适合于追忆。记得中国学界第一次认真纪念抗战烽火中的国立西南联合大学，是1986年出版的《笳吹弦诵在春城》（西南联大校友会编，云南人民出版社/北京大学出版社），那时正好是西南联大结束四十周年。为什么选这个节点？因当年的大学生基本上都退休了，有时间、有心情、也有兴致重温当年的"峥嵘岁月"。今天也一样，比起此前讲述我们故事的《八二届毕业生》（拉家渡编，广州出版社，2003年）、《我的1977》（陈建功等，中国华侨出版社，2007年）、《永远的1977》（未名编，北京大学出版社，2007年）、《难忘1977》（教育部考试中心编，天津人民出版社，2007年）、《那三届：77、78、79级大学生的中国记忆》（王辉耀主编，中国对外翻译出版公司，2014年）等，我相信我们能讲出更多"不为人知"的精彩故事。

　　若论大学生活之跌宕起伏、波澜壮阔以及充满传奇色彩，除了五四运动、抗战烽火，就该轮到我们了。比起戏剧性的考试与入学，我更愿意关注四年同窗所共同经历的风风雨雨，以及结下的深厚情谊，或解不开的疙瘩。在我看来，那才是追忆的重点——只讲恢复高考，很容易成为千篇一律的"发迹变泰"。用各种文体（散文、随笔、诗歌、札记、日记、书信、照片、图画，乃至课程表、成绩单等），记录下我们的校园生活，那可是大时代的投影，其中有我们的得意与委屈，还有众多开花或不开花的故事。正因风声雨声连着国事家事，当初激动不已的，如今可能一笑置之；当初不以为然的，如今或许刻骨铭心。大到时代风气，小到个人恩怨，中间还有校园氛围以及班级故事，同样值得你我追忆。

讲故事，彼此关系太亲或太疏，都不是最佳状态。你我同学四年，并非全都和睦相处，只不过随着时间推移，那些不愉快的痕迹早就抹去，留下来的只有"同学情谊"。因特殊的历史机缘，我们赶上了同一趟车船，不要说曾经同窗，即便互不相识且远隔千山万水，一听说是七七、七八级大学生，彼此之间有了某种亲切感，三五句话就能明白彼此的经历、趣味与立场。此时追忆往事，并非只说好话，这代人的弱点（无论立场、才华还是性情），躲不过后辈敏锐的眼光，也躲不过你我深夜的扪心自问。

再过半年，你我就要穿越时空，走进四十年前的考场了。真心希望我那67.5万兄弟姐妹们，哪怕有千分之一愿意，一起重温我们的考场、我们的学校，以及我们走出校园后的酸甜苦辣，也都将拥有丰厚的收获。

文章思路早就有了，苦于找不到好角度。这个话题，明显带有排他性，很容易引起误解。因此，姿态太高太低不好，口气太硬太软也不行，说是兼及感性与理性，但那分寸实在不好把握。最后终于想清楚了——不就是抛砖引玉吗，没必要那么字斟句酌的。事由

（增订版）

本来就很简单，今年是恢复高考四十周年，很想约认识不认识、得意不得意的七七、七八级兄弟姐妹们，说出你我的故事，留给当下以及后世的读者。

2017年5月1日于京西圆明园花园

（初刊于《南方都市报》2017年5月8日）

遥望八十年代

无论政客、商人，还是作家、学者，都很难抵御"追忆"这一徘徊于虚实之间的特殊文体的诱惑[①]。二十世纪八十年代初，作家兼学者钱锺书有一妙语："我们在创作中，想象力常常贫薄可怜，而一到回忆时，不论是几天还是几十年前、是自己还是旁人的事，想象力忽然丰富得可惊可喜以至可怕。我自知意志软弱，经受不起这种创造性记忆的诱惑，干脆不来什么缅怀和回想了。"[②] 对于所有抵御不了诱惑，已经或即将进入"追忆"状态的人来说，这都是很好的告诫。在竭尽全力打捞"记忆的碎片"的同时，请多一分节制与自我反省，少一点夸张与自我膨胀。

---

① 参见［美］斯蒂芬·欧文（宇文所安）著、郑学勤译《追忆——中国古典文学中的往事再现》（上海古籍出版社1990年版）之导论"诱惑及其来源"（第1—19页）。

② 钱锺书：《〈写在人生边上〉重印本序》，见《写在人生边上》，中国社会科学出版社1990年版。

另外,"回忆录"与"未来记",都是真实性可疑且错得有趣的文体,表面上一陈述往事,一指向未来,实则都立足当下。将个人记忆付诸笔墨,且公之于世,必然有某种现实感。在纪念改革开放四十周年的当下,我选择何种姿态进入历史、谈论那日渐成为神话的"八十年代"?

一 从何说起

首先,何谓"八十年代"?有三种不同的说法:1980—1989年、1978—1989年、1978—1991年。第三种乃官方的权威论述,占主流地位,见《中国共产党新时期历史大事记》(中共党史出版社,2009年),其主要观点是:1978年12月18日至22日,中共十一届三中全会在北京召开,作出了把全党工作的着重点和全国人民的注意力转移到社会主义现代化建设上来的战略决策;1992年1月18日至2月21日,邓小平视察武昌、深圳、珠海、上海等地,发表著名的南方谈话,标志着中国推进改革开放路线,由此开启了新的历史阶段。我更倾向于第二种,但怕语焉不详引起误解,暂时按下。

理解上世纪八十年代的精神文化氛围,建议从两首老歌入手。第一首是创作于1980年的《年轻的朋友来相会》(张枚同词、谷建芬曲):

年轻的朋友们,今天来相会,荡起小船儿,暖风轻轻吹,花儿香,鸟儿鸣,春光惹人醉,欢歌笑语绕着彩云飞。啊,亲爱的朋友们，美妙的春光属于谁？属于我，属于你，属于我们八十年代的新一辈！

再过二十年，我们重相会，伟大的祖国该有多么美！天也新，地也新，春光更明媚，城市乡村处处增光辉。啊，亲爱的朋友们，创造这奇迹要靠谁？要靠我，要靠你，要靠我们八十年代的新一辈！

为什么是二十年后重相会？这必须回到此歌创作的特殊语境。1979年12月6日，邓小平在会见日本首相大平正芳时指出，"我们要实现的四个现代化，是中国式的四个现代化"，即到二十世纪末，"要达到第三世界中比较富裕一点的国家的水平，比如国民生产总值人均一千美元"。① 1980年1月1日，邓小平在全国政协举行的新年茶话会上指出："八十年代是十分重要的年代，我们一定要在这十年中取得显著的成就，以保证在本世纪末实现四个现代化。"② 从1980年算起，到国民生产总值翻两番、人民生活从温饱到达小康的世纪末，正好是歌中所唱的二十年。我们都知道，这中间出现了波折，但整个发展势头没有停顿；差不多又过了一个二十年，到2017年，中国GDP达到122 427.76亿美元，人均国民生产总值超过8 800美元，大大超过当初的预想。如此了不起的成绩，最重要的根基是二十世纪八十年代打下的。

但八十年代并非一路凯歌，也有九曲十八弯。比如，1986年12月中下旬，合肥、北京等地一些高校学生上街游行，12月26日北京

---

① 参见《邓小平文选》第二卷，人民出版社1983年版，第237页。
② 参见《邓小平论统一战线》，中央文献出版社1991年版，第175页。

市人大常委会通过《北京市关于游行示威的若干暂行规定》。而就在这一年，北京工人体育馆的舞台上，崔健的摇滚乐横空出世，尤其这首《一无所有》（崔健词曲唱），更是震撼了无数年轻人的心：

> 我曾经问个不休　你何时跟我走
> 可你却总是笑我　一无所有
> 我要给你我的追求　还有我的自由
> 可你却总是笑我　一无所有
> 噢……你何时跟我走　噢……你何时跟我走

这可不是一般的情歌，更像是呈现一代年轻人精神的困惑以及情绪的发泄。作为后见之明，我们不难从中读出"山雨欲来风满楼"。1989年1月1日《人民日报》发表元旦献词，提及："在改革的第十年，我们遇到了前所未有的严重问题，最突出的就是经济生活中明显的通货膨胀、物价上涨幅度过大，党政机关和社会上的某些消极腐败现象也使人触目惊心。"① 果不其然，就在这一年，中国发生了激烈的政治动荡。就在这风云急剧变幻、交织着希望与绝望、充满着机遇与陷阱的大背景下，我辈读书人雄心勃勃而又战战兢兢地登场了。

二十多年后，这早已消逝的"八十年代"，作为一个整体，重新进入国人的视野。这首先应归功于三联书店②2006年出版的《八十年代——访谈录》③。作者查建英选取八十年代小说、诗歌、美术、音乐、

---

① 《同心同德，艰苦奋斗》，载《人民日报》1989年1月1日。
② 即生活·读书·新知三联书店，简称"三联书店"或"北京三联书店"。
③ 此书另有香港牛津大学出版社2006年版，增加了此前没能入集的刘奋斗一章。

电影、哲学及文学研究等领域的代表性人物阿城、北岛、陈丹青、陈平原、崔健、甘阳、李陀、栗宪庭、林旭东、刘索拉、田壮壮等（编辑成书时，按访谈人姓氏拼音为序），进行相当深入的访谈，一定程度上展现了八十年代独有的文化氛围与精神气质。因此，该书出版后大获好评，此后出版的关于八十年代的访谈及追忆，多少都受其影响。

同样是三联书店，同样是访谈录，2011年马国川的《我与八十年代》，选取的对话人物是王元化、汤一介、李泽厚、刘道玉、张贤亮、刘再复、温元凯、金观涛、李银河、韩少功、麦天枢、梁治平，目标则是"让我们溯流而上，走进八十年代，梳理当代中国改革的思想源流，思考中国未来的方向"。杨卫、李迪主编的《八十年代——一个艺术与理想交融的时代》（湖南美术出版社，2015年）和马原等所著的《重返黄金时代——八十年代大家访谈录》（吉林出版集团股份有限公司，2016年），一看书名就知道趣味及倾向。前书乃回忆录，作者都是艺术家，有不少精彩的片段；后书原本是电视访谈，编者分别与陈村、孙甘露、格非、吴亮、王安忆等八九十位作家对话，现场感很强，但稍嫌琐碎。

以个人的力量进入八十年代，打捞记忆并付诸文字，比较成功的有李辉的《绝响——八十年代亲历记》（三联书店，2013年）和朱伟的《重读八十年代》（中信出版社，2018年）。前者为《收获》上专栏文章的结集，谈论与自己交往的曹禺、巴金、胡风、丁玲、萧乾等文化老人，将三十年代与八十年代相勾连，兼及史料与抒情，读来让人感慨唏嘘。后书作者在八十年代任《人民文学》编辑，三十年后重读当初活跃在文坛上的王蒙、李陀、韩少功、陈村、史铁生、王安忆、莫言、马原、余华、苏童十位著名作家的作品，兼及回忆与评论，点

点点滴滴在心头，也是别有幽怀。

关于八十年代的文学与文化，可以推介的还有曹文轩的《中国八十年代文学现象研究》（北京大学出版社，1988年），钱瑜摄影、李健鸣文《实录北京——八十年代印象》（上海文艺出版社，2004年），甘阳主编《八十年代文化意识》（上海人民出版社，2006年），以及郭双林的《八十年代以来的文化论争》（百花洲文艺出版社，2006年）、王海洲的《想象中国：二十世纪八十年代中国电影研究》（中国电影出版社，2016年）、钱丽娟的《宽容的主流：中国八十年代的流行歌曲》（广西师范大学出版社，2016年）。前三书乃八十年代的文本，后三书方才是最近十几年完成的专门著作。

将"八十年代"的文学与文化作为一个话题进行专门研究的，有北京大学出版社推出的"八十年代研究丛书"，2009年刊行了《重返八十年代》（洪子诚等著，程光炜编）、《文学讲稿："八十年代"作为方法》（程光炜著）和《文学史的多重面孔：八十年代文学事件再讨论》（杨庆祥等著）三种。希望有更多同类著述问世，因这毕竟是个值得关注而目前尚未充分展开的研究领域。

这里谈的，主要是八十年代的文化；其实，八十年代的政治、经济乃至军事改革，都值得认真追怀。囿于个人的经历，我只能从一个人文学者的角度，讲我经历过的往事，略带评论与发挥。

八十年代的我，并非弄潮儿，但或许正因如此，更适合第一人称叙事：可以就近观察，而又略带距离。在查建英《八十年代——访谈录》中，采访我的那一章，据说是"最有历史感"的，原因很简单——我并非主角。主角写回忆录容易夸张变形，即有意无意中夸大自己的功用。但回忆录没有经历者显得隔阂，所以叙述者有所参与而又不占主导地位，这是比较理想的叙述状态。对读1935年《中国新文学大系》各卷的导言，胡适（《建设理论集》）不如鲁迅（《小说二集》）精彩，因前者过分纠缠自己发起白话文运动的诸多细节，真切但琐碎，所谓"不用太妄自菲薄"，实则显得有些自恋；鲁迅则认定《新青年》时期自己是敲边鼓、听将令的[①]，因此，用史家笔法谈论"在这里发表了创作的短篇小说的，是鲁迅"[②]，寥寥几句就带过去了，不卑不亢，准确生动，难怪日后常被史家引用。

鲁迅那种自居边缘，以史家立场观察与书写的叙述姿态，值得所有追忆者借鉴与追摹。本文拒绝高瞻远瞩或盖棺论定，也不纠缠什么叫理想主义，而是从一个人文学者的角度，讲我所经历过、观察到、认知了的八十年代，希望兼及追怀与思考、感性与理性，于琐琐碎碎中见精神。

二 上课去

既然以"我的故事"为主线，叙述我所见到的"八十年代"，那么需要先做自我交代：

1978年2月—1982年1月，中山大学中文系本科生；

1982年2月—1984年7月，中山大学中文系硕士研究生；

1984年9月—1987年7月，北京大学中文系博士研究生；

[①] 鲁迅1922年在《〈呐喊〉自序》中称："有时候仍不免呐喊几声，聊以慰藉那在寂寞里奔驰的猛士，使他不惮于前驱。""但既然是呐喊，则当然须听将令的了，所以我往往不恤用了曲笔。"参见《鲁迅全集》第一卷，人民文学出版社1981年版，第419页。

[②] 参见蔡元培等著《〈中国新文学大系〉导言集》，贵州教育出版社2014年版，第56、126页。

1987年9月—1990年6月，北京大学中文系讲师。

因为恢复高考的故事太精彩，且已有很多讲述①，这里从略。就从1978年2月七七级大学生进入校园说起。

几年前，我曾撰文谈及校友之追怀大学生活，不是老师风采，就是同窗情谊，再有就是演戏、出游、办杂志、谈恋爱等；而大学四年的主体——上课、讨论、复习、考试等，反而基本上被遗忘了。有感于怀旧文章多谈"课外生活"，我想反过来描述改革开放初期中国大学的教学状态，这比那些私人化的"情绪"与"轶事"更耐人寻味，也更有史的意义②。于是，我请中山大学中文系办公室复印了我的学籍表以及所修各门课程表。其中"文学概论"的三次修订，让我感慨很深。

此前我曾在文章中抱怨，当初我们一年级学"文学概论"，竟然是以毛泽东《在延安文艺座谈会上的讲话》为基本教材。同学们提出抗议，老师则振振有词："谁说毛泽东文艺思想不是文学理论？"如此诡辩不说，期末考试更是故意为难学生："对于文艺工作者来说，第一位的工作是什么？请论述。"若你不记得"讲话"中有"我们的文艺工作者需要做自己的文艺工作，但这个了解人熟悉人的工作却是第一位的工作"，你怎么回答都是错的。可当我仔细辨析摆在面前的三份课

---

① 参见拉家渡编《八二届毕业生》（广州出版社，2003年）、陈建功等《我的1977》（中国华侨出版社，2006年）、未名编《永远的1977》（北京大学出版社，2007年）、教育部考试中心编《难忘1977》（天津人民出版社，2007年）、王辉耀主编《那三届》（中国对外翻译出版公司，2014年）、东方平等主编《新三届致新生》（广西师范大学出版社，2018年）等。

② 参见陈平原《失落在康乐园的那些记忆》，载《同舟共进》2013年第2期。

程表，对此事的看法有了改变。第一份手写，相关课程是"马克思文艺理论"，第二份红字打印，改为"毛泽东文艺思想"，第三份是学籍表，黑字的"毛泽东文艺思想"上面，加盖了蓝色印章"文学概论"。从七七级入学前夕安排课程，到第一学期考试结束登记成绩，前后也就半年多时间，这门课竟完成了三级跳。这可看作大时代的缩影——1978年的春夏，思想解放运动勃然兴起，课程不能不随着改变。作为当事人（教师及学生），我们各有各的困惑与委屈。中大的教师们在"文革"期间编写过《毛泽东文艺思想》教材，本以为颇有心得，可以驾轻就熟，没想到时代变化这么快；而学生们刚步入大学校园，满怀期待，没想到这入门的第一课竟是如此陈旧。只有设身处地，将此课程放到那个乍暖还寒的时节，才能有同情之理解。

第二门印象深刻的课程是中国古代文学史。自有中文系以来，这就是重头课。从先秦到晚清，一般讲两年四学期，其中尤以第一学期最为吃紧。中大中文系安排卢叔度教授给我们讲先秦两汉部分明显是失策。刚上了一周，同学们就要求换人。原因是卢教授口音太重，加上讲课内容难懂，绝大多数同学一头雾水。第二周上课时，系里德高望重的王起（季思）教授坐在前排，并不时起身为卢教授擦黑板。下课前，王教授简单介绍了卢教授的经历，称其学问很好，"反右"中被错划为"右派"，多年在系资料室工作，这是他二十年后重上讲台，不免有点紧张，请同学们谅解。同学们报以热烈的掌声，并以极大的耐心，努力听懂卢教授那很不普通的普通话。卢教授则越讲越来劲，课余开讲《楚辞》，供同学们选修。在一个拨乱反正、不断平反冤狱的时代，卢教授的故事很容易被接受并广为传播。我的同学写回忆文章，多有涉及此事。大家都在表扬王教授的高风亮节，我却从中看出读书人的几分忏悔与无奈。王教授从未就此事发表感想，我是从同样被打

成右派、1979年落实政策重回中大工作的董每戡先生（1907—1980）的故事里获得的灵感。据说董教授回到康乐园，王教授第一时间前去请安，并诚恳道歉。作为系领导，即便你没有落井下石，对于同事蒙冤受难，也有道义上的责任。这门课我学得不算好，但这个场景记忆特别深刻。

我在中大念了两年半研究生，专业是中国现代文学，关于导师吴宏聪、陈则光、饶鸿竞，我写了好多追忆文章，这里不赘。中大中文系我们那届硕士研究生，两个学现代文学，两个学古代文学批评史。黄海章教授（1897—1989）是批评史专业领衔的导师，我旁听过他的课。因在《苏曼殊全集》中读到他的悼诗，于是课余前往请教，此事我在《花开花落浑闲事——怀念黄海章先生》中有详细的描述[1]。这里想强调的是，那时的课程设置很灵活，学生们可自由选修，而且，因对某个话题感兴趣，独自前往请教，老师也会倾囊相授。

1984年秋，我到北大攻读博士学位。那是北大中文系第一次招博士生，课程设计更是随意，除了外语及政治，没有任何必修课，只是每周到导师王瑶先生家聊一次天。王先生去世后，我撰文描述当时的情景：

> 先生习惯于夜里工作，我一般是下午三四点钟前往请教。很少预先规定题目，先生随手抓过一个话题，就能海阔天空侃侃而谈，得意处自己也哈哈大笑起来。像放风筝一样，话题漫天游荡，可线始终掌握在手中，随时可以收回来，似乎是离题万里的闲话，

---

[1] 参见陈平原《花开花落浑闲事——怀念黄海章先生》，载《读书》1993年第9期。

可谈锋一转又成了题中应有之义。听先生聊天无所谓学问非学问的区别，有心人随时随地皆是学问，又何必板起脸孔正襟危坐？暮色苍茫中，庭院里静悄悄的，先生讲讲停停，烟斗上的红光一闪一闪，升腾的烟雾越来越浓——几年过去了，我也就算被"熏陶"出来了。①

这段描写，很多人以为是"写意"，其实是"写实"。那是一个博士培养制度刚刚建立的时代，一切都在摸索中。某种意义上，我们那一代人的"擅长独立思考，保持开阔的胸襟与视野，很大程度上是被逼出来的"②。这么做，有好也有坏，日后我读黄进兴（笔名吴咏慧）的《哈佛琐记》、李欧梵的《我的哈佛岁月》等，听他们描述博士阶段修课的情形，实在自愧不如。即便在当年北大的范围内，我也该选修一些好的课程，既开拓视野，也补补知识上的短板。而这些，只靠拜访名家（如吴组缃、林庚、季镇淮、朱德熙等），偶尔请教，是明显不够的。

因"文化大革命"而中断学业，借恢复高考而进入大学校园，我的遭遇在同代学人中很有代表性。从1978年2月到1987年6月，我接连完成了学士、硕士、博士三阶段的学业，这无疑是幸运的。日后取得的点滴成绩，以及留下的遗憾，除了个人努力及才华的限制，时代烙印也很清晰。

---

① 陈平原：《为人但有真性情——怀念王瑶师》，载《鲁迅研究月刊》1990年第1期。

② 陈平原：《"好读书"与"求甚解"——我的"读博"经历》，载《学位与研究生教育》2003年第12期。

三 开会啦

二十世纪八十年代的中国,风气逐渐开放,但各大学经费有限,召开的学术会议屈指可数。不像今天,学者们习惯于东奔西跑,在大小会议上哇啦哇啦讲个不休。记得八十年代后期,北大中文系每年可用于召开学术会议的经费是五万元人民币。或许正因为如此,作为年轻一辈,我对参加学术会议很期待,也很珍惜。记忆中比较重要且深刻影响我学术道路的,有以下五次。

1982年5月24至29日,中国现代文学研究会第二届年会在海南岛召开。参加这次会议的有260多人,来自全国29个省、市、自治区以及香港地区的161所高等院校,其中有李何林、唐弢、王瑶、田仲济、王中青、许杰、孙席珍、陈瘦竹、王平凡、蒋锡金、孙昌熙、吴宏聪、陈则光等著名学者①。那时海南还属于广东省,对于中山大学的学生来说,这个机会实在难得。我赶写了《论乡土文学》②一文,希望提交给大会。导师吴宏聪教授不同意我的观点,但最终还是同意我参会,且会后将此文推荐给《中山大学研究生学刊》发表。日后我跟王瑶先生谈起此事,感叹导师胸襟开阔。王先生竟说,这有什么可大惊小怪的?我们当年在西南联大读书,师生意见不同但互相尊重,那是常态。这是我第一次关注国立西南联合大学这所神奇的老大学③。

1985年5月6日至11日在北京召开的"中国现代文学研究创新

---

① 参见兆其《中国现代文学研究会第二届学术讨论会侧记》,载《语文教学与研究》1982年第8期。

② 陈平原:《论乡土文学》,载《中山大学研究生学刊》1982年第4期。

③ 对于"老大学"的兴趣,日后竟促使我完成《老北大的故事》《大学有精神》《抗战烽火中的中国大学》等著作。

座谈会",史称"万寿寺会议"。这次会议在现代文学研究史上,具有里程碑意义。王晓明的《从万寿寺到镜泊湖》中,有这么一段:

> 那还是一九八五年的暮春时节,北京西郊的万寿寺里,几十个神情热烈的年轻人,正在七嘴八舌地讨论中国现代文学研究的"创新"问题。就在那座充当会场的大殿里,陈平原第一次介绍了他和钱理群、黄子平酝酿已久的"打通"现、当代中国文学研究的基本设想;几个月之后,《文学评论》又以醒目的篇幅刊登了他们三人署名的题为《论"二十世纪中国文学"》的长篇论文。我不知道以后的人们将会怎样看待这两个事件,但在当时,我却和许多同行一样受到了强烈的震动。①

有关"二十世纪中国文学"这一概念的产生、影响及缺陷,直到今天仍不时有论文谈及;因话题专业性强,这次暂不涉及。我想谈的是,这次会议所体现的时代氛围。会议的组织者樊骏先生,精心策划,为年轻一代搭好舞台,当即隐身幕后。会上大出风头的,是钱理群、黄子平和我合作提出的"二十世纪中国文学"。"三人谈"中,毫无疑问,老钱是核心,但上台发言的却是作为博士生的我。愿意将年轻人推到前台,这是八十年代特有的风度与气象。不仅现代文学研究如此,经济学、法学、电影、绘画、小说等,都是若干志同道合的年轻人聚集在一起,酝酿一场场日后影响深远的变革。而在他们身后,往往有若干甘当人梯的伯乐。这是我们在谈论意气风发的八十年代时不该遗

---

① 王晓明:《从万寿寺到镜泊湖——关于"二十世纪中国文学"研究》,载《文艺研究》1989 年第 3 期。

忘的。

我们三人合作的《论"二十世纪中国文学"》，初刊于《文学评论》1985年第5期；而关于二十世纪中国文学的"三人谈"，则连载于《读书》1985年第10期至1986年第3期。这组文章，在当年影响很大，因此，1986年10月，鲁迅逝世五十周年纪念大会结束后，日本的丸山昇、伊藤虎丸、木山英雄、竹内实诸先生，以及美国的李欧梵教授专访北大，点名要与我们三人座谈。那时外国学者来访还是稀罕事，学校很重视，安排在原燕京大学司徒雷登的校长官邸临湖轩举行中外学者座谈会。我的导师王瑶先生先讲，噼里啪啦，都是批评的话。事后他说，因时局不明朗，阴晴未定，不能太得意；以他的资格，批评自己的学生，别人会出来圆场的。果不其然，接下来的发言，都大力肯定我们的贡献。偶尔也会有批评，记忆最深的是丸山昇先生的质疑：谈二十世纪中国，为何回避社会主义问题？[1] 记得当初我们只有苦笑，以时机不合适为挡箭牌。可我们都承认，丸山昇先生的批评是对的。此后二十多年，关于这个话题，我们与丸山先生有多次交流。其他几位先生，也在此后的漫长岁月里，给我们的学习与研究提供了很多帮助。

1988年9月24日，《文艺报》第三版刊登"怀疑·批判·重

---

[1] 撰文时全凭记忆，终于找到原始记录："二十世纪文学的问题是很多的，可是主要的问题，中心的问题，还是一个社会主义的问题。……在文学里头我也还是想坚持，资本主义存在的问题，必须在人类进入社会主义的过程中解决掉。当然，像中国现在的领导人指出的那样，社会主义应该是什么样子，现在还没有解决。以这个看法为前提，我还是以为，'二十世纪文学'的最大问题之一是社会主义。我很想听听你们在这个问题上的见解。"参见钱理群、黄子平、陈平原《二十世纪中国文学三人谈·漫说文化》，北京大学出版社2004年版，第113页。

写——'中国文学史研究'笔谈"。前面有一段"编者按"：

> 新时期以来，伴随着思想解放运动的进行，中国文学史的研究和写作都有了明显的突破和变化，近来，又有学者提出了"重写（现代）文学史"的口号，亦可视为文学史研究发展的一种表现。那么，究竟应该怎样来研究和写作中国文学史呢？1988年8月11日至17日，中国现代文学馆、人民文学出版社和牡丹江师院中文系三家在黑龙江省的镜泊湖畔联合召开了"中国文学史（古、现、当代）研究学术讨论会"，来自全国各地的近四十名学者对中国文学史研究的现状进行了反思和展望，为了引起大家对这个问题的进一步思考，现将这次讨论会上部分同志的发言选载如下，以供大家参考。

该版共发表了十篇文章，依版面次序，整理如下：王晓明的《破除机械进化论》、汪晖的《"史"的含义是什么？》、陈思和的《要有个人写的文学史》、陈平原的《注重过程 消解大家》、李劼的《排除文学史论上的陈腐观念》、王钟陵的《主体和客体的二重性》、张中的《文学史不是"封神榜"》、温儒敏的《文学史讨论的三个层次》、陈曼平的《要有全新规格的断代史、专题史》、赵昌平的《要研究作家的心态》。手头没有会议名单，但我记得很清楚，参加者起码还有钱理群、吴福辉、赵园、凌宇、钟元凯、王培元、季红真、夏晓虹等。

关于这次会议的氛围，王晓明的《从万寿寺到镜泊湖》有简要的描述："八月的镜泊湖竟是那样炎热，湖面上吹来一阵阵热风。会议室里的气氛就更热烈了，几十个人挤坐成一圈，不停地挥着扇子，打着手势，极力增强自己说话的气势。不用说，一个最热烈的话题就是文

学史的多样化。"而李庆西的《开会记》,提及"陈平原作长篇发言,谈了《二十世纪中国小说史》的构想,还谈到王瑶先生的学术意见"。下面这段描写很真实,也很能显示那个时代新人的朝气与长辈的雅量:

> 会议期间,陈早春以人文社名义召集了一个征求作者意见的座谈会。大家都不好意思开口,最后陈平原打破沉默。他对该社偏重编纂老一代文化名人的文集,而忽视学界新生力量的做法提出批评,说到浙江文艺社的"新人文论"很有冲击力。我像是受了表扬的小学生,坐在后边一声不吭。陈社长让大家一阵猛轰,依然温婉而言,显得很有雅量。①

"八十年代"的理想主义之所以被不断追忆与表彰,很大程度在于三代学者(青年、中年、老年)共同参与,且目标一致;也会有缝隙与矛盾,但大都摆在桌面上,属于君子之争。九十年代以后,这种温文尔雅地求同存异、斗而不破的状态,很难再出现。

会议的话题,集中在古代与现代、理论与实践、京派与海派,至于我的发言,主要介绍写作思路:

> 我给自己写作中的小说史定了十六个字:"承上启下,中西合璧,注重进程,消解大家。"这路子接近鲁迅拟想中抓住主要文学现象展开论述的文学史,但更注重形式特征的演变。"消解大家"不是不考虑作家的特征和贡献,而更在文学进程中把握作家创作,

---

① 李庆西:《开会记》,载《书城》2009年第10期。

不再列专章专节论述。①

这一思路,在第二年出版的《二十世纪中国小说史》第一卷②中得到贯彻与落实。至于得失成败,相关书评众说不一③。可惜的是,这套由严家炎教授主编的六卷本小说史,最终半途而废;若能完成,不管中间有多少裂痕,都是一套了不起的大书。

我第一次出境参加学术会议,是1989年1月,地点是香港,会议名称为"文学创作文化反思"。记得当年会议的组织者包括香港中文大学(简称"港中大")的黄继持与卢玮銮两位教授,可惜港中大的香港文学研究室竟没留存这次会议的相关资料。前些年在港中大教书,当我秀出当年会后参观港中大时的合影,同学们都啧啧称奇。他们也见过这张照片,但不太清晰。我因此自嘲,提供此具有历史意义的照片,是我对香港文学研究的唯一贡献。那位蹲着的男士是陈建功,前排站着的,从右往左,分别是郑万隆、也斯、陈平原、黄子平、韩少功、李杭育、黄继持、扎西达娃、残雪、苏炜,另外有两位认不清。我记得很清楚,参加会议的内地作家,起码还有阿城。

---

① 参见陈平原《注重过程 消解大家》,载《文艺报》1988年9月24日。
② 陈平原:《二十世纪中国小说史》第一卷,北京大学出版社1989年版;此书日后改题为《中国现代小说的起点——清末民初小说研究》,北京大学出版社2005年版。
③ 参见谷梁《崭新的史识开拓》,载《文汇读书周报》1990年10月27日;李庆西《文化、诗学和叙事方式——〈二十世纪中国小说史(第一卷)〉的两个问题》,载《上海文论》1990年第6期;解志熙《文学史的新写作及其理论问题——读〈二十世纪中国小说史〉第一卷》,载《中国现代文学研究丛刊》1991年第2期;刘纳《有意义而有意思的工作——也读〈二十世纪中国小说史〉第一卷》,载《中国现代文学研究丛刊》1991年第2期。

参加香港"文学创作文化反思"研讨会诸君在港中大合影（1989年1月）

阿城很机智，特会讲故事，第一天发言时抛开讲稿，博得满堂彩。第二天轮到我，也想东施效颦，放下现成的论文《佛与道：三代小说家的思考》[①]，也来个即席发言，结果一团糟。日后我曾专门撰文，谈及此深刻教训，称学者在学术会议上，与其做潇洒科，不如认真念讲稿："因为，听众期待的，不是你的机智或幽默——那东西有更好，没有也无所谓；关键是你的发言有没有真东西，能不能让人眼前一亮。比如

---

① 陈平原：《佛与道：三代小说家的思考》，载《上海文学》1989年第8期。

我,能欣赏技巧生疏但认真准备的论文,但无法忍受花里胡哨但没有真才实学的表演。"[1]

四 办杂志

八十年代的思想解放,在民间学刊的前赴后继上得到了很好体现。我有幸参与其中的四种(括号中为参与时间):《红豆》(1978—1980)、《中山大学研究生学刊》(1982—1984)、《文化:中国与世界》(1986—1989)、《东方纪事》(1988—1989)。在这四份杂志中,我都

《红豆》封面很有时代气息

---

[1] 陈平原:《训练、才情与舞台》,载《中华读书报》2011年8月3日。

不是主角,只能说是"与有荣焉"。但难得的是,这些活动几乎贯穿整个八十年代,故可借此窥见时代风气的变化。

关于思想解放运动中的大学生办刊物,二十年前,我曾从自己的视野及立场出发,撰写了《从〈红豆〉到"学刊"》[①]。因我只是负责文艺评论的编委,对《红豆》的整个运作不太清楚。相对来说,主编苏炜的《风雪故人来——〈红豆〉琐忆》提供了更多细节:

> 记得是一九七八年的秋冬季节,也就是七七级进校的下半学期,几个爱好文学的同学(记忆中有王培楠、骆炬、陈平原、毛铁锤、周小兵等几位)找到我,一起商量创办文学社团和文学刊物的事情。……中文系从教学经费里拨出了启动资金(记得约五百元到七百元,在当时是一个不算小的数字),所以,《红豆》于一九七九年春季创刊,随即成为当时全国非官方刊物中仅有的以铅字印刷、装帧精美的民间杂志(当时一般民办刊物都是手刻油印,《今天》的打字油印加封面印刷已算"豪华版")。又因为仍旧偏爱"钟楼",我们把文学社团称为"钟楼文学社",王培楠任社长;下设《红豆》编辑部,我为主编。[②]

远在异乡,手头没有这份杂志,苏炜的回忆不免出现纰漏,忘了若干编委,又提了几位未曾参与其事者,引来若干补充与商榷(如林英男《红豆春来发几枝》、刘中国《管窥:中文系一九七八级》)。时

---

① 陈平原:《从〈红豆〉到"学刊"》,载《东方文化》1999年第1期。
② 苏炜:《风雪故人来——〈红豆〉琐忆》,见《独自面对》,上海三联书店2003年版,第165—167页。

《红豆》编辑部开会

《红豆》编辑部同人合影

隔多年，单凭记忆，其实很难复原当初的人物与情景。前几年我出版《怀想中大》（花城出版社，2014年）时，将七期《红豆》的全部目录整理收录。翻看这些熟悉的名字，以及早就淡忘的诗文，最大的感叹是，好多同学日后不再坚持写作，可惜了。

苏炜说的没错，《红豆》在当年所有大学生刊物中，是装帧印刷最为精美的。那是因为我们有系里的资金支持，加上某同学在广州的人脉，我记得到过广州空军印刷厂去帮助校对。不过印得好看不等于水平高，就我自己在《红豆》发表的五篇文章——《呐喊呵！文艺》（署名"本刊评论员"，1979年第2期）、《从悲剧谈起》（1979年第2期）、《试论社会主义悲剧人物》（1979年第4期）、《要积极对待人生》（1980年第1期）、《幽默家之金刚怒目——从〈在亚瑟王朝廷里的康涅狄克州美国人〉看马克·吐温的思想、创作》（1980年第7期）——而言，实在是乏善可陈。同学中有很多比我写得好的，但也只是相对而言。

《红豆》第四期上有两则简讯：一是"《红豆》编辑部已同全国各大专院校27个文学刊物的编辑部建立了联系"；一是"全国高校文学刊物《这一代》创刊号十二月初在武汉出版，由参加主办刊物的十三所院校文学团体分别负责发行"。

这两则消息，当初以为是喜讯，事后方才明白潜伏着危机。大学生们的四出串联遥相呼应，酝酿成立全国性文学社团，以及发表若干"激进"言论，引起了当局的高度警惕，于是决定予以取缔。首当其冲的，正是体现高校文学青年大联合的《这一代》。

《这一代》的封底，印有参与其事的十三个大学生文学杂志，包括中山大学的《红豆》、中国人民大学的《大学生》、北京大学的《早晨》、北京广播学院的《秋实》、北京师范大学的《初航》、西北大学的《希望》、吉林大学的《红叶》、武汉大学的《珞珈山》、杭州大学的《扬帆》、杭州师范学院的《我们》、南开大学的《南开园》、南京大学的《耕耘》、贵州大学的《春泥》。为什么中大排第一？不是我们特别重要，而是按笔画为序。

当初说好，《这一代》第一期由武汉大学《珞珈山》负责，第二期则由中山大学《红豆》接棒。可惜没有第二期，连第一期都被官方查

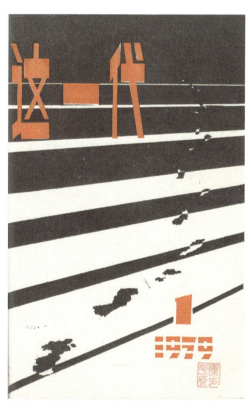

《这一代》封面

禁。幸亏武大学生在得知禁令已下的情况下，硬是从印刷厂抢出了一部分，我很幸运地也保存了一本。这个故事很精彩，多年后《南方都市报》登出当事人张桦的自述：

> 简单来讲，就是全国13所综合性大学的77级、78级中文系学生联合办的一本文学刊物，1979年11月出版，内容包括小说、诗歌和评论。从长春到广州，从南京到西安，素不相识的中文系学生忽然实现了革命大联合，自己编，自己印，然后自己卖出16000本杂志，黑市价居然涨到5元一本，超过原价10倍多。但实际上它只办了一期，而且只有半本，因为受到了当时的数位高层领导的严厉批评，创刊号也就成了最后一期。[①]

至于当初为筹办《这一代》，十多所高校的学生如何于1979年7月15日早晨8点半，凭借校徽在北大西门石狮下见面，我不在现场，听张桦讲述，还是很精彩的[②]。但已经过了这么多年，张还是用"实现了革命大联合"这样的词汇，难怪当初政府那么紧张，非要将其扼杀于摇篮中不可。

与《红豆》的迅速夭折不同，1980年由校方出资、学生编辑的《中山大学研究生学刊》，至今仍存在，前两年还出了纪念刊，其中收录我的《从〈红豆〉到"学刊"》等。据纪念刊的编辑统计，这么多年，就数我在学刊上发表的论文最多。有多少呢？连论文带译文，总

---

① 参见田志凌《1979年11月，〈这一代〉出版半本学生杂志引起的全国轰动》，载《南方都市报》2008年7月27日。

② 黄子平的《早晨，北大！》同样谈及此事（见岑献青编《文学七七级的北大岁月》，新华出版社2009年版，第74—75页），可参阅。

共七篇:《论白话文运动》,1982 年第 3 期;《论乡土文学》,1982 年第 4 期;《论西方异化文学》(与杨煦生合作),1983 年第 1 期;《喜剧论》(译文),1983 年第 1 期;《论曹禺戏剧的民族风格》,1983 年第 4 期;李欧梵《中国现代作家中浪漫主义一代》第 14 章(译文),1984 年第 2 期;《许地山与印度文化》,1984 年校庆 60 周年、创刊 5 周年特刊。考虑到这是季刊,而我在中大念硕士的时间只有两年半,这发表的频率确实有点高。

  我是《中山大学研究生学刊》的编辑之一,后来者可能以为是我徇私舞弊。其实,当初学校规定,只要指导教授签字同意,我们做编辑的,就只管发,而且也必须发。区别仅仅在于,放在哪一个栏目,偶尔也有因本期文章数量太多,留在下一期发表的。这一规定要求导师从严把关,万一出问题,要承担责任。记得我那篇《论西方异化文学》先是被广东省委宣传部下令追查,后又戏剧性地获奖,关键时刻,是我另一位导师陈则光教授(1917—1992)挺身而出,给我打包票的[①]。这与此前此后历次政治运动中,师生间互相揭发造成的惨剧,形成了鲜明对照。

  在八十年代文化版图上,《红豆》与《中山大学研究生学刊》偏居一隅,没有多大影响;《文化:中国与世界》可就不一样了,它属于全国性学术刊物,当初可是赫赫有名。这份由北京三联书店刊行的学术集刊,总共只出版了五辑。第一辑上有新论,有旧作,有译文,有长诗,反正以我为主,一点都不墨守成规。记得都是邀稿,编委会上过一下就行了。曾有编委问什么是好文章,主编甘阳的回答很干脆:朋

---

  ① 参见陈平原《此声真合静中听——怀念陈则光先生》,载《中国现代文学研究丛刊》1992 年第 4 期。

友的文章就是好文章！这其实是同人杂志的最大特点，当初成事在此，日后分裂也在此。作为编委，我有幸在这个没有"匿名评审"的集刊上发表了两篇论文：《说"诗史"》（第二辑，1987年10月）、《中国小说叙事角度的转变——从新小说到现代小说》（第五辑，1988年11月）。因为特殊的政治变故，这个名声很好的集刊，在八十年代最后一个春天戛然而止，这当然很可惜，可也因此掩盖了已开始显现的内部矛盾，让这个奋起抗争的"英雄故事"显得很完整。

八十年代我参与的第四个杂志是《东方纪事》。此事的起承转合，很有戏剧性。1988年春夏之交，时任《人民文学》编辑的朱伟以个人名义承包了江苏省一份连年亏损、濒临关门的纪实文学杂志《东方纪事》，试图用同人杂志的形式来运作。请看其排出的阵容：除顾问汪曾祺外，各专栏主持人分别是《封面人物》李陀，《四时佳兴》林斤澜，《文革研究》戴晴，《知识分子》刘再复，《感悟与人生》苏炜，《人与历史》苏晓康，《自然、灾祸、人》钱钢，《东方闲话》刘心武，《当代艺文志》黄子平，《文化潮汐》史铁生，《东西风》林培瑞、查建英，《读书俱乐部》陈平原。一看就知道，我属于敲边鼓的。但好事总能凑上，这也很不容易。

凤凰卫视2012年12月13日的《腾飞中国》，曾专门介绍此生不逢时的同人杂志，现在网上很容易查到其文字实录：

在上世纪八十年代的"文化热"中，勃兴的不仅有"文化圈子"，还有"同人杂志"，《东方纪事》就是这些"同人杂志"中的，风头最健者，思想最激进，不过在一些读者看来，这本杂志却又颇具民国的遗风，与大陆杂志的文风很不相同。《东方纪事》顾问编辑阵容之强大，是任何一本现在的杂志都难望其项背的，

即使是它的装帧设计,印刷纸张的品质放在今天的书店,也是一本十分抢眼、沉重有加的时尚刊物。当然最引人入胜,让人欲罢不能的还是它的内容。

《东方纪事》乃双月刊,1989年1月推出,总共出了四期。了解当年政治形势的人,不用看内容,单看编委名单[①],就明白其为何很快关门大吉。

五 出丛书

谈论八十年代"文化热",好不容易可以从外地说起。当然,依旧局限于我的视野。1986年1月27日《人民日报》曾报道浙江文艺出版社刚刚起步的"新人文论"丛书,那则报道署名"西",我怀疑就是丛书的责任编辑李庆西。多年后,他撰写《二编室忆旧》,其中有这么一段:

> 当时我们注意到文学理论与批评界正酝酿着重大变革,而铁流已经抓到许子东《郁达夫新论》、赵园《论小说十家》这类优秀选题,我们便想要把理论创新这一块做大。于是就有了"新人文论"那套丛书的构想。从室主任老周到分管副总编老夏都很支持我们的想法,后来这套丛书出了十六七种,像吴亮、黄子平、陈平原、南帆、王晓明那些作者当时还初出茅庐,后来都成了学界

---

① 《书屋》2015年第2期刊出苏炜的《豆青龙泉双耳瓶——追念史铁生》,其中谈及此事,但删去了各专栏主持人名单。

中坚。①

按出版时间排列，这套"新人文论"先后刊行了以下十七种：许子东《郁达夫新论》、吴亮《文学的选择》、程德培《小说家的世界》、周政保《小说与诗的艺术》、季红真《文明与愚昧的冲突》、黄子平《沉思的老树的精灵》、南帆《理解与感悟》、刘纳《论"五四"新文学》、王富仁《先驱者的形象》、蔡翔《一个理想主义者的精神漫游》、赵园《论小说十家》、陈平原《在东西方文化碰撞中》、李黎《诗与美》、蓝棣之《正统的与异端的》、殷国明《艺术形式不仅仅是形式》、李劼《个性·自我·创造》、王晓明《所罗门的瓶子》。其中印数最多的是《论小说十家》，9000 册；印数最少的是《所罗门的瓶子》，1600 册。我的《在东西方文化碰撞中》印数 5000 册，中间偏上。之所以开列印数，是想说明这套书叫好但不怎么叫座。纯从商业角度看，并不算成功。当然，这里有政治形势的影响，如王著发行 1600 册，那是因其出版于 1989 年 5 月。丛书目录显示，接下来该是陈思和的《批评与想象》了，可惜没能出版。当初出版社曾向钱理群约稿，钱不好意思当"新人"，谢绝了。其实，即便到 1989 年，钱理群也才五十岁②，仅比蓝棣之大一岁，比王富仁大两岁，学术上更是属于同代人。若没有这些插曲，添上钱、陈二位，这套丛书更能体现"一九八〇年代中

---

① 李庆西：《二编室忆旧》，见浙江文艺出版社成立三十周年纪念册《而立》，2013 年 3 月内部印行。

② 北京大学这些年奖励年轻学者，以五十岁为界。其实，更重要的是出道时间，八十年代我们一起合写文章，学界都把老钱当青年学者；可进入九十年代，他突然变成了老教授。老钱于是叹惜从没有过中年。

"新人文论"丛书 A

国文学批评的整体生态和面貌"①。

我加盟这套丛书,有点偶然性。《在东西方文化碰撞中》原本是三联书店约的稿,董秀玉看三联一时出不了,便介绍给了浙江文艺出版社,时间是 1986 年 10 月。这个细节在李庆西的《开会记》中有

---

① 参见吴俊《三十年文学片断:一九七八—二〇〇八我的个人叙事》,载《当代作家评论》2008 年第 6 期。

"新人文论"丛书 B

涉及①。

  我相信,很多"新人文论"丛书的作者,对于肯为他们出第一本学术著作的浙江文艺出版社,是心存感激的。因此,当 2014 年黄育海、李庆西组织重印这套丛书(华东师范大学出版社)时,作者们无不踊跃参与。《现代中文学刊》2014 年第 5 期上,曾刊出十二篇重印

---

① 参见李庆西《开会记》,载《书城》2009 年第 10 期。

序言，其中黄子平讲"生正逢时"，赵园说"阅读兴趣"，王富仁感叹"朝花夕拾"，我则思考如何"为新人提供必要的舞台"。在北京召开的出版座谈会，我因在外没能参加，后来读2015年1月13日《北京青年报》上五篇座谈会发言，对于许子东称"赶上了文学评论的黄金时代"，特有同感。

"新人文论"的成功，让浙江文艺出版社大长志气，过了两年，又花样翻新，推出"学术小品丛书"。每册小书上所印编辑旨趣，很有见地，特抄录如下：

> 前人治学，讲究义理、考据、辞章。现在看来，三者依然不可或缺。最近十年间，国内文学批评和文艺研究发展迅速，至八十年代中期已呈现两大趋势：一则谈问题着眼于所谓大文化的实际背景，不囿于学科樊篱；一则注重文体实验，故文章自身的趣味性，又得以强调。
>
> 本社编辑出版"学术小品丛书"，乃势所驱使，旨在扬励学术，改善文风，同时兼有普及与提高两方面的愿望。

记得是1988年初秋，"学术小品丛书"第一辑出版，在北京王府井新华书店举行签售仪式，老先生不出席，我们硬着头皮上，效果很一般。第一辑共十种，分别是金克木的《燕口拾泥》、黄子平的《文学的"意思"》、冯亦代的《听风楼书话》、王行之的《话说〈金瓶梅〉》、吴亮的《秋天的独白》、高尔泰的《评论的评论》、徐梵澄的《异学杂著》、徐城北的《梨园风景线》、苏炜的《西洋镜语》、陈平原的《书里书外》。这十种书中，最值得推荐的是老先生的文章，除了《燕口拾泥》，还有《异学杂著》。

《书里书外》的封面

　　过了三年,"学术小品丛书"第二辑刊行九种,包括殷国明的《夜思录》、梁治平的《观察者》、夏晓虹的《诗界十记》、葛兆光的《门外谈禅》、蔡翔的《自由注解》、黄梅的《女人和小说》、李庆西的《书话与闲话》、李兆忠的《扩张的王国》、程德培的《33位小说家》。1997年,浙江文艺出版社从这两辑中各选了五种,原纸型,但换了封面,重新印刷发行,我的《书里书外》和夏晓虹的《诗界十记》有幸入选。

不仅从出版，更从文学及文化角度看，这套"学术小品丛书"乃开风气之作。九十年代逐渐兴盛的学术小品、学术随笔、学者散文、第三种笔墨，与这套丛书颇有关系。很可惜，浙江文艺出版社起了个大早，赶了个晚集，日后兼及学养、趣味与笔墨的金克木（1912—2000）、张中行（1909—2006）、季羡林（1911—2009）等随笔风行一时，却不是由他们出版的。至于我本人，九十年代以后跟专业以外的老先生有所接触，且能不时写点小文章[①]，借以保持视野的开阔与性情的温润，跟这套丛书的鼓励大有关系。

"新人文论"和"学术小品丛书"这两套丛书，主要影响在文学界；相对来说，"文化：中国与世界"系列丛书编委会主持的"现代西方学术文库"及"人文研究丛书"辐射力更大，影响也更深远。这个由北京大学和中国社会科学院当代西方哲学专业的研究生发起、1986年秋成立于北京的编委会，人员构成有变化。早期出版的翻译著作写着：主编甘阳，副主编苏国勋，编委于晓、王炜、王焱、王庆节、刘东、刘小枫、孙依依、纪宏、余量、何光沪、陈来、陈平原、陈维纲、陈嘉映、林岗、周国平、胡平、赵越胜、徐友渔、郭宏安、阎步克、秦晓鹰。1988年3月上海人民出版社刊行"人文研究丛书"时，副主编增加了刘小枫、王焱，编委增加了方鸣、杜小真、李银河、赵一凡、钱理群、黄子平、曹天予、梁治平，减少了胡平、秦晓鹰。具体变化原因，等主事者日后自己解释，这里不妄加猜测。编委会里，毫无疑问，主编、副主编贡献较大；但还有一个人，我想特别提及，那就是

[①] 我在中大攻读硕士研究生学位时的另一位导师饶鸿竞先生喜欢读杂书，对我的随笔颇多嘉奖，这也是促成我采用两种笔墨的原因之一。参见陈平原《"爱书成癖"乃书生本色》，载《中华读书报》2008年9月24日。

任劳任怨的"后勤部长"王炜。九十年代以后,王炜放下自己热爱的海德格尔研究,与朋友合作办起了风入松书店,并希望由书店而逐渐介入出版,可惜功亏一篑①。

在这个编委会里,做西方哲学研究的占主导地位,其最初形象及业绩也是翻译。1986年12月10日《光明日报》刊登三联书店的整版广告,介绍"文化:中国与世界"系列丛书,包括《文化:中国与世界》集刊第一至第三期目录,"新知文库"60种目录,"现代西方学术文库"49种目录。要说震撼力,主要来自后者,即翻译众多第一流的西方哲学、心理学、政治学、社会学著作。其中我认真拜读过的,有尼采的《悲剧的诞生》、马尔库塞的《审美之维》、萨特的《词语》、什克洛夫斯基等的《俄国形式主义文论选》、本雅明的《发达资本主义时代的抒情诗人》、别尔嘉耶夫的《俄罗斯思想》、托多洛夫的《批评的批评》、伊恩·瓦特的《小说的兴起》、布鲁姆的《影响的焦虑》、卡西尔的《语言与神话》、亨廷顿的《变化社会中的政治秩序》、本尼迪克特的《文化模式》、马克斯·韦伯的《新教伦理与资本主义精神》、丹尼尔·贝尔的《资本主义文化矛盾》、涂尔干的《社会分工论》等,且大有收获。但最负盛名的海德格尔的《存在与时间》与萨特的《存在与虚无》,说实话,我没读完,因读不进去。想当年,《悲剧的诞生》印行20万册,那勉强可以理解;可《存在与虚无》《存在与时间》都能印行20万册,实在是个奇迹。我相信很多人跟我一样,都是买回家后读不下去,但又不好意思说,只好束之高阁。

必须说明,当初登广告时,很多书并没译完,有的甚至仅找到了

---

① 参见陈平原《怀王炜》,见陈嘉映等编《长歌唱罢风入松——王炜纪念文集》,新星出版社2006年版。

译者。因当时中国尚未加入国际版权组织，只要拿到书，就可以开译。你译别人也可能译，之所以登大幅广告，既显得壮志凌云，也是为了跑马圈地。

八十年代中国的思想文化界真是风起云涌，人才辈出。甘阳之所以不断扩大编委名单，也是希望网罗天下英雄。翻译是第一步——当然也是最重要的一步，编委会野心明显不限于此。1988年，上海人民出版社推出编委会主持的"人文研究丛书"，第一辑共六种：刘小枫的《拯救与逍遥》、苏国勋的《理性化及其限制——韦伯思想引论》、杜小真的《一个绝望者的希望——萨特引论》、陈平原的《中国小说叙事模式的转变》、赖永海的《中国佛性论》、俞建章与叶舒宪的《符号：语言与艺术》。第二批书稿于1988年交给出版社，因政治风云变化，迟至1991年方才出版。如果说第一辑西学占主导，第二辑则基本上讨论中国问题，有钱理群的《周作人论》、赵园的《北京：城与人》、汪晖的《反抗绝望》、夏晓虹的《觉世与传世》、梁治平的《寻求自然秩序中的和谐》、乐正的《近代上海人社会心态》。

考虑到出版时间滞后，谈八十年代"文化：中国与世界"编委会的业绩，应该将第二辑纳入视野。当初钱理群的设想是，在编委会中，我们自觉地处于敲边鼓的地位，先是大量译介，日后再逐渐转为著述，这里有五四新文化人的经验可供借鉴。以这两辑十二种为例，当初介绍西学的著作影响大，但日后在学术史上，则是研究中学的更有价值，也更有市场[①]。可见，随着编委会的着眼点从翻译向研究逐渐转移，世人所理解的"全盘西化"并非我们的立场。

---

① 以《中国小说叙事模式的转变》为例，此书版本众多，且在出版三十年后，获当代中国人文学最重要的思勉原创奖（第四届）。

　　翻译西学与出版专著，二者相辅相成，只不过因政治变故，后者没有充分展开。因此，编委会留在学术史上的意义，确实是以引进西学为主，还有就是书生气十足的"学问崇拜"。前者使得编委会不认同中国文化书院的价值立场，后者则让编委会成员普遍看不起"走向未来丛书"的关注现实问题。这里包含某种偏见，下面再谈。但有一点，编委会成员大都才华横溢，且年少轻狂，不想拿老先生当旗帜，而是希望自己杀出一条生路来，这点还是很让人羡慕的。

　　有两个小问题须澄清。第一，本是一统天下的出版社，为何屈尊与一批青年学者合作，且大胆放手，将大套丛书的编辑权交给编委会？主要原因不是人事关系（王焱作为《读书》编辑部主任，也只是起牵线作用），而是三联书店刚从人民出版社独立出来，需要大批好书稿打天下，以重新确立自家的形象及品牌。编委会最初考虑的合作者并非三联，但审时度势，还是三联最有诚意，品牌也最合适。第二，编委会为何解散？因为有内部矛盾[①]，但最主要的还是1989年的政治风波。九十年代以后，原先组好的书稿还在陆续刊行，但编委会基本停止了运作。这当然很可惜，可也使其多了几分悲壮与凄美，相对掩盖了当初不太愉快的一面。

---

　　① 八十年代的自由结社，是其文化蓬勃向上的重要原因。但凡结社，就必须有人牵头，社会上也只能记得你的代表。艰苦创业阶段没问题，一旦有了名利，矛盾就出来了。组成大兵团固然可以让力量倍增，但有一利必有一弊，那就是相对压抑个体的声音。如何在"领军人物"与"独行侠"之间保持必要的平衡，需要智慧，也需要胸襟。

六　自我定位

二十世纪三十年代中期，五四新文化人积极参与编纂《中国新文学大系》，其原动力很大程度上来自陈衡哲"一挤挤成了三代以上的古人"的感叹①。五四那代人的幸运在于：借助大系的编纂，自己给自己写评语、做鉴定，且结论基本上被后世读者及历史学家接受。而八十年代"文化热"的亲历者，至今只有零星回忆，没能真正完成身份转化与自我定位。因此，当下关于八十年代的描述，温馨怀旧多，而严峻的历史书写少。八十年代结社自由，文学及文化社团遍地开花，加上旋起旋落，当时又没有注册一说，故档案材料缺乏，只能靠各家杂志的文本，以及当事人日后的回忆文字。我的"遥望"，也只能提供若干历史片段，再加几点不成系统的思考。

八十年代的偏重西学，尤其是引进西方现代哲学，意义很大。当事人偶尔口出狂言，但很快就会自我调整的。比照"五四"的历史经验，胡适强调"研究问题，输入学理，整理国故，再造文明"②，茅盾则用"尼罗河泛滥"来比喻五四新文学——尼罗河泛滥，自然是泥沙俱下，当时很不好看，但给下游送去了广袤的沃土，是日后丰收的根本保证③。胡、沈的说法很有道理，我也曾用三个词来描述"五四"的风采："泥沙俱下""众声喧哗""生气淋漓"。而八十年代也当作如

---

①　参见陈平原《在"文学史著"与"出版工程"之间——〈中国新文学大系导言集〉导读》，见《现代中国》第十五辑，北京大学出版社2014年版。

②　参见胡适《新思潮的意义》，见《胡适全集》第一卷，安徽教育出版社2003年版，第691—700页。

③　参见茅盾《〈中国新文学大系·小说一集〉导言》，见《中国新文学大系·小说一集》，良友图书公司1935年版，第8页。

是观。

对比1919年北大学生傅斯年、罗家伦等人的《新潮》等[①]，或者1960年台大学生白先勇等人的《现代文学》，不仅我们的《红豆》相形见绌，其他高校的大学生刊物也都不行。当然，你也可以理解为因其尚未充分展开，就已过早夭折[②]。不过，读大学时加入钟楼文学社（编辑《红豆》），到北京后又参与"文化：中国与世界"编委会，这是我求学期间得以介入八十年代思想文化进程的主要机缘。虽不是重要人物，但有幸厕身其间，旁观风云激荡，对我以后的发展道路有很大帮助。

相对来说，八十年代中期兴起的"文化：中国与世界"编委会是比较成熟的。可惜的是，其真正活动时间不到四年（1986—1989），很多设想没来得及展开。同属八十年代文化热潮，比起文学、电影、绘画、音乐来，人文学者的成绩不太被关注，因其雄心壮志尚未得到充分表现。对于读书人来说，那是一个千载难逢的好时机，但就像五四运动后胡适称北大"暴得大名，不祥"[③]，此编委会迅速成名，主事者不禁飘飘然，没能很好地夯实根基，而急于四面出击。若多几年的艰苦奋斗，内部会更具凝聚力，成果也会更丰硕些。如此实力雄厚的编委会，"其兴也勃焉，其亡也忽焉"，除不可阻挡的外在因素，自身

[①] 北大中国文学门（系）1916级学生俞平伯1979年撰《"五四"六十周年忆往事》："同学少年多好事，一班刊物竟成三。"其中《国故》守旧，《新潮》趋新，《国民》则从事实际政治。

[②] 基于我对大学生文学刊物的历史及文学价值的判断，当某君编七七、七八级大学生文学生涯备忘录时，我积极提供资料；可当他希望我推荐给香港及台湾的出版机构时，我拒绝了。

[③] 参见胡适《北京大学》，载《努力周报》1922年第25期。

也有一些失策。比如，对中国文化书院和"走向未来丛书"的藐视。

多年以后，甘阳接受查建英采访，还沾沾自喜地大谈八十年代"西学为主"，"经济改革不是当时知识界的 discourse"；理由是："因为现实问题是阿狗阿猫都可以谈的，这个不是表现你聪明的地方，有时大家说两句，说说体制的话了，这个表现不出你有什么高明，高明是看你在西方的东西上进入了多少，这才是大家注重的。"[①] 虽说谈的是早已过去的八十年代，但不该没有任何自我反省。此类哲学家的傲慢，正是"文化热"的软肋，也导致我们无法走得更远。

作为竞争策略，"文化：中国与世界"编委会当然可以强调引入西学的意义，但不该抹杀中国文化书院的成绩与贡献。这个由著名学者冯友兰、张岱年、朱伯崑和汤一介发起，联合北京大学、中国社会科学院及海外数十位著名教授创建的学术团体，1984年10月成立于北京。"中国文化书院文库"包括"论著类""讲演录类""资料类"及书院函授班教材等百余种，以整理及传播为主业，学术上原创性不足，但其影响持续很长时间。直到今天，中国文化书院仍在活动。此组织虽是以联络老学者为主，但对九十年代以后传统文化的复兴起了很大作用。

至于"走向未来丛书"，1984年初创，到1988年共出书七十四种，由四川人民出版社印行。编委会顾问包遵信、严济慈、杜润生、张黎群、陈一谘、陈翰伯、钟沛璋、侯外庐、钱三强，主编金观涛，副主编陈越光、贾新民、唐若昕，三十多名编委来自各行各业，兼及政界与学界。如此混编，好处是便于开展各种社会活动，缺点则是学问上

---

① 参见查建英《八十年代——访谈录》，生活·读书·新知三联书店2006年版，第196、202页。

不够纯粹,若谈翻译事业,确实不能跟"文化:中国与世界"编委会相比①。但这个编委会关注社会现实,编撰的书籍兼及社会科学和自然科学,在特定年代还是发挥了很好的作用。当初我读过罗马俱乐部关于人类困境的研究报告《增长的极限》、卡普拉的《现代物理学与东方神秘主义》、勒文森的《梁启超与中国近代思想》、马克斯·韦伯的《新教伦理与资本主义精神》,还有金观涛的《在历史的表象背后》、林兴宅的《艺术魅力的探询》等,印象很深,至今心存感激。

有人将八十年代"文化热"的中坚描述为国学(中国文化书院)、科学("走向未来丛书"编委会)、人文("文化:中国与世界"编委会)三大"山头"。我同意徐友渔的意见,谈八十年代的思想文化,三分天下的说法太简单了,应添上代表马克思主义向人性复归的、以王元化为首的《新启蒙》杂志,以及着力引介社会科学新思潮的"二十世纪文库"丛书②。此外,还得考虑北京以外活跃着的各种社团,不能只看当初的声势,还得谈持续性与影响力。只有把这满天星斗的状态描述出来,才能真正显示八十年代灿烂的文化天空。

谈论八十年代的思想解放与西学优先,文学与哲学之引领风骚,理想、激情与意气用事,除显而易见的政治氛围,还有大学的重新崛

---

① "走向未来丛书"好些著作署的是"编译",好处是贴近读者,便于传播;但译得通就译、译不通就编的策略导致其很容易被后来者取代。

② 参见徐友渔《从"主义"到"问题"——中国学术思想近10年走势纵观》,载《东方》1995年第2期。

起以及现代中国学位制度的建立①。在回答查建英的提问时，我谈及活跃在"文化热"中的人物，学术背景大都属于人文；而进入九十年代，社会科学的兴起，使得人文学者那种理想主义的、文人气很浓的、比较空疏的表达受到了压抑。在这个意义上，"八九十年代的变化，包含着人文学者和社会科学家的各领风骚"②。

八十年代的整体氛围确实是乐观向上，但并非全都风和日丽，准确的描述应该是时上时下，忽左忽右。所谓"一放就乱，一统就死"，不仅指向经济，更体现在政治与文化上。即便有这样那样的不足，那个时候的大多数人（尤其是青年学生），仍感觉是行走"在希望的田野上"。《在希望的田野上》（陈晓光词、施光南曲）与前面提及的《年轻的朋友来相会》《一无所有》，共同构成了八十年代的主旋律。如何让今天中国的年轻人，面临各种艰难险阻时，仍对"再过二十年，我们重相会"充满期待，对于执政者来说，是一大挑战。这里包含青年心态的自我调整、政府制定相关扶持政策，以及长辈如何为年轻人搭建表演舞台。

今天有兴致、有机会且有能力谈论"八十年代"的，虽不一定是当年的弄潮儿，但起码是获益者。几年前，我曾在深圳做过关于八十年代的专题演讲，在答问环节，提及今天公开怀念八十年代的，都是

---

① 1935年4月，国民政府曾仿效英美体制颁布了学位授予法，到1949年新中国成立前，仅有232人获得硕士学位（因战争关系，不少研究生未通过论文答辩，故没有获得学位）。新中国成立后，学习苏联招收副博士或研究生，到"文革"前共培养22700多人。1978年恢复招收研究生制度，1981年5月20日，国务院批准了《中华人民共和国学位条例暂行实施办法》，制定了学士、硕士、博士三级学位的标准，中国学位制度从此建立，研究生教育也得以大力发展。

② 查建英《八十年代——访谈录》，生活·读书·新知三联书店2006年版，第141页。

时代的受益者,故其论述有局限性。任何一次大的时代转折,犹如列车急拐弯,都会甩出去一大批人,那些人便是这个时代的牺牲者。谈论作为"黄金时代"的八十年代,不能过分美化,须记得太阳底下也有阴影①。

至于因缘凑合,八十年代登上历史舞台的七七、七八级大学生,普遍有较大的表演空间,但其业绩也不该被过分放大。这代人的成功,更多的是从一个特定角度折射了三十年来中国社会的巨大变迁。处在那么好的"出击"位置,是否将自家才华展现得淋漓尽致,言人人殊②。三十年后回首往事,不仅仅是满足自己的怀旧感与虚荣心,应该更多几分历史责任与自我反省。"八十年代"能否以比较健康的姿态进入历史,某种意义上,取决于我们这代人的视野、胸襟与见识。

(最近几年,我曾以类似题目在深圳读书论坛、华东师范大学、中山大学、复旦大学、北京大学等做专题演讲,现综合各讲整理成文,2018年7月30日定稿于漠河北极村)

(初刊于《文艺争鸣》2018年第12期,中国人民大学复印报刊资料《中国现代、当代文学研究》2019年第3期转载)

---

① 参见《陈平原做客读书论坛回望上世纪80年代与学术人生》,载《深圳特区报》2013年11月17日;《"我是上世纪八十年代的受益者"》,载《深圳商报》2013年11月18日;《陈平原:现在讲述"八十年代"的人都是得利者》,载《晶报》2013年11月17日。

② 参见陈平原《我们和我们的时代》,载《同舟共进》2012年第12期。

第二辑

我的大学

我的大学第一课

写下题目,当即自我解构:到底想写小说、散文还是回忆录?四十多年前的陈年往事,你还记得清楚吗?记忆力本就欠佳,加上"天增岁月人增寿",更是江河日下。当年没写日记,凭什么敢这么答题?记得钱锺书有一妙语:"我们在创作中,想象力常常贫薄可怜,而一到回忆时,不论是几天还是几十年前、是自己还是旁人的事,想象力忽然丰富得可惊可喜以至可怕。"(《〈写在人生边上〉重印本序》)生怕被钱老在天之灵嘲笑,忆旧时我总是小心翼翼,不敢随便发挥,依稀记得的,须找到佐证才敢下笔。

真是天助我也!前年夏天回潮州,母亲交给我一包东西,那是我出外念书期间寄回来的家书,父亲装订成册,上面还有不少圈点。最早一封写于1978年3月11日,正是我进中山大学校园的第二天,主要内容是报平安。最晚一封则是1989年10月30日,信中提及刚写完一篇谈武侠小说的文章。

我是七七级大学生,1978年3月10日清晨从潮州乘长途汽车,傍晚到达广州，入住康乐园的中山大学学生宿舍。第二天报到、体检、领餐券，紧接着是好几天入学教育，再就是三周的军训，真正上课已经到了4月中旬。翻阅家信，3月10日汇报中文系四年总的课程安排，包括"第三年下半年专业化，语言跟文学分，现没招语言专业，第四年写毕业论文"；4月4日谈系里评生活补助，班里有十几位同学带薪上学，还有两位家境很好的主动放弃，其余的按家庭收入确定补助金额，我因如实申报，得到了最低档每月四元；到了4月26日的家信，方才正式介绍上课情形："我们的功课是，上午上课（2至4节），下午跑图书馆或自学，晚上也自学。星期四下午、星期五晚上开会，星期六（单周）下午劳动。图书馆学习环境好，我常去，不过得'抢'位。报纸也常看，每个宿舍一份，或'南方'，或'人民'，或'光明'，轮流看。同学学习很认真，吃过晚饭不休息，继续念书。我和（吴）承学坚持每天晚饭后散步，因怕身体累垮。我想，要提高学习效率，不要延长学习时间。"

信上没说到底上的是哪些课，好在几年前我为了撰写《失落在康乐园的那些记忆》（《同舟共进》2013年第2期），曾从中大复印了学籍卡及课程表，因此可以很笃定地"昭告天下"：我第一学年的课程包括"写作""中国现代文学""文学概论""现代汉语""英语""政治经济学""体育"，七门课的修业时限均为两学期。可惜学籍卡上只记每门功课成绩，而被我寄予厚望的"中山大学中文系文学专业七七级一学期开设课程表"，包含学习人数、考核方式、教学时数以及任课教师，就是没有每周上课的具体时间。我们是恢复高考后第一届大学生，课程表经过再三调整，半年后才上轨道。手头的第二学期课程表写得清清楚楚：周一上午一、二节写作课，三、四节英语课。就因这最初的匆促上阵，导致我至今无法确定哪个是我就读中山大学中文系

的"第一课"。

大凡从小地方来的,刚进大学时都有点胆怯。同宿舍以及同班级的同学,好像都很厉害的样子,相形之下我自惭形秽。刚开始几周,同学聊天时互相试探,大都倾向于高估对方而贬抑自己。因觉得自己不够优秀,知识底子太薄,不免有点着急。加上十年"文革",大家多有耽搁,而那时的口号又是"把'四人帮'造成的损失加倍夺回来"。几乎所有同学,一入学就不分昼夜地拼命读书,似乎想一口吃成大胖子。如此用力过度,弄得校方很着急,下令十二点后学生宿舍统一熄灯,只保留浴室和厕所。大概正是有感于此,才有我信上说的,"要提高学习效率,不要延长学习时间"。

至于图书馆抢位,那是一个全国性现象。一直到上世纪九十年代末,中国大学图书馆设施严重不足,始终是个难题。其实,这跟学生宿舍过分拥挤有直接关系,我在中大念书时,十二平方米的宿舍住了七个人,好在大家互相体贴,没闹大矛盾。如今的大学校园,学生住宿条件已大为改善,加上电子设备以及网络使用方便,不再有清晨图书馆前排长队的现象——复习考试期间除外。

2021年9月2日于京西圆明园花园

(初刊于《中国科学报》2021年9月14日,刊出时改题为《大学家书中的"陈年往事"》)

永远的"高考作文"

　　这是一篇并不出色,但影响很大,乃至改变了我整个命运的短文。十五年后重读当年的高考作文,颇有无地自容的感觉;可我还是珍藏当初得悉我的高考作文发表在《人民日报》时的那份惊喜、惊愕,以及平静下来后的沉思。那是我治学生涯中迈出的关键性的第一步,我很庆幸没被这不虞之誉压垮。

　　1978年春天,作为恢复高考后招收的第一届大学生,我和我的同学们自我感觉都特别良好;戴着校徽上街,也总有人投来歆羡的目光。只是在校园里,同是"天之骄子",竞争已经悄悄展开。那时,刚入学的新生必须接受一个月左右的军训,好在地点在大学校园而不是在军营。除出操外,还有不少由系里组织的大会小会,以便新生熟悉大学环境。几天下来,来自北京、上海、广州等大城市的同学开始挺起胸膛走路,他们确实见多识广;而像我这样上大学前连火车都没见过的乡下人,开会时只能猫在角落里不吭声,免得露怯。很快地,城里人(必须是大城市,中小城市不算)和城里人,乡下人(大城市的插队知

青仍是城里人)和乡下人,各自组合成聊天集团,开始"侃大山"。其实两大集团之间并非有意互相排斥,只是各自话题和趣味不同,自然而然就分开了。表面上两大聊天集团都很活跃,只是"城里人"聊天时的声调更高,笑声也更朗。

终于有一天,这种刚刚造成的"阶层感"给打破了。原因是指导员(即现在的班主任)跑来告诉我,电台广播了我的高考作文,只是他所复述的几句又似乎不是出自我的手笔。这下子可热闹了,同学们纷纷猜测,是不是高考卷子搞错了。若如是,此公入学资格都成问题(半年后,班里真有一位同学因被查出高考成绩登记错了而被送回原籍)。因而,那两天两大集团聊天时都尽量压低声音,颇有神秘感。我则因成了怀疑对象而独自在校园散步。既可能是作文特棒,又可能是高考作弊,这种特殊身份,使得我上食堂打饭时都低着头,以避开各种好奇且带审视的目光。直到几天后,《人民日报》刊出了我的高考作文,我才重新抬起头来。

四月初的那一天,对我来说实在太重要了,我可以心安理得地在大学里待下去,而且"城里人"对我也都刮目相看了。有的道贺,也有的很不以为然——我从那眼神里完全能够读出来。本来嘛,"文章是自己的好",同学中不乏在当地颇有名气的小作家,更何况我的作文写得确实不算太出色,难怪人家不服气。这并非事过境迁故作谦虚,当年认真"拜读"了好几遍自家作文,还是没能品出味道。直到有一天,得知许多地方编《高考作文选评》,都选了我那一篇,而且评得头头是道,我才恍然大悟:入学前我在中学教语文,作文自然有章有法,易得评卷教师的好感;而那些才气比我大的小作家们,写的却是文艺性散文,不大合高考作文的体例。想通了这一层,我也就明白了自己的位置。

刊于《人民日报》的《大治之年气象新》

有一天，一位自视颇高的同学与我聊天，似乎不大经意地谈起我的高考作文，问我感觉如何，我如实地谈了自己的想法。他想了一下，说："有道理！"沉默了一阵，又说："看来你还有戏！"我当时既感动又气愤，显然他们已经在背后判定我以后"不会有戏"了。凭什么？就凭这点"不虞之誉"？！这还不是一两位同学的偏见，连作文课的教师也扬言要煞煞我的"骄气"，第一次作文给的分数就不高。好在几年下乡，即使有点骄气或娇气，早被穷山恶水和贫下中农给磨没了，不至于"得志便猖狂"。过了两三个月，大家都把高考作文忘了，没人

再当面议论此事,我才活得踏实些。

谁知暑假回家,"高考作文"又搅得我不得安宁。那年头考大学是青年人的头等出路,而大学该如何考又谁都没把握,于是不少家长领着孩子来求教。我哪有本事教人考大学?连我自己是怎么考上的我都说不清。可你要是照实说,人家准以为你假谦虚,或者保守什么秘方。于是我只好四出游荡,把接待客人的任务留给长期担任中学语文教师的我的父母,他们对如何指导学生写作文远比我有经验。

回母校探望我中学时代的班主任兼语文教师,他一个劲地夸我高考作文写得好,而且庆幸当初没照学校的安排做,要不准坏事。大概母校老师以为我高考前准备了一批妙文,怕同学模仿抄袭,故不愿露底。这虽是个天大的误会,可又实在无法澄清,我只好一笑置之。高考前,我原先就读的中学把历届毕业生召回集中辅导,学校领导希望我就七八个题目拟作几篇范文,以供大家参考。学校如此器重学生,可没想到被我毫不客气地拒绝了。那时还没版权意识,也并非奢望一枝独秀;只是我的数学荒废太久,得全力以赴复习。至于语文卷子,我自信不用复习也能考好。事后证明我这一"战略决策"是对的,否则数学考砸可就麻烦了,高考毕竟是十项全能而不是单项比赛。但就因为这件事,我被学校领导批评为"缺乏集体主义精神",还说今年如果考不上,明年不接受我参加复习辅导。我的高考作文在《人民日报》刊出后,学校领导当然引以为傲,回过头来也就谅解了我当初的顶撞,甚至许为"有主见""有心计",避免了全校考生作文一个样的尴尬局面。一开始我还向人家解释并没有事先拟好高考作文,可越解释越难让人信服,还被误解为"炫耀才华"。后来也就不做任何辩解了,反正只要不说我高考作弊就行。

不知道是过分相信考官的眼力呢,还是被周围朋友的好话给陶醉了，一向不轻易许人的父亲，居然也说我文章写得好，有一次还酒后吐真言："早知你高考作文这么好，应该报北大。如能考上北大，爸爸当了破棉袄也要供你上学！"其实家里并没"破棉袄"可当，不过是表示一种决心而已。我们家几代人都在家境不宽裕的情况下，坚持送儿子念书。爷爷念了小学，父亲念了中学，到我这一代才能念大学。当初填志愿报考中山大学都被旁人暗地取笑；如今就因为作文登报，父亲就开始想入非非了。父亲年轻时非常向往北京大学，只是家境不允许他实现这梦想。直到几年后，我考取北京大学王瑶先生的博士研究生，才替他圆了这个几十年的梦。

事情已经过去十五年了，可每当我回家乡探亲，总有父老乡亲夸我的高考作文写得好，似乎我一辈子就会写"高考作文"。开始觉得有点难堪，后来也就泰然处之，有时还能自我调侃几句。

大概，无论我如何努力，这辈子很难写出比"高考作文"更有影响、更能让父老乡亲激赏的文章来了。

1992年8月25日于北大

（初刊于《瞭望》1992年第38期）

从《红豆》到"学刊"

上世纪七十年代末的康乐园,就像其时的未名湖、珞珈山一样,真正当得上"生机勃勃""欣欣向荣"这俗透了的八字批语。刚从"十年浩劫"中喘过气来的教授们,与因恢复高考制度而得以踏进校园的七七、七八级"大"学生一拍即合,共同营造了一场几乎空前绝后的读书热潮。

七七、七八级学生的问学热忱,基于与知识的长期隔绝以及由此造成的极度饥渴,更因背景的"荒芜"与"苍凉"而显得格外突兀。当初"壁立千仞"的姿态,很快因社会的急剧转型与后学的另辟蹊径而迅速瓦解。起码在学术上,这两级学生日后的成绩并没有当初预期的那么辉煌。崛起于废墟之中,其艰难程度,非亲历其境者很难设想。唯一感到欣慰的是,那时的教授和学生,都有一种明确的"责任心"与"使命感",意识到我们在"开创"一个新的时代。师生间因经验、境遇以及知识背景的差异,也曾发生摩擦,但更多的是相互间的体谅、尊重与支持。事隔多年,呈现在脑海中的生活片段,还是如此鲜活与温馨,以至你不忍心对那时"苍白"且"干瘪"的课程设置、教材编纂以及课堂讲习持言过苛。

最让我难以忘怀的,是两度参与筹办杂志的经历。翻阅那自家珍藏、已经泛黄的《红豆》与《中山大学研究生学刊》,涌上心头的,不是"悔其少作"的自命清高,而是对于师长、同学的感激之情。正是这种师友间的真诚合作,以及相对自由活跃的文化氛围,部分弥补了教学上的严重缺陷。我相信,许多七十年代末、八十年代初校园文学(学术)的参与者,都有这种感觉。

《中山大学研究生学刊》封面

《红豆》1979 年第三期

《红豆》1980 年第一期（总第 5 期）

不记得中大中文系的钟楼文学社何时何地宣布正式成立，只知道其机关刊物《红豆》创刊于1979年3月。对于这一社一刊之命名，发表在《红豆》第四期（1979年12月）上的《春来〈红豆〉发新枝——写在〈红豆〉创刊一周年之际》（作者苏炜、王培楠）有所解释：

> 为了继承鲁迅先生当年在我校大钟楼上生活、战斗的光荣传统，我们把自己的文学社命名为"钟楼"；为了寄托我们对生活的诗情和理想，我们借用唐人王维的"红豆"诗意和周总理把广东粤剧誉为"南国红豆"的寓意，将自己的刊物园地命名为"红豆"。

《红豆》创刊号封面

《红豆》创刊号封底

与纯粹的民间刊物不同,《红豆》是在中大校、系两级领导的支持(包括道义与经济)下创办的。因而,其印刷装帧在全国同类刊物中显得出类拔萃:十六开本,铅字印刷,每期56(后改为64)页。《红豆》的刊名由广东著名批评家萧殷题写,创刊号上有中文系老教授楼栖、王起的代发刊词与贺文。更为难得的是刊物还影印了周扬专为《红豆》而作的题词:"红豆生南国,春来发几枝。愿南国文艺一如红豆累累盈枝,以副人民的想望。"

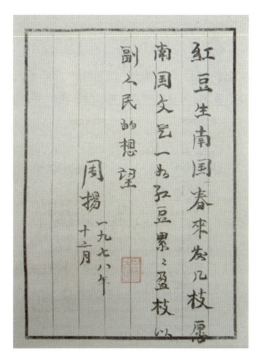

周扬为《红豆》题词

如此依赖长辈的扶持,《红豆》不可能个性鲜明,也没有多少异端色彩。可以说,编辑部同人只是在选稿与发行上,而不是在思想意识上,具有足以自傲的独立性。从校系领导,到当事诸君,只是将《红豆》作为"练笔"的场所,并未看得十分严重。随着时势的推移,民间的声音日渐强大,激烈的冲撞方才浮出海面。在这场政治/文化冲突中,"南国红豆"并非领风骚者,"钟楼"里充溢的,只是遥远的回音。

《红豆》第四期上有两则简讯,一是"《红豆》编辑部已同全国各大专院校27个文学刊物的编辑部建立了联系";一是"全国高校文学刊物《这一代》创刊号十二月初在武汉出版,由参加主办刊物的十三所院校文学团体分别负责发行"。这两则消息,当初以为是喜讯,事后方才明白潜伏着危机。大学生们的四出串联遥相呼应,酝酿成立全国性文学社团,以及发表若干"激进"言论,引起了当局的高度警惕,于是决定予以取缔。首当其冲的,正是体现高校文学青年大联合的《这一代》。

《这一代》只发行了创刊号,其封底印有共同负责的十三所院校文学团体名单。作为难得的文学史料,值得抄录下来,留给后人。名单按笔画为序,故中山大学《红豆》排在第一位;接下来,依次是中国人民大学的《大学生》、北京大学的《早晨》、北京广播学院的《秋实》、北京师范大学的《初航》、西北大学的《希望》、吉林大学的《红叶》、武汉大学的《珞珈山》、杭州大学的《扬帆》、杭州师范学院的《我们》、南开大学的《南开园》、南京大学的《耕耘》、贵州大学的《春泥》。

《这一代》的被查禁,对于正在兴头上的大学生们来说,是个巨大的打击。紧接着,各高校的文学刊物纷纷落马。身处南国的《红豆》,

也预感到萧飒秋风之不可抵御，可仍心存幻想。于是，编辑部同人以"流冰"的笔名，凑成了一篇策略性的申辩文章——《为高校文科学生刊物说几句话》(《红豆》总第7期，1980年12月)。文章开头是："实在可叹：提起笔来，心生寂寞——环顾高校校园，本来一片繁茂的大学文科学生刊物，如今，竟仅剩寥寥几枝了。"分析过此类刊物相继陨落的三大原因后，话锋一转，开始"画龙点睛"：

> 在这一点上，《红豆》确实是幸运的。《红豆》创刊之始，文艺界老前辈周扬、萧殷同志为我们题了词，学校从教学费用中拨出了一定的办刊资金，系党总支和许多教授、老师热情支持，亲

《红豆》1980年第三期（总第7期）

自给我们改稿、出点子。……两年来,我们也捅过漏子、出过毛病,但领导上一直对我们大胆放手,积极引导,并且鼓励我们要把《红豆》坚持办好、办下去。

不记得是谁出的鬼点子,此举的目的,不外希望通过"戴高帽"(所陈基本属实,只不过语调过于卑下),让中大的领导不好意思由"大力支持"转为"迅速封杀"。可就像群众的眼睛一样,领导的眼睛也是"雪亮"的,岂容你耍滑头?一声令下,第8期的《红豆》胎死腹中。说实话,那是"大气候"决定的,《红豆》没有理由侥幸独立生存于南国。

在《红豆》编辑部中,我并非主要角色,所负责的"钟楼论坛",只起敲敲边鼓的作用。比起小说、剧本、诗歌、散文来,评论在刊物中所占比重不大,也没有发表过什么"振聋发聩"的好文章。至于我自己的几则短文,除了可以用来说明我们这代人做学问起点之低外,一无可取。但是,因筛选稿件意见不一而与老朋友闹翻了脸,因校对文稿而深入到印刷厂的排字车间,因沿街叫卖《红豆》时计算不清价格而倒贴了本钱,所有这些校园生活中的涟漪,至今想来,仍令人陶醉。

相比之下,《中山大学研究生学刊》的编辑工作可就没那么"丰富多彩"了。原因是,"学校的领导"与"导师的指教"这回真正落到了实处。资金由学校提供,每年四期,不必用力推销;文章由各系推荐,导师签字即可编发,不必考虑取舍。即便如此,我们还是花了不少心思,通过设计专栏、编排次序、变化版式等小技巧,体现编者的学术意图。由研究生自己主办如此正规的"学刊",这在当年还极为罕见——或许独此一家,故颇获好评。还有一个"花絮"必须交代:"学刊"印刷定点肇庆，通校时可以公私兼顾，顺便游览七星岩名胜，这对一个穷学生来说，也是个不小的诱惑。

"学刊"的编辑，风平浪静；值得追忆的，倒是我的两位导师的宽容大度。刚进入研究生课程不久，为了参加在海南岛举行的中国现代文学年会，我赶写了《论"乡土文学"》。那时年轻气盛，文章的结论有些轻率，指导教师吴宏聪教授显然不太满意。可当我提出希望在"学刊"上发表时，先生还是签了字——不过补充了一句："我不同意你的结论。"若干年后，自己也指导起研究生来，每当与学生意见冲突时，我都会想起吴先生的这句话。对于生性认真的学人来说，尊重长辈不难，尊重晚辈可就没那么简单了。所谓"教学相长"，前提是处于强势地位的导师必须虚怀若谷，愿意并且能够与晚辈平等对话。这种师生之间略带挑战意味的"对话"，很可能说不清谁对谁错，也不必辩个水落石出；但对于学生来说，却是能否确立学术自信与独立思考的关键时刻。

那篇先是惹来麻烦、后又戏剧性地获奖的《论西方异化文学》，则是由我的另一位导师陈则光教授签发的。当有人积极告状而学校准备"追查背景"时，陈先生将责任全部揽下，坚称"文章没有问题"。事后先生告诉我，别看他挺镇定的，当时可是出了一身冷汗。经历过众多政治运动，先生深知"一失足成千古恨"，风波过后，反而再三叮嘱我"以后可得小心"。熟悉中国国情的读者肯定明白，并非每个大学教师都愿意并且能够承担起保护学生的责任。看多了或"落井下石"或"推诿过失"的为人师者，我对平时处世谨慎的陈先生严重关头挺身而出的举动，深表敬意。

在中大念硕士的两年半期间，因"近水楼台先得月"，我先后在"学刊"上发表了五篇论文、两篇译文，算是初步摸到了学术研究的

门槛。我之得以蹒跚起步,除了吴、陈两教授指导有方,也与学校为了鼓励研究生独立思考而创立"学刊"有关。在这个意义上,平实的《中山大学研究生学刊》同样值得我深深怀念。

1998 年 9 月 8 日于京北西三旗

(初刊于《东方文化》1999 年第 1 期)

附录

《红豆》总目录

(陈平原整理,初刊于《怀想中大》,花城出版社 2014 年版)

编辑:中山大学《红豆》编辑部
出版:中山大学钟楼文学社
地址:广州中山大学中文系
电话:51710 转 274
内部刊物,工本费三角五分

创刊号(1979 年第一期,1979 年 3 月)

周扬同志题词 ……………………………………………(1)
代发刊词 ……………………………………… 楼 栖(4)
练练笔,谈谈心,办好这个刊物 ……………… 王 起(5)

欢迎了鲁迅以后 ············· 坚　如（7）

小说、散文
出路 ················· 苏　炜（9）
扭曲 ················· 晓　南（17）
琴声来自黎明前 ·········· 蔡东士（24）
绿浪 ················· 骆　炬（32）
老师 ················· 戴小京（29）
贝壳小记 ············· 杨亚基（36）

诗歌
念奴娇·重读《松树的风格》······ 王　起（38）
【剑出鞘】
血的记忆（二首）·········· 马红卫（39）
诗的力量（外二首）········· 辛　磊（40）
爱的花瓣（二首）·········· 黄子平（45）
红豆寄相思 ············· 康　庄（54）
题在钟楼上 ············· 周小兵（54）

评论
人民歌手的天职 ·········· 钟　生（42）
"暴露文学"优劣论 ········· 曹南才（44）

一吐为快
"现代化"与"卖座率" ······· 小　丁（46）

写在交谊舞会上	毛　铁（48）
"篦儿"一议	晓　晨（50）

外刊转载

姚雪垠批判徐迟诗论的弦外之音	方　醒（51）

寓言：两只黄莺	金朝红（32）
青春浪花	林　雄（55）
学习谚语小辑	林雄收集（6）
文学花絮	列夫·托尔斯泰、冈察洛夫（41）
编后	编辑部（56）
稿约	编辑部（56）
封面题字	萧　殷
封面设计	易建章

1979年第二期（1979年7月）

珠江浪花

黑海潮（小说）	陈海鹰（1）
笑声（小说）	周　哲（16）
位置（小说）	徐　泽（10）
爱情？罪过？（小说）	毛　铁（22）
相思豆（散文）	蔡东士（30）
校园偶拾（散文）	江　艺（31）
康乐园的黄昏（散文）	王海燕、廖建军（33）

康乐诗草

祝福你，德先生 ·············· 陈小奇（35）
康乐情歌 ·················· 刘孟宇（38）
自卫反击战剪影 ·············· 杨运芳（39）
你好，燕子 ················· 刘学工（40）

钟楼论坛

呐喊呵！文艺 ··············· 本刊评论员（41）
从"悲剧定义"谈起 ············· 陈平原（44）

一吐为快

"恨鼠"与"烧仓" ············· 区　进（46）
从"神"想到"鬼" ············· 张连普（46）
且住，"四百型"！ ············· 川心莲（47）
三支神箭 ·················· 方　文（48）

惺亭夜话

《天净沙·秋思》欣赏 ············ 古伟中（55）
金丝猴的连衣裙（寓言）··········· 李材尧（15）

新笑林

主语 ····················· 小阳搜集（29）
文坛之最 ················· 石成整理（9）
小辞典 ··················· 梁志成（32）
勤学小故事 ················· 钟达途摘编（34）

外刊转载

单独（译文）……………………………［美］I·B·辛格尔（49）

学术动态：重新评价电影《武训传》………………………（56）
读者·作者·编者 ………………………………………（57）
封面题字 ……………………………………………… 萧　殷

1979 年第三期（1979 年 10 月）

珠江浪花

炸雷（小说）………………………………………骆　炬（1）
并未凋萎的爱（小说）……………………………俞　虹（11）
好人（小说）………………………………………黄令华（17）
老相熟（小小说）…………………………………何东平（33）
乡土恋（散文）……………………………………思　丰（34）
埋在地底的石狮子（散文）………………………温文认（36）
人比黄花俏（作文选载）…………………………黄扬略（37）

康乐诗草

岁月的伤口 ………………………………………辛　磊（21）
噢，长官！ ………………………………………寒　霜（23）
沙砾篇（七首）……………………………………益　秾（26）
古战场诗抄（三首）………………………………马红卫（24）
【爱情诗一束】
爱的花瓣（二首）…………………………………黄子平（52）

邮路情诗（二首） ……………………………………曾　橹（52）
无题（外一首）………………………………………石　玲（53）
月下曲 …………………………………………………梦　莎（54）

钟楼论坛
为了死去的人们得以静寂安息 ………………………陈　青（27）
从"点缀文学"想到文学批评 …………………杨亚基、古伟中（31）
艺术典型札记 …………………………………………林英男（48）
浅谈《红楼梦》的恋爱婚姻悲剧 ………………戴小京、刘军（43）
从"姑娘的眼睛"说开去（随笔）……………………王培楠（51）

一吐为快
半例都不能为！ ………………………………………剑　钧（39）
假如他是副总长的儿子 ………………………………金　矢（40）
罗马街头的断想 ………………………………………丁　岚（41）
性爱、喇叭裤及其它 …………………………………小　雷（42）

惺亭夜话
民主墙前卖《红豆》（速写）………………………小　丁（55）
《窦娥冤》中的两个细节（名著欣赏）………………唐　豪（57）

新笑林
"账都记在'四人帮'身上" …………………………老　李（32）
三鞠躬 …………………………………………………小　朱（16）
"还剩一只公的" ………………………………………苍　耳（16）

八个党员没水吃 …………………………………… 晓　舟（38）

文艺书简
与僵死的幽灵作斗争 ……………………………… 孔捷生（56）

外国文学
胭脂（翻译小说）……… ［英］奥斯特·赫胥黎著，启明译（59）
民主歌（译诗）………… ［英］艾尼斯·琼斯著，映冉译（62）

简讯：全国十三所高校学生文学刊物《这一代》筹备会议
　　　在北京召开 ………………………………… 本刊记者（10）
本刊启事 ……………………………………………… 编　者
封面设计 ……………………………………………… 赵克标
封面题字 ……………………………………………… 萧　殷

1979年第四期（1979年12月）

春来红豆发新枝 ………………………… 苏炜、王培楠（1）

珠江浪花
追求（小说）…………………………………… 毛　铁（4）
星（小说）……………………………………… 刘　浩（12）
无病呻吟（小说）……………………… 骆炬、冯淑萍（24）
醒（小说）……………………………………… 谷　风（30）
科长和他的百姓（小小说）…………………… 田新生（39）

发生在上半夜（小小说）……………………………何东平（41）
墙头歌（散文）………………………………………蔡东士（35）

康乐诗草
遥远的海边 ……………………………………………吴少秋（43）
拓荒者的呼喊 …………………………………………康　庄（3）
初绽的心蕾（二首）…………………………………晓　麒（23）
光 ………………………………………………………曼　华（58）
"公仆"谣 ……………………………………………流　波（29）

钟楼论坛
试论社会主义悲剧人物 ………………………………陈平原（44）
对《关于〈李白与杜甫〉》的几点意见 ……………刘之光（48）
《欧那尼》上演前后及其他（随笔）………………林英男（55）

一吐为快
从刘少奇看戏说开去 …………………………………小　舟（53）
他们为什么不投票？…………………………………晓　金（54）

惺亭夜话
岭南人物闲坛 …………………………………………梁志成（65）

新笑林
黄道吉日 ………………………………………………小　镜（11）
"价值规律"…………………………………………梁兆雄（34）

中文系七九级热烈讨论话剧《假如我是真的》……………（58）
五分钟小测验 ……………………………………………（23）
简讯五则 …………………………………………………（52）

外国文学
山脊上的呓语 ……………［日］北杜夫著，张建平译（59）

封面题字 …………………………………………………… 萧　殷

1980年第一期（总第5期，1980年5月）

珠江浪花
网中人（电影文学剧本·连载）………… 苏炜、晓南、毛铁（8）
静夜里的呼号（小说）……………………………刘　浩（29）
彤弓（故事新编）…………………………………李材尧（35）
梅子（散文）………………………………………江艺平（1）
陪新郎（散文）……………………………………黄扬略（3）
槟榔赋（散文）……………………………………王春芙（5）
杜鹃花（散文）……………………………………梁小梁（7）
队长（作文评改）………七九级王探宝、评改老师裘汉康（41）

康乐诗草
洁白的诗 …………………………………………陈小奇（23）
拾花集锦（四首）…………………………………辛　磊（24）

深山探索（四首）………………………………马　莉（25）
春天，有一个孩子掉进河里 ……………………少　秋（28）
摇曳的烛光 ………………………………………张世平（40）
重逢 ………………………………………………克　林（7）
旧体诗四首 ………………………………………周　游（34）

【小诗一札】

雪（外二首）……………………………………柯　旺（27）
无题 ………………………………………………区　进（27）
希望 ………………………………………………舟　子（27）
练江夜曲 …………………………………………张小明（27）
仿佛是 ……………………………………………何　晖（27）
也许 ………………………………………………钟展南（27）
孤儿与波浪 ………………………………………温　斌（27）

钟楼论坛

星、隔膜及人的价值 ……………………………杨煦生（49）
要积极地对待人生 ………………………陈平原、杨亚军（52）
评鲍照在我国诗歌史上的功绩 …………………戴小京（54）
谁会凭栏意 ………………………………………吴承学（57）

一吐为快

"官制"改革小议 …………………………………光　之（60）
鸡的悲剧和人的悲剧 ……………………………流　波（61）

惺亭夜话

委屈笔下多波澜——谈《胭脂》的艺术特征 ………王美嘉（63）
一点闲话 ……………………………………………小　磊（62）
岭南人物闲谈（二）………………………………梁志成（26）

新笑林

"政治学习"絮语 …………………………………老　韦（64）
"外宾参观，谢绝……" …………………………小　为（64）

外国文学

写在译文前面的话
　………………［美］加州大学洛杉矶分校教授 Perry Link（45）
隐埋不了的心
　…………［美］艾德加·爱伦·坡著，郭铁鹰、刘明和译（46）
写在译文后面 ……………………………………编者（49）
本刊启事 …………………………………………（64）
封面设计 …………………………………………庄小尖
封面题字 …………………………………………萧　殷

1980年第二期（总第6期，1980年7月）

珠江浪花

网中人（电影文学剧本·续完）………苏炜、晓南、毛铁（27）
那叶血红的丹枫（小说）…………………………延　水（1）
已被遗忘的人（小说）……………………………林　广（11）

在峡谷里（小说） ············· 杨春南（20）
惺亭之夜（散文） ············· 梁小梁（48）

康乐诗草

遥致星星 ····················· 马　莉（49）
船 ························· 吴少秋（50）
暮·夜·晨 ··················· 陈小奇（58）
生日 ························· 曼　华（51）
无题 ························· 辛　磊（51）
枝枝权权 ····················· 苍　耳（53）
读《一八七一年公社史》········· 林英男（53）
标语集 ······················· 朱子庆（53）
水调歌头 ····················· 小　流（19）
江边偶记 ····················· 冰　凌（19）
记忆 ················ 云南大学　朱晓阳（52）

钟楼论坛

怎样看待鲁迅对《赛金花》的批评 ········ 邹　云（61）
偶然引起的对比 ················ 罗昌松（64）

外国文学

穿夏装的姑娘们 ········ ［美］欧文·肖著，张良栋译（54）
定居 ········ ［法］阿尔封斯·都德著，林耀毅、谢建绪译（59）
封面设计 ··························· 庄小尖
封面题字 ··························· 萧　殷

1980年第三期（总第7期，1980年12月）

珠江浪花

睡吧，亲爱的宝贝（小说）……………………………… 刘　浩（1）
他还活着（小说）…………………………………………… 李学谦（4）
冬瓜叔（小说）……………………………………………… 何松江（8）
限于生活的天地（小说）…………………………………… 何东平（13）
连丝果（小说）……………………………………………… 李材尧（18）
没有家的人（小说）………………………………………… 闻一菲（23）
钟，敲了十二下（小说）…………………………………… 刘希斌（25）
当白紫荆花盛开之时（小说）……………………………… 李景强（28）
出卖满足的人（翻译小说）……［日］星新一著，张建平译（33）
船（散文）…………………………………………………… 骆　炬（37）
海角风情（散文）…………………………………………… 黄扬略（45）
弄潮儿（散文）……………………………………………… 流　波（42）
芙蓉花（散文）……………………………………………… 梁小梁（32）

康乐诗草

星光集　………………………………江南、吴曼华、小流、刘中国、
　　　　　　　　　　　　　　　　　陈雨、梦莎、陆先光（高）（48）

台港文学

香港文学社团和刊物一瞥
　　——访香港《青年文学》主编陈庆源　………林英男整理（52）
老倌（诗）………………………………………香港中文大学　舒（41）

钟楼论坛
幽默家之怒目金刚 ·················· 陈平原（56）

一吐为快
为高校文科刊物说几句话 ··············· 流　冰（63）
门牙和柘树和启示 ·················· 岩　雷（62）

惺亭夜话
刺猬与气球（寓言） ················· 朱子庆（17）
新笑林 ············ 李翔、黄晓东整理（7、22、36、55）
告读者 ························（44）
封三　绿岛小夜曲（台湾民歌）
封面设计 ······················ 韩培光

怀想三十年前的"读书"

最近几年,关于七七级大学生的校园生活,或者恢复高考三十周年的历史意义,俨然成了热门话题。每当有人追问,我总是如此回应:我们这一代人的"求学",真可谓"先天不足,后天失调"。唯一可以告慰的是,九曲十八弯,我们终于走过来了;而且,见证了改革开放三十年的成就。从那么低的地方起步,能走到今天,已经很不容易。当然,青春是美好的,校园生活也确实值得迷恋与追怀。之所以如此"低调",是担心在怀旧风潮的驱使下,我们这一代人的"讲古",会日趋"高调"与"时尚",最后沉湎其中,以为自己真的"伟大"起来了。

考上大学的十五年后,我为即将出版的自选集写序,题为《四十而惑》,其中有这么一段:"作为恢复高考后招收的第一届大学生,'七七级'有它的光荣,也有它的苦恼。图书教材、课程设置、学术氛围等,大都不如人意。后人很难想象,我们学了一年的文艺理论课程,竟是以《在延安文艺座谈会上的讲话》为中心。同学不满,可教师的辩解也很有力：谁说毛泽东文艺思想不是文艺理论？幸亏有那么多好玩的事，方才足以弥补'文革'刚结束大学校园里百废待举的缺陷。比如，半夜里到书店门口排长队等待《安娜·卡列尼娜》、大白天在闹市区高声叫卖自己编印的文学刊物《红豆》、吃狗肉煲时为约翰·克利斯朵夫的命运争得更加'脸红耳赤'……所有这些只能属于我们这代人的小情景，回忆起来还挺温馨的。"

不知不觉中，又是一个十五年过去了。这回迎面碰上的是命题作文"谈读书"——不是辨析今天我们该如何读书，而是追怀三十年前大学校园里的读书生活。稍有理性的人都明白，这样的追忆，其实是很不可靠的。即便我信守承诺，不刻意夸饰或伪造；可是，能经过时间这个"大筛子"的，都是"过去的好时光"。如此温柔的"反思"，能有多大的批判力度，我很怀疑。

所有的追忆，都是事后诸葛亮，也都有腾挪趋避的特权。一旦进入游戏，你能越过虚荣心这个巨大的陷阱吗？所谓的"个人阅读史"，会不会变成"成功人士"的另一种自我吹嘘？决定一个人的读书生活的，有时势，有机遇，有心境，有能力，其中任何一个因素的微妙调整，都可以变幻出另一个世界。在这个意义上，三十年前的万花筒，不见得就能摇出今日的"五彩缤纷"。

至于后来者，在仔细辨认那些因岁月流逝而变得日益依稀的足迹时，能做到不卑不亢，且具"了解之同情"吗？

真的是"知我者谓我心忧，不知我者谓我何求"。

都说七七级学生读书很刻苦，那是真的。因为，搁下锄头，洗净泥腿，重新进入阔别多年的校园，大家都很珍惜这个来之不易的机会。至于怎么"读"，那就看各人的造化了。进的是中山大学，念的是中文系，课程的设计、教师的趣味、同学的意气，还有广州的生活环境等，都制约着我的阅读。

　　回想起来，我属于比较规矩的学生，既尊重指定书目，也发展自己的阅读兴趣；而不是撇开课业，另起炉灶。能"天马行空"者，大都是（或自认为）才华盖世，我不属于那样的人，只能在半自愿、半强制的状态中，展开我的"阅读之旅"。

中大本科毕业证书

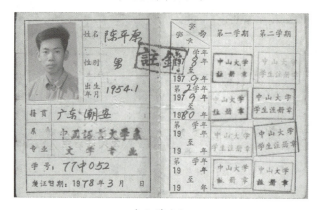

中大学生证

对于受过正规训练的大学生来说，课程学习很重要，但因其"身不由己"，故印象不深，追忆时不太涉及。反而是那些漫无边际的课外阅读，更能体现一己之趣味，也容易有刻骨铭心的体会。因此，单看回忆文章，很容易产生错觉，以为大学四年，大家读的都是课外书。我也未能免俗，一说起校园生活，浮上脑海的"读书"，不是背英语单词，也不是记中国共产党历史上有多少次路线斗争，而是悠闲地躺在草地上，读那些无关考试成绩的"闲书"。

这种"自我感觉"良好的阅读状态，记得是进入三年级以后才逐渐形成的。刚进康乐园，一切都很新鲜；上课时，恨不得把老师讲的每句话都记下来。除了"家事国事天下事，事事关心"的求知欲，还有拿高分的虚荣心——那时没有"全国统编教材"，一切以课堂上教师的话为准。进入三年级，也就是1980年前后，一方面是摸索出一套对付考试的"行之有效"的方法，另一方面则是大量"文革"前的书籍重刊，加上新翻译出版的，每天都有激动人心的"图书情报"传来，于是，改为以自由阅读为主。

不是说"自由阅读"就一定好，中间也有走弯路的。我们这一代，进大学时年纪偏大，不免有点着急，老想"把'四人帮'造成的损失加倍夺回来"。站在图书馆前，幻想着能一口把它吞下去。经过一番狼吞虎咽，自以为有点基础了，于是开始上路，尝试着"做点学问"。这样"带着问题学"，有好也有坏——当选题切合自己的趣味和能力时，确实事半功倍；否则可就乱套了。我曾经围绕"悲剧人物""晚明文学思潮"等专题读书，效果还可以。但不知道为什么，突然对美国作家马克·吐温感兴趣，花了好多时间，读《汤姆·索亚历险记》《哈克贝利·费恩历险记》《镀金时代》《百万英镑》《在亚瑟王朝廷里的康涅狄克州美国人》《马克·吐温自传》等，还有能找到的一切有关马克·吐

温的"只言片语"。

阅读"悲剧"或谈论"晚明",除了受时代思潮的影响,多少还有点自己的问题意识;可"专攻"马克·吐温,几乎是毫无道理。我的英语本来就不好,对美国历史文化也没什么特殊兴趣,要说"讽刺"与"幽默",更非我的特长,但鬼使神差,我竟选择了这么个题目,折腾了好长一段时间。大概是小时候背治学格言的缘故,以为真的"只要功夫深,铁杵磨成针"。如此"为论文而读书",毫无乐趣可言;文章写不好不说,以后一见到马克·吐温的名字或书籍,就感到头疼。明知这种心理乃至生理的反应不对,可就是无法静下来,以平常心面对汤姆·索亚的神奇历险。

念大学三、四年级时,我的读书,终于读出点自己的味道来。记忆所及,有两类书,影响了我日后的精神成长以及学术道路,一是美学著作,一是小说及传记。

我之开始"寻寻觅觅"的求学路程,恰逢"美学热"起步。因此,宗白华的《美学散步》(上海人民出版社,1981年)、朱光潜的《西方美学史》(人民文学出版社,1979年),以及李泽厚的《美的历程》(文物出版社,1981年),都曾是我朝夕相处的"枕中秘笈"。除此之外,还有一位现在不常被提及的王朝闻,他的《一以当十》(作家出版社,1962年)、《喜闻乐见》(作家出版社,1963年)以及《论凤姐》(百花文艺出版社,1980年)等,对各种艺术形式有精微的鉴赏,我也很喜欢。换句话说,我之接触"美学",多从文学艺术入手,而缺乏哲学思辨的兴致与能力。

李泽厚是我们那一代大学生的"偶像",一本《美的历程》,一本《中国近代思想史论》(人民出版社,1979年),几乎是"人见人爱"。

也正因此，有现炒现卖，撷取若干皮毛就开始"走江湖"的。那上下两卷的《西方美学史》，博大精深，像我这样的"美学业余爱好者"，读起来似懂非懂。当初引领诸多大学生入美学之门的，其实是朱先生的另外两本小书：《谈美书简》（上海文艺出版社，1980年）和《美学拾穗集》（百花文艺出版社，1980年）。朱先生擅长与青年对话，这点，从早年的《给青年的十二封信》《谈美》《谈文学》就可以看得很清楚。既能作高头讲章，又不薄通俗小品，这是一种很高的境界，别人很难学得来。宗先生的书，很多人一看就喜欢，尤其是"美学散步"这个词，太可爱了，一下子就变成了"流行语"。初读宗先生的书，以为平常，因极少艰涩的专门术语；随着年龄的增长，书读多了，方才明白此等月白风清，得来不易，乃"绚烂之极"后的"复归于平淡"。

跟日后的研究工作毫无关系，纯属特定时期的特殊爱好的，是法国作家罗曼·罗兰著、傅雷译的《约翰·克利斯朵夫》。此书最早由人民文学出版社在1957年出版，我买的是1980年重印本。如此"雄文四卷"，就堆放在床头，晚上睡觉前，不时翻阅，而且是跟《贝多芬传》对照阅读。还记得《约翰·克利斯朵夫》扉页上的题词："献给各国的受苦、奋斗，而必战胜的自由灵魂。"不用说，这话特别适合有理想主义倾向的大学生。主人公如何克服内心的敌人，反抗虚伪的社会，排斥病态的艺术，这一"精神历险"，对于成长中的年轻人来说，无疑有巨大的鼓舞作用。

激赏这种有着强大的个人意志以及奋斗精神，渴望成为"必战胜的自由灵魂"，不仅仅属于小说人物约翰·克利斯朵夫，也同样属于青年马克思。我如痴如醉地阅读尼·拉宾著《马克思的青年时代》（南京大学外文系俄罗斯语言文学教研室翻译组译，三联书店，1982年），关注的是其精神历险与人格力量，而不是具体的理论主张。记得还有

另一版《马克思的青年时代》，也是苏联人写的，中国青年出版社出版，那书厚得多，但思想太正统，且文字不好，我不喜欢。

注重精神力量，同时兼及文章风采，这种阅读口味，让我迷上了一册小书——苏联作家格拉宁所撰"文献小说"《奇特的一生》（侯焕闳等译，外国文学出版社，1979年）。这是一本小册子，168页，一个晚上就能读完，可却让我的心情久久不能平静。除了感慨主人公柳比歇夫献身科学的巨大热情，更关注其神奇的"时间统计法"。传主之别出心裁，加上作家的妙笔生花，居然让繁忙的例行公事、杂乱的饮食起居，还有枯燥的科学实验，不说全都变得充满诗意，起码也是可以轻松地、宽宏大度地去忍受。"时间统计法为他创造了高度理智和健康的生活"（第十五章），这点，着实让既贪玩又想出成果、总是感叹时间不够的我辈歆羡不已。

三十年前如饥似渴的自由阅读，我有刻骨铭心的感受，也有惘然若失的遗憾。举个例子，读了许多俄国作家如托尔斯泰、契诃夫、莱蒙托夫、屠格涅夫等人的作品，可回避了鲁迅所说的"人的灵魂的伟大审问者"陀思妥耶夫斯基，实在是个无可弥补的损失。那时存在主义思潮已经开始涌进来，"他人就是地狱"成了喜欢"扮酷""做深沉科"的大学生的口头禅。于是，我跳过了陀翁，一转而阅读卡夫卡的《城堡》、贝克特的《等待戈多》、萨特的《呕吐》、加缪的《局外人》以及《西西弗的神话》去了。

我所就读的中山大学，位于改革开放"前线"的广州，校园里流行阅读港台书。手持一册港台版的萨特或加缪的书，那可是一种重要的"象征资本"——既代表眼界开阔、思想深邃，也暗示着某种社会地位。此类书，图书馆偶有收藏，但不出借，只限馆内阅读；因此，若想看，得排长队。回想起来，当初为何热衷于此，除了"思想的魅力",还有金圣叹所说的"雪夜读禁书,不亦快哉!"——可惜广州没"雪"。

到什么山头唱什么歌,在什么季节吃什么果,是什么年龄说什么话。阅读也一样,错过了"时令",日后再补,感觉很不一样——理解或许深刻些,可少了当初的"沉醉"与"痴迷",还是很可惜。

2008 年 4 月 16 日于香港客舍

附录

八十年代初一个文科大学生的阅读记忆

八十年代初一个文科大学生的阅读记忆

1. 列夫·托尔斯泰著、周扬译:《安娜·卡列尼娜》,人民文学出版社,1978 年。
2. 莱蒙托夫著、翟松年译:《当代英雄》,人民文学出版社,

1978年。

3. 屠格涅夫著、磊然译:《贵族之家》,人民文学出版社,1955年。

4. 屠格涅夫著、陆蠡译:《罗亭》,人民文学出版社,1957年。

5. 契诃夫著、焦菊隐译:《契诃夫戏剧集》,上海译文出版社,1980年。

6. 马克·吐温著、许汝祉译:《马克·吐温自传》,江苏人民出版社,1981年。

7. 罗曼·罗兰著、傅雷译:《约翰·克利斯朵夫》,人民文学出版社,1980年。

8. 罗曼·罗兰著、傅雷译:《贝多芬传》,人民音乐出版社,1978年。

9. 卡夫卡著、汤永宽译:《城堡》,上海译文出版社,1980年。

10. 萨特著、吴煦斌译:《呕吐》,远景出版事业公司,1981年。

11. 卡缪著、张汉良译:《薛西弗斯的神话》,志文出版社,1974年。

12. 赫勒著、南文译:《第二十二条军规》,上海译文出版社,1981年。

13. 袁可嘉等编:《外国现代派作品选》,上海文艺出版社,1980年。

14. 马克思著、刘丕坤译:《1844年经济学—哲学手稿》,人民出版社,1979年。

15. 尼·拉宾著、南京大学外文系俄罗斯语言文学教研室翻译组译:《马克思的青年时代》,生活·读书·新知三联书店,1982年。

16. 伯拉威尔著、梅绍武等译:《马克思和世界文学》,生活·读书·新知三联书店,1980年。

17. 特里·伊格尔顿著、文宝译：《马克思主义与文学批评》，人民文学出版社，1980年。

18. 勃兰兑斯著、成时译：《十九世纪波兰浪漫主义文学》，人民文学出版社，1980年。

19. 勃兰兑斯著、张道真译：《十九世纪文学主流》（第一册），人民文学出版社，1980年。

20. 格拉宁著、侯焕闳等译：《奇特的一生》，外国文学出版社，1979年。

21. 宗白华：《美学散步》，上海人民出版社，1981年。

22. 朱光潜：《西方美学史》，人民文学出版社，1979年。

23. 朱光潜：《谈美书简》，上海文艺出版社，1980年。

24. 朱光潜：《美学拾穗集》，百花文艺出版社，1980年。

25. 王朝闻：《一以当十》，作家出版社，1962年。

26. 王朝闻：《喜闻乐见》，作家出版社，1963年。

27. 李泽厚：《中国近代思想史论》，人民出版社，1979年。

28. 李泽厚：《美学论集》，上海文艺出版社，1980年。

29. 李泽厚：《美的历程》，文物出版社，1981年。

30. 林语堂著、郑陀译：《吾国吾民》，台北德华出版社，1980年。

［初刊于《出版人》2008年第12期（6月15日），2008年10月30日《深圳商报》刊本添加附录"八十年代初一个文科大学生的阅读记忆"］

失落在康乐园的那些记忆

南国多雨,再深刻的脚印,也都不能长久存留。好处是,风疾雨骤,转眼间又是蓝天白云;于是乎,这里的读书人,普遍相信"苟日新,日日新"。不好的地方呢,若你想怀旧,很难找到确凿的证据。就说康乐园吧,当初大草坪上、老榕树下、图书馆边、杜鹃花前,那么多有趣的故事,不也早就随风飘去?

十年前答记者问,我曾提及:"逐渐远去了的大学生活,确实该写点东西来纪念。包括对老师、对同学的追忆,还有参与办刊物等校园生活的很多细节,都值得好好记取与珍藏。"① 可实际上,"追忆往事"需要契机,也需要氛围。我所在的中山大学中文系七七级,没能像北大同学那样,推出自己的"集体记忆"②,也就难怪我的懒散及懈怠了。

相对来说,我还算是"有心人",三十年间,不断回望康乐园,直

---

① 《中大学生、北大教授陈平原谈77、78级现象:我们的苦与乐》,载《南方日报》2002年5月5日。

② 参见岑献青《文学七七级的北大岁月》,新华出版社2009年版。

毕业前夕留影（1982年初）

接或间接提及自己大学生活的文章，不下十来篇。可说实话，昔日的印象越来越模糊，回声也越来越遥远。趁着这回纪念毕业三十年，拾取若干记忆，免得我的"康乐园"彻底消逝。

校园生活值得怀念，可同学间并非全都是友情——其中不乏误解与猜忌，甚至还有拿不到台面上的钩心斗角、造谣诽谤。好在时间是个好东西，轻松地抹平了你我间不太愉快的记忆。几十年后见面，都说"同学一场"不容易，彼此握握手，互道安康。因当初不是风云

人物,没有多少激动人心的故事,我的诸多文章或答问(如《永远的"高考作文"》《从中大到北大》《从〈红豆〉到"学刊"》《怀想三十年前的"读书"》《1977恢复高考,我的命运我做主》《陈平原:"一生而历二世"》),基本上只谈自己的事。一怕见识有限,二怕记忆不确,三怕误伤同学……只有自己那点陈芝麻烂谷子,既无关大局,也无伤大雅,自信还能拿捏得住。

我谈中大的文章,到目前为止,最有价值的,还属那些怀念老师之作,如《此声真合静中听——怀念陈则光先生》(1992年)、《花开花落浑闲事——怀念黄海章先生》(1993年)、《为人师者——在吴宏聪教授从教五十五周年纪念会上的发言》(1997年)、《不该消失的校园风景》(1999年)、《吴宏聪与西南联大的故事》(2002年)、《六位师长和一所大学——我所知道的西南联大》(2007年)、《格外"讲礼"的吴宏聪老师》(2011年),以及《〈董每戡集〉序》(2011年)等。最后一文,乃《中国戏剧研究的三种路向》(《中山大学学报》2010年第3期)中的一节,应岳麓书社编辑之邀,改写成五卷本《董每戡集》的序言。

大学四年,我多少有过接触的中大中文系教授,除了上面提及的黄海章(1897—1989)、董每戡(1907—1980)、陈则光(1917—1992)、吴宏聪(1918—2011),还有好几位。比如,曾宪通老师曾带我去拜访过容庚先生(1894—1983),听他教导年轻人如何立志读书,以及讲述自己"课越上越少,薪水却越来越高"的奇妙变化;因参与编辑校园文学刊物《红豆》,也曾登门向楼栖先生(1912—1997)请教。至于王起先生(1906—1996),读书时听过他演讲,毕业后多次拜访,受益匪浅;虽曾在专业论文中阐述王先生的学术贡献,却没能呈现其日常生活以及课堂上的风采,深感惋惜。

从十五年前与夏晓虹合编《北大旧事》（三联书店，1998年），到为吴定宇主编的《走近中大》（四川人民出版社，2000年）作序，再到撰写专业著作《作为学科的文学史》（北京大学出版社，2011年），我发现一个小小的秘密：校友之追怀大学生活，不是老师风采，就是同窗情谊，再有就是演戏、出游、办杂志、谈恋爱等；大学四年的主体——上课、讨论、复习、考试等，反而基本上被遗忘了。阅读此类怀旧文章，不见"读书"这一主角，以致没上过大学的人会误认为校园生活就是这么清风明月，浪漫无边。那些"枯燥无味"的苦读场面，日后逐渐隐去；同学们追怀不已的，全都是"充满戏剧性"的逸闻琐事。

其实，如着眼于教育史、学术史或思想史，课程安排与课堂实践，即便不说"格外重要"，起码也是"不能忽略"。我在《作为学科的文学史》第四章特别提及："后人论及某某教授，只谈'学问'大小，而不关心其'教学'好坏，这其实是偏颇的。""对于学生来说，直接面对、且日后追怀不已的，并非那些枯燥无味的'章程'或'课程表'（尽管这很重要），而是曾生气勃勃地活跃在讲台上的教授们。"我就读中山大学那四年（1978年2月—1982年1月），恰好是中国改革开放刚刚起步、思想解放运动风起云涌、整个中国社会发生翻天覆地变化的时代。毫无疑问，我们的校园生活——无论"课内"还是"课外"，都深受这大思潮的影响。有感于怀旧文章多谈"课外生活"，我想反过来强调：描述改革开放初期中国大学的教学状态，比起那些私人化的"情绪"与"轶事"，更耐人寻味，也更有史的意义。

没有当年日记，也不知课堂笔记搁在何处，我只好请中大中文系李炜教授帮忙，复印了我的学籍表及课程表。说实话，面对这些斑驳的纸片，我好几天睡不着觉，觉得自己确实有责任把三十年前的校园

风景与青春记忆写下来，留作当代中国学术史或教育史资料。

先抄我学籍表上的课程，至于各科成绩，跟论题相关则提及，否则隐去。以下各门课程的排列，依照学籍表上的顺序，别无深意：

第一学年：写作、中国现代文学、文学概论、现代汉语、英语、政治经济学、体育；

第二学年：英语、体育、古代汉语、马克思主义哲学、语言学概论、中国当代文学、中国古代文学（一）、文艺创作；

第三学年：外国文学、英语、中共党史、中国古代文学（二）、马克思主义文艺理论经典著作选读、民间文学（选）、宋元文学史、艺术辩证法（选）；

第四学年：明清文学史、国际共运史、中国近代文学史、美学（选）、曹禺研究（选）。

第一学年的七门课，修业时限均为两学期；第二学年八门课，前四门两学期，后四门一学期；第三学年八门课，外国文学两学期，其余的一学期；第四学年因撰写毕业论文，课程较少，只有五门课，且均为一学期。

按每学期每门课程2个学分计算，共80学分；加上实习和毕业论文，大约是90学分。与目前北大中文系本科生毕业需修满145学分相比，当年中大的课程不算多，但基本框架都在，没有大的纰漏。

唯一的遗憾是缺少古文献方面的课程（如文字、音韵、训诂以及版本、目录学），但那是当年中国高校的普遍现象（北大中文系有古文献专业，是特例）；1981年9月17日中共中央发出《关于整理我国古籍的指示》，决定成立直属国务院的古籍整理出版规划小组后，各高校才纷纷开设此类课程。

至于"中国通史",我记得自己上了两学期,就在教学楼的阶梯教室,与七八级同学合上的。为何学籍表上没有成绩?估计当时只要求听讲,不用考试。

七七级学生年龄普遍偏大,好处是阅历丰富,学习认真,缺点则是冒进与急躁,不愿意也不屑于"按部就班",总想找方法、抄捷径,尽量往前赶,"把'四人帮'造成的损失加倍夺回来"。别的好说,轮到学英语,问题可就大了——这么学,必定根基不牢,日后不断补课,越补窟窿越大。一开始,学校对于给不给中文系学生开外语课有些犹豫,除了缺少教师,更因对我们这个年纪才学外语,有没有必要以及能否学好,实在缺乏信心。记得第一学期上英语课,不断调换时间、地点,大概属于"见缝插针"。

老师对我们这些"老童生"另眼相看,说是因材施教,"以阅读为主",主要讲语法,再就是多记单词。有一段时间,我拿一本小辞典,从第一页开始往下背。如此学外语,自觉进步很快,可实际上只适合于上考场——我的硕士及博士入学考全都"一路畅通","诀窍"就在这儿。可当我进入研究生课程,第一次在英语课上高声朗读,老师连说听不懂,那一瞬间我几乎崩溃了。这"哑巴英语"的尴尬,有学生的天赋问题,但主要还是教学观念及方法的失误。

与英语同属公共课的,还有体育。开设两年四学期的体育课,主要不是为了培养某种技能,而是逼着我们走出教室,不要只是闷头读书。七七级同学大都经过上山下乡的锻炼,"风里来雨里去",身体素质本不错,可这么一头扎进图书馆,容易出问题。

同学们不太能体会校方的苦心,对在大太阳底下跑来跑去实在不感兴趣。学校于是规定,某些项目若不达标就不能毕业。这一下麻烦

了,同学们有的跳马闪了腰,有的长跑扭了脚,有的百米跑无论如何过不了关。我跳高、跳远、跑步、投掷全都没问题,就是游泳有点吃力,训练一下也可将就过去(此游泳课日后发挥很大作用,暂且按下不表),唯一让我头痛不已的是单杠上空翻。看别人做很轻松,我头一朝下就觉得晕。考试的时候,我闭着眼睛,请同学帮着托屁股,硬推过去,这才勉强及格。

几年后,我在五台山爬坡,快到山顶时,蓦然回首,就再也走不动了。这才知道,我有恐高症。

在《四十而惑》一文中,我曾称:"作为恢复高考后招收的第一届大学生,'七七级'有它的光荣,也有它的苦恼。图书教材、课程设置、学术氛围等,大都不如人意。后人很难想象,我们学了一年的文艺理论课程,竟是以《在延安文艺座谈会上的讲话》为中心。同学不满,可教师的辩解也很有力:谁说毛泽东文艺思想不是文艺理论?"(《十月》1995年第5期)如此窘境,我至今念念不忘。四年前撰《怀想三十年前的"读书"》,重提此事:"我们这一代人的'求学',真可谓'先天不足,后天失调'。唯一可以告慰的是,九曲十八弯,我们终于走过来了;而且,见证了改革开放三十年的成就。从那么低的地方起步,能走到今天,已经很不容易。"(《出版人》2008年第12期;《深圳商报》2008年10月30日)这回翻看课程表,心里稍微释然。因为,学籍表上原本列的就是"毛泽东文艺思想",那"文学概论"的印章是后来盖上去的。再往前翻查,中大中文系七七级第一学期课程表,手写版是"马克思主义文艺理论",印刷版才改为"毛泽东文艺思想"。同一门课程,从"马克思主义文艺理论"到"毛泽东文艺思想"再到"文学概论",可见"风云变幻"。

身处大变动时代,不知道风从哪个方向吹,也拿不定主意该往何处去，于是只好"穿新鞋，走老路"。课名改成"文学概论"后，内容则依旧还是"毛泽东文艺思想"。须知，中山大学中文系文艺理论组 1965 年编印过《毛泽东文艺思想学习资料》，1972 年更推出了《毛泽东文艺思想：学习辅导教材》，这就难怪当文艺理论组几位老师合开"文学概论"课时，会讲成以《在延安文艺座谈会上的讲话》为中心。

我能体会授课教师的难处，只是感叹其不该为了压制学生的不满情绪，期末考试这么命题："对于文艺工作者来说，第一位的工作是什么？请论述。"若你不记得毛泽东"讲话"中有一句"我们的文艺工作者需要做自己的文艺工作，但是这个了解人熟悉人的工作却是第一位的工作"，那你怎么回答都是错的。这明摆着是在惩罚学生，且鼓励死记硬背。多少年后，我也成了"大权在握"的教授，但凡关键性的考试，命题时常想起这件事，于是告诫自己，要让学生有选择性，这一道不行，可回答别的，关键是展现自家才华。在我看来，当老师的最大乐趣，是选拔英才，而不是教训学生。

说到"教训学生"，我想起二年级的"马克思主义哲学"课。此课程两学期，第一学期男老师上，效果很好；第二学期女老师上，效果极差。正因为上课效果欠佳，学生啧有怨言，期末复习时，老师竟开列十道复习题，还给出答案，说记牢了就行了。有同学欢天喜地，我则对此刻意讨好学生的举措颇为鄙夷。上辅导课时，我对老师的"标准答案"提出质疑——那时我正读马克思《1844 年经济学—哲学手稿》，对老师拿着旧教材照本宣科很不以为然。虽说是"讨教"，言谈中必定流露出不满或轻视，老师因此很不愉快。

我这门课的成绩，上学期极高，下学期很低，平均起来 83 分，在我四年课程中"叨陪末座"。接到成绩的那一周，我很愤怒，路遇老师

时还曾与之争辩。事后想想,是我不对。这门课本就不受重视,逃课者比比皆是;而老师水平越低,对学生的反应必定越敏感。一般情况下,学问好的老师不怕挑战,且喜欢特立独行的学生;学问差的老师则深恐被看不起,容易将"提问"解读为"刁难"。

此后几年,我学乖了,不再向任课教师请教任何问题——问浅了,人家笑你没学问;问深了,人家嫌你爱炫耀。等到自己走上讲台,遇到学生"挑刺"甚至"挑衅"时,一再提醒自己,要平心静气,尽可能以理服人;万一是我错了,道个歉也没什么了不起。

我念书的时候,大学教师的"权威"还在,板着面孔"教训学生",乃天经地义的事。也没见哪个学生跑去告状,说某某老师"态度不好"。就拿"写作"课来说吧,考虑到不少学生入学前发表过作品,任课老师制定了一整套策略:第一、第二次作文分数普遍很低,目的是打掉我们的"傲气";日后分数逐渐提升,让同学们感觉到自己"进步神速",且深刻体会这门课的"好处"。

这么说,没有任何挖苦的意味。当老师的都明白,作文课不好教——尤其是写评语。你随手写下来的几句话,哪经得起学生前后左右仔细琢磨?比如,有位女老师知道我的高考作文登在《人民日报》上,评语中谆谆告诫我不能骄傲,这话我铭刻在心;可说我的文章"立意不高",则不太能接受。记得那次作文是写"文革"中自己印象最深的事,我讲述父亲被关押在韩江边的师范学校,自己前去探监的经过及感受。老师说:那么多老干部被折磨死了,你们家这点事算什么?可作为一介小民,我不清楚刘少奇、彭德怀是怎么死的,我对"文革"最深刻的印象,确实是探监归来,在湘子桥上回望韩山那一刻所感受到的荒谬、痛苦与无助。

不过,我承认,只感动自己的文章,不是好文章。这也是我放弃

"作家梦",改走学术道路的重要契机。

怎么看待大学中文系的"写作"课,学界颇多争议。上世纪二三十年代,很多大学中文系开设"各体文写作"课程;五六十年代更设立了专门的写作教研室。可进入新时期以后,此教研室逐渐消亡,写作课也日渐没落。决定这一大趋势的,并非"写作"不能教,而是在"论文至上"的时代,专教这门课的老师,既吃力,又不讨好。如此说来,中大中文系自1986年开启"百篇"作文写作计划,至今已坚持了26年,非常不容易。今年夏天,我为中大中文系申请国家级精品课程撰写推荐信:"用不着'高瞻远瞩',当老师的都明白,写作能力的提升,对学生极为重要。可能力的培养,单靠课堂讲授是不够的,必须配合具体的写作实践。所谓'因材施教',没有比教授认真批改学生作文更能落实、有效的了。如今中国各大学中文系,大都将训练、指导的责任推给了中学语文教师,或期待学生自己去摸索;这就难怪,很多名牌大学中文系的毕业生写作能力欠佳。而中山大学中文系的教授们勇敢地直面此困境,左冲右突,上下求索,'杀出一条血路来',且形成常规化的制度,持之以恒,坚持不怠,实在令人钦佩。"

在"写作"课以及"文学创作"课上没有上乘表现的我,因参加《红豆》的编辑工作,依旧将"文学"而非"语言"作为自己的主攻方向。第二学年开设的"语言学概论"与"古代汉语",都是必修课;授课教师分别是高华年(1916—2011)和李新魁(1935—1997)。作为"热爱文学"的中文系大二学生,我既没读过高先生的《彝语语法研究》(科学出版社,1958年),也不知道李先生的《古音概说》(广东人民出版社,1979年),只是凭听课感觉,知道这两位先生"很有学问"。最明确无误的证据是,两位先生居然能将在我看来"相当枯燥"

的课程,讲得如此生动且有趣,以致全班同学不管喜欢不喜欢,都能听得下去。

日后到北大读博士,听高华年在西南联大时期的前后同学王瑶(1914—1989)、季镇淮(1913—1997)、朱德熙(1920—1992)三位先生说起,才知道他的学术背景及深厚功力。至于李新魁,因同属潮州人,我在中大念书时,对其英姿勃发以及坎坷的学术生涯多有听闻。到北大后,方才了解李先生在音韵学和方言学方面造诣极深,在中国学界享有很高声誉。可惜的是,李先生62岁便英年早逝,真应了那句古话——"千古文章未尽才"。

自"五四"新文化运动时期北大厉行改革,为中国文学门(系)学生开设"外国文学"课程,以后便成为通例——学文学的,必须兼及古今中外。区别在于,有的大学(如北大以及受北大影响的台湾大学等)是中文系与外文系互开"文学史"课程,有的大学则是在中文系内部设立外国文学教研室。中山大学属于后一类,两个学期的"外国文学史"课程,由本系教师承担。上学期由易新农主讲欧美文学,下学期由吴文辉主讲东方文学。

易老师讲课中规中矩,没有什么瑕漏,可也说不上精彩;吴老师则很不一样,才气横溢,论述时斩钉截铁,一看就是很有主见的人。至于不看讲稿,随手在黑板上写下作家的外文名字以及生卒年月,今天看来不无炫耀的成分。易老师在我上硕士研究生时多有指教,且合作撰写了《〈玩偶之家〉在中国的回响》(《中山大学学报》1984年第2期);反而是当初同学们十分佩服的吴老师,没能做出更大的学术贡献,殊为可惜。

日后我才知道,开"外国文学史"课程的大学很多,但绝少像中大这么注重"东方文学"的。我之所以能较早关注中国现代作家与印度文化的联系①，与中大的这一学术训练有关。至于课时少而范围广，中文系的"外国文学"课堂，很容易演变成"录鬼簿"，那是整个文学史课程设计的问题，怨不得中大老师。

中文系的所有课程中，最为吃重的当属"中国古代文学史"。我的课程表及学籍表上都有"中国古代文学"（一）和（二），加上"宋元文学史"和"明清文学史"。其实，这四学期的课，应该统称"中国古代文学史"。授课教师是：第一学期卢叔度、曾扬华，第二学期黄天骥，第三学期吴国钦，第四学期刘烈茂。毕业后同学聚会，最常提及的是黄老师的课，因他学问好，讲课很投入，声情并茂，当初就有很多粉丝。这回阅读课程表，有个"重大发现"——黄老师对自己的"讲课魅力"很自信，居然将为中文系七七级讲授"中国古代文学史（二）"，排在星期六上午第一、二节！今天谁要是这么排课，那准是疯了。可当初没有任何问题，我们都起得来，未见有人抱怨或抗争。

谁接黄老师的课谁倒霉，可想而知，学生们必定会拿他跟前任作对比，然后胡乱褒贬。与黄老师性格迥异的吴国钦老师，接着讲"宋元文学史"，不用说，压力很大。吴老师专攻中国戏曲，是"文革"前王起教授带出来的研究生，且刚刚在上海文艺出版社刊行《中国戏曲史漫话》（那时教授出书可是大事），让他讲这一段文学史，可谓"本色当行"。吴老师讲课清晰、冷静、平淡，可谓"也无风雨也无晴"。这样的讲授风格，课堂必定比较沉闷，我却公开为其叫好。因为，到了期末复习，我发现黄老师课上有很多精彩发挥，可讲着讲着就不

---

① 参见拙文《论苏曼殊、许地山小说的宗教色彩》，载《中国现代文学研究丛刊》1984年第3期；《许地山：饮过恒河圣水的奇人》，见曾小逸主编《走向世界文学》，湖南人民出版社1985年版。

知道到哪里去了；吴老师则不枝不蔓，长驱直入，复习时特别好掌握。我甚至这么总结，黄老师的课好听不好记，吴老师的课好记不好听——只能说是"各有千秋"。

课讲得既不好听、也不好记的，是卢叔度老师（1915—1996）。反右运动中被错划为右派，而后长期在中文系资料室工作的卢老师，给七七级讲先秦文学，是他时隔二十年后重上讲台。这门课本就有难度，加上卢老师口音很重，同学们根本听不懂，纷纷到系里告状。

忘记是上第二次课还是第三次课，中文系著名教授王起先生前来听讲，且起身为卢老师擦黑板。同学们很感动，从此不再提换教师的事。好几位同学在文章中提及此事，但多从王先生如何尊老敬贤的角度立论。读黄天骥老师的《余霞尚满天——记王季思老师》，对如何理解此一动人场景会很有帮助。文中有这么一段："王老师停了一停，双手按着椅背，禁不住微微颤抖：'那时，我担任系主任，也做了违心的事，实在不堪回首。'他的声音很低，但发自肺腑之言，大家都听到了。"（《人物》1993年第1期）这段王先生"自述"，我很认可，但可能并不存在——因为，那更像是当事人的心理活动，或旁观者的揣测。"此时无声胜有声"，我们当学生的，都能心领神会。

师生和解后，还有一个后续故事：因教师积极性很高，学生也希望补课，于是，1980年上半年的课程表上，出现了一门没有学分的课——卢叔度讲授"楚辞等"（补课），周五下午，309教室。

翻查学籍表，发现一个有趣的现象：四年本科课程，我成绩最好的科目是"中国现代文学"（97分）和"中国当代文学"（100分）。我有点怀疑，日后自己之所以选取"中国现代文学"作为研究方向，是不是受此成绩的诱惑？

1979年讲"中国当代文学"，必定偏于文学运动，更多地强调记

中文系 1980 年上半年课程安排一览表

忆而不是作品分析。陆一帆（1932—1995）、陈衡两位老师讲课很卖力，我复习也很认真；可期末考试判我满分，效果并不好。有同学在背后嘀咕，说老师事先透题给我，这让我感觉很委屈。

给我们上了两学期"中国现代文学"课的老师，除了课程表上注明的陈则光、饶鸿竞，我记得还有金钦俊老师。当然，讲得最多且给我印象最深的，是陈则光老师。原因是，他备课极为认真，讲稿写得密密麻麻，上课基本照念，不看学生，也没有什么精彩的"即席发挥"。

大学毕业后，我在中大读"中国现代文学"专业研究生，指导教

中山大学中文系七七级毕业前夕同学合影

师正是吴宏聪、陈则光、饶鸿竞（1921—1999）三位。陈、吴两位教授去世，我都写了悼念文章；唯独饶先生，因心情、资料及感觉不配合，迟迟未能落笔。此事让我很牵挂，且惭愧不已。吴老师生前曾问我，念书时你跟饶老师走得很近，也常听他提起你，为何他去世后未见你的追忆文章？说完，吴老师随手将他自己撰写的《心香一瓣，聊寄哀思——悼念饶鸿竞同志》递给我，供我写作时参考。

我曾在一篇文章中提及，自己的表演舞台在未名湖畔，可完成精神蜕变，却是在康乐园中。在这方面，饶老师曾给我很大帮助。正因感觉恩重如山，反而不敢轻易落笔；生怕仓促成事，分寸把握不好，留下终生遗憾。到目前为止，我只是在《"爱书成癖"乃书生本色》（《中华读书报》2008年9月24日；《鲁迅研究月刊》2008年第11期）中，略为提及饶先生那宽厚的身影："我在中山大学念硕士时，有三位导师：近代文学方面我受教于陈则光先生，现代文学则以吴宏聪先生为主，至于新文学书籍以及鲁迅著作版本等，这方面的兴趣与能力，主要得益于饶鸿竞先生。饶教授曾任创造社主将、中大党委书记冯乃超的秘书，参与注释鲁迅的《而已集》，当过中大图书馆副馆长，编有《创造社资料》（福建人民出版社，1985年）、《亿兆心香荐巨人——鲁迅纪念诗词集》（中山大学出版社，1986年）等。依我的观察，他有'把玩书籍'的兴趣，每回见面，总是侃侃而谈，然后不无炫耀地亮出某本好书。上世纪八十年代后期，我开始出书，他叮嘱，凡是论述的，不必送；若是史料或谈论书籍的，一定要寄来，因为他喜欢。我知道，现代文学界有不少像饶先生这样因'书籍'而与作家（比如鲁迅）结下深情厚谊的。现在不一样了，发表的压力越来越大，学者们只顾写书，而不再爱书、藏书、赏书、玩书了，这很可惜。"真希望哪一天我才思泉涌，为饶老师写一篇好文章，讲述康乐园里师生互相激励、其乐融融的故事。

查中大中文系七七级本科生课程表发现，除了必修课，第三、第四学年共开设了十二门选修课：金钦俊的"新诗与民歌"、叶春生的"民间文学"、高华年的"普通语言学"、卢叔度的"《楚辞·天问》研究"、黄伟宗的"艺术辩证法"、王起的"诗词曲欣赏"、封祖盛的"港台文学研究"、曾扬华的"《红楼梦》研究"、潘允中的"汉语语法词汇发展概要"、陆一帆的"美学"、傅雨贤的"语法学专题"、黄家教的"汉语方言调查"。此外，还漏记了刘孟宇的"曹禺研究"（我选修此课

程且有成绩)等。

三十年后审读自己的选课表,感叹当初不该如此短视。到了三、四年级,有了大致的专业方向,放弃语言学方面的选修课,这可以理解。只是不该漏了"《楚辞·天问》研究""诗词曲欣赏"以及"新诗与民歌"。中国乃"诗的国度",对中国文学的了解,不能缺了诗歌这一环。偏重小说、散文,而相对忽略诗词曲,这是我作为文学史家的"短板"。当初若修习这三门课程(时间上并未重叠),我日后出任北大中国诗歌研究院执行院长,当更为从容。

四年本科课程,许多我已经完全忘记了;可一读课名,马上意识到其对我日后学术发展的影响。如必修课"中国近代文学史"(张正吾)、选修课"曹禺研究"和"民间文学",对于当年上课的情景以及讲授的内容,我没有任何印象;但一想到我的大学毕业论文是《论曹禺戏剧的民族特色》[1],我的博士论文题为《中国小说叙事模式的转变》(上海人民出版社,1988年),论述范围兼及晚清与五四,等于把"近代文学"与"现代文学"打通;还有,从2000年起,我一直担任中国俗文学学会会长……似乎冥冥之中,命运自有安排,不少当初看似无关紧要的课程,最后也都发挥了作用。

念及此,对三十年前郁郁葱葱的康乐园,以及诸多培育我们的老师,充满敬意。

2012年9月22至30日于香港中文大学客舍

---

[1] 此文下编《论曹禺戏剧人物的民族性格》初刊于《中国现代文学研究丛刊》1983年第1期,后收录于浙江文艺出版社1985年版《中国语言文学专业全国大学生毕业论文选编》。

附记：文章写成后，收到了中大中文系办公室发来的我读硕士期间的课程表及答辩记录。同学四人，分属"中国现代文学"和"中国古代文学批评史"两个专业；我因报考北大博士生，须提前半年毕业，实际修课不多，乏善可陈。倒是那写在普通笔记本上的"答辩记录"，让我得以穿越时空，重返现场——我的硕士论文答辩时间是1984年7月4日；题目为《论四十年代国统区、沦陷区讽刺文学》；答辩委员包括杨嘉（暨南大学中文系教授）、廖子东（华南师院中文系教授）、陈则光、吴宏聪、金钦俊五位先生；答辩秘书是邓国伟。我终于想起来了，那场提前举行的答辩会，是在中大中区的黑石屋举行的。答辩后，几位先生勉励有加，且祝福我北上"一路顺风"。

二十年后，我回来参加中大八十周年校庆并在"文明的对话"论坛上做主旨演说，就住在已成贵宾招待所的"黑石屋"。那时陈则光、饶鸿竞两位导师已先后仙逝，吴宏聪老师身体还好，秋日的午后，我们师徒二人绕着大草坪散步，沿马丁堂（老图书馆）、黑石屋、怀士堂（小礼堂）、孙中山铜像、惺亭等，一路上指指点点，有说不完的话。如今，吴先生也去世一年多了。思及往事，感慨万千。

我撰写此文的初衷有四。第一，毕业三十周年，自觉有必要给自己一个交代，更何况七七级大学生身处大转折时代，因缘际会，好多故事颇具"历史意义"。第二，阅读近年刊发的有关"八十年代"的文章及著作，勾起我无限遐思，昔日的风雨雷电、辛酸苦辣一并涌上心头，欣慰之余，又担心其过分渲染"激情""责任"与"理想主义"，会误导后世的读者，忽略当初我们这一代人的困境。第三，如今的追忆文字，大都偏向于"宏大叙事"，而真正的日常生活，本是琐琐碎碎，只不过经由叙述者的一番剪裁与修饰，变得前呼后应，很具"可

读性"。第四,具体到大学生活,"课堂"本是主要场景,但因缺乏"戏剧性"而常被叙述者忽略,以致你单看追忆文字,"会误认为校园生活就是这么清风明月,浪漫无边"。我之所以扣紧当年的课程表,讲述一大堆关于读书生活的"陈年往事",而不涉及演戏、郊游、办刊物、谈恋爱等更有趣的场面,既是对历史负责,也是为了给大学生活"去魅"。

此文初稿给了《南方都市报》,分上下两次刊载,已经算是优待。只是第二次刊出时,因广告挤占版面,编辑无奈,多有删节。我知道报纸中文学性或学术性"专栏"地位的江河日下,编辑也自有其不得已的苦衷。

说到专栏文字,不能不涉及今日中国报纸的转向。政治家办报、企业家办报、文人办报,三者各有其长短;但如今最不合时宜的,莫过于"文人办报"了。因为,"报刊文章"早已不再被当作"文章"看待了。我属于老派人物,还是习惯于在网上浏览"新闻",在纸媒上阅读"文章"。平日里经常翻阅的若干日报,只有《文汇报》还保存一点"文人办报"的遗响,各式专栏及副刊上,不时有好文章发表。很多原先办得不错的报纸,如今满眼看过去,全是夹杂着真相与谎言的"信息"。报纸上的文字,变得越来越不讲究,文从字顺就算不错了,哪敢侈谈什么"文体"或"美感"。我相信,报纸越办越粗糙,与国人普遍认定这是一种"看过就丢"的东西有关。

具体到我的文章,之所以需要大加删节,除了版面问题,还因其谈到的多是"不著名的人物"以及"不好玩的细节"。而我如此行文,除了才华限制,更希望忠实于自己的记忆,拒绝"伟大"或"有趣"的诱惑。对于有机会且有权力发表回忆文字的人来说,除了战胜自家的虚荣心,还得抵御公众的好奇心——后者的"殷切期待"本身就是一种巨大的压力。

钱锺书的《〈写在人生边上〉重印本序》有如此妙语："我们在创作中，想象力常常贫薄可怜，而一到回忆时，不论是几天还是几十年前、是自己还是旁人的事，想象力忽然丰富得可惊可喜以至可怕。"钱先生自称"意志软弱，经受不起这种创造性记忆的诱惑，干脆不来什么缅怀和回想"；我则一边追忆一边告诫自己，辞达而已，求真为本，限制想象力的过度发挥。

2012 年 12 月 21 日补记于香港

（删节本刊于《同舟共进》2013 年第 2 期，此乃全本）

中山大学七七—八一级

及全体同学毕业合影（1982年）

中山大学中文系一九七七级

及潮州同学合影

我回母校讨诗笺

读过我的书的人,大都记得鄙人的一件糗事——《千古文人侠客梦》的初稿在广州火车站被小偷抢走。这事在此书初版(1992年)的"代序"中披露,故广为传扬,被很多人引为谈资。对于作者和小偷来说,这都太有戏剧性了,且极具反讽意味。当然,也让我深切体会到"救人于厄"的游侠之所以万古流芳的缘故。

不久前老同学见面,还拿这事打趣,说我中大毕业,居然在广州遭抢,实在太没本事了。因为,随便给哪个同学打通电话,都会开车来接,怎么会凌晨在广州火车站外等公交车呢?说这话的,很可能忘了上世纪九十年代初中国的实际情况。那时的交通状况、通信设备、社会风气等,都是今天所不能想象的。当然,也怨我书生气十足,不想麻烦别人。

事情发生在1990年,查当年日记:1月9日"听说要解除戒严令,大喜";10日"晚饭时,看电视新闻,李鹏讲话谈解除戒严令的伟大意义:'中国稳定的标志'";11日"上午去《读书》开会,题目

是'八十年代学术研究回顾',到者十二人";13日"写完'快意恩仇'第四节";18日晚十点半乘15次特快列车赴穗,返乡探亲。刚经历过一场大的政治风波,且本人也颇受牵连(1月16日得到通知,取消原本评上的副教授职称),这个时候回潮州,不是衣锦还乡,而是希望给父母、也给自己"压压惊"。

大概也是这个信念,促使我突发奇想,带上若干诗笺,回母校中山大学,请自己熟悉且敬佩的师长题诗或题词。时间很确定,有日记为证。1月21日分别拜访了吴宏聪、陈则光、饶鸿竞、王季思、卢叔度等诸位先生,除了请安、叙旧,再就是恭请题诗;2月5日探亲归来,重回中大,拜见这几位先生,收获五张精美的题赠诗笺。

此前一天,我在广州火车站遭劫;此后一天,乘坐16次特快列车返京。揣着这轻飘飘、但又仿佛沉甸甸的诗笺,我满心欢喜,回家后第一时间与妻子坐下来仔细观赏,然后就珍藏起来了。前些天为编《怀想中大》而翻箱倒柜,重睹这五张诗笺,实在感慨万千。

这才明白,为什么说纸墨寿于金石。随着岁月流逝,这五位先生都已仙逝,可一见诗笺,先生们的音容笑貌马上浮现眼前。我不是收藏家,也不追星,平时不会请人写字、题诗、作序,只是在某种特定状态下,才有此举措。最初是受鲁迅、郑振铎编《北平笺谱》的启发,在琉璃厂买了各种各样的诗笺,当工艺品欣赏。刚博士毕业那阵子,也曾恭请若干北大师长及在京学者、作家题字。当时收藏热还没兴起,此举属于"风雅",众多师长饶有兴致,一说就通。以至日后程道德主编《二十世纪北京大学著名学者手迹》(北京图书馆出版社,2003年),还得从我这里借用吴组缃、季镇淮、朱德熙等人的墨宝。

至于中大,我原本只有大学毕业时同学间的相互题词。那时年少气盛,且在本校念研究生,相信来日方长,就不麻烦老师们了。只是在1984年初夏,我硕士研究生毕业,即将去北大求学,方才请黄海章先生(1897—1989)为我书写那首收录在《苏曼殊全集》中的《展曼殊大师墓塔》,作为我们师生一场的纪念。没想到黄先生悔其少作,可又不忘故情,提笔书成《重题燕子龛遗诗》三章。此事我在《花开花落浑闲事——怀念黄海章先生》(1993年)中曾提及,不过文中仅录最后一章,如今补上前两章,以成完璧。

> 萧疏画笔绝尘氛,逸艳诗编荡客魂。
> 一衲飘然东海去,袈裟泪点尚留痕。
>
> 残照荒烟吊五天,神州光复意欣然。
> 兴亡历历萦心曲,热血何曾逊昔年。
>
> 五十年来绝赏音,山僧遗墨又重寻。
> 花开花落浑闲事,流水高山自写心。

这里的"五天"指古印度,即东天竺、南天竺、西天竺、北天竺、中天竺五大部分。黄先生字挽波,又名黄叶,广东梅县人,有《中国文学批评简史》(1962年)、《中国文学批评论文集》(1983年)、《明末广东抗清诗人评传》(1987年)等著作传世,这首《重题燕子龛遗诗》,日后收录于旅港梅州中学校友会为先生刊印的《黄叶楼诗》(香港,1986年,共75页)。

黄先生带的是中国文学批评史研究生,而我读的则是中国现代文学专业;纯粹因为苏曼殊,才有此私淑弟子的再三请教。这次回母校讨诗笺，也是限制在我熟悉且尊敬的师长中。比如吴宏聪、陈则光、饶鸿竞三位先生，是我读硕士期间的指导教师。那时中国的研究生制度刚创立不久，管理很严格，三位教授共同指导两名硕士生，很正常。我曾在文章中提及，三位先生的学问及性情不同，分别影响我的现代文学思路、近代文学观念以及把玩书籍的兴趣。

我在中大的三位导师中，吴宏聪先生（1918—2011）最长寿，我与其接触也最多。《怀想中大》中有四篇是谈吴先生的，这里就不多说了，仅引录其题词：

在学习和追求真与美的领域里，我们可以永葆赤子之心。

吴先生一直从事中国现代文学研究，在西南联大念书时，曾以曹禺戏剧为毕业论文题目，这就难怪其题词与众不同——录爱因斯坦句，而不是"旧作一首"。因民国年间的教学体制及社会风气，老一辈学者不管日后从事什么研究，早年都曾学写旧体诗词。

吴宏聪先生手迹

陈则光先生（1917—1992）去世很早，故《此声真合静中听——怀念陈则光先生》（1992年）是我撰写的第一篇怀念师长的文章。文中引录了这首题赠的诗：

> 月沉柳岸隐吹笙，
> 何处朱楼酒未醒。
> 莫道绿窗人寂寞，
> 此声真合静中听。

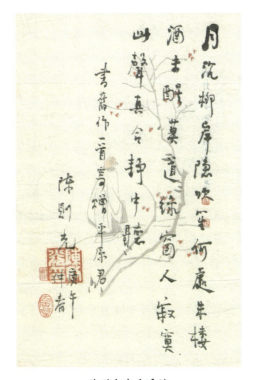

陈则光先生手迹

我猜想此诗背后有"本事",文章发表后,陈师母瑶君来信解说因缘,甚是有趣。因已抄录在《此声真合静中听》文后,不赘。

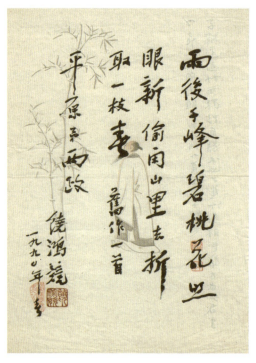

饶鸿竞先生手迹

在中大念书期间,我经常到访位于西区体育场旁的饶鸿竞先生(1921—1999)家。有时心血来潮,没有预约就登门,先生也不以为忤。饶先生世事洞明,且善解人意,与之聊天非常愉快。我拜访过中大诸多老师,与饶先生聊天时最放松,也最为坦诚。在我最困难的时候,饶先生的笃定与平静,让我明白很多书本上没有的事理。先生录赠的这首"旧作",不知作于何时、有无深意,我只是读后心旷神怡:

  雨后千峰碧,
  桃花照眼新。
  偷闲山里去,
  折取一枝春。

先生去世后，我几次提笔，想写怀念文章，不知为什么，老是觉得词不达意。因此，只在《"爱书成癖"乃书生本色》（2008年）和《失落在康乐园的那些记忆》（2012年）中略为涉及。

也是在《失落在康乐园的那些记忆》中，我提及反右运动时被错划为右派的卢叔度先生（1915—1996）为我们七七级讲先秦文学的故事。卢先生博学多才，主要讲授《诗经》《楚辞》以及先秦诸子课程，据说还精研易学，不过我请教的是他辑注晚清小说家吴趼人的《俏皮话》。卢先生曾

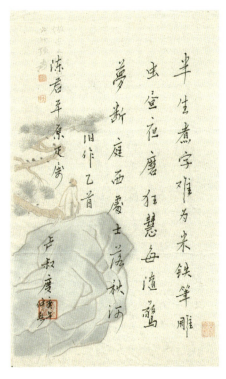

卢叔度先生手迹

主编《我佛山人文集》（花城出版社，1988年），其长篇序言写得很不错。正因学术背景及饱经沧桑，卢先生题赠的"旧作"，意境幽深外，更见作者性情之狂放与兀傲：

半生煮字难为米，
铁笔雕虫昼夜磨。
狂慧每随惊梦断，
庭西处士落秋河。

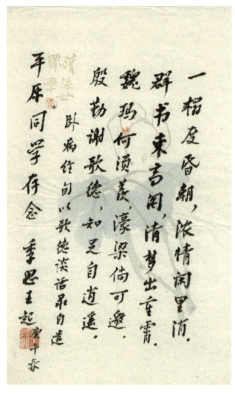

王季思先生手迹

此绝句无论用典还是意境，依稀可见龚自珍的影子。

与卢先生因被打成"右派"而长期沉沦不同，五六十年代的王季思先生（1906—1996），基本上是一帆风顺的。作为著名戏曲史家，王起先生对于中大中文系的学术声誉有很大贡献。至于他在历次政治运动中的表现，以及在中文系教师间的恩怨得失，不是本文所能涉及的。我读大学时，王先生曾开课讲授旧体诗词写作，那时我正沉湎于西方文学及文艺理论，对此类"古董"不感兴趣。只是课程结束时，王先生送每位同学一册自著诗集，让我很歆羡。这回的题赠，依旧清新浅白，一看就懂：

一榻度昏朝，浓情闲里消。
群书束高阁，清梦出重霄。
魏玛何须羡，濠梁倘可邀。
殷勤谢歌德，知足自逍遥。

（自注：卧病经旬，以歌德谈话录自遣。）

毕业后，我多次回中大拜访师长，王季思先生与吴宏聪先生的住处相去不远，故经常"古今兼顾"。至于相关文字，除了1988年撰"学术随感录"时，曾提及先生名言"做学问不靠拼命靠长命"，再就是2004年11月我在中山大学八十周年校庆论坛做专题演讲，刻意选择《中国戏剧研究的三种路向》这一题目，说好是向王季思、董每戡两位先生致敬。此文日后刊《中山大学学报》2010年第3期，被《新华文摘》《高等学校文科学术文摘》《中国社会科学文摘》等转载，且获教育部颁发的第六届高等学校科学研究优秀成果奖（人文社会科学）论文二等奖（2013）。文章谈及王先生的学术贡献，至于怀念之情，因体例限制，只能在注释中略为提及。

八十年代的大学校园，学生人数少，师生关系比较密切。即便不是同一个专业，或毕业后联系不多，也都互相挂念。正因此，我回母校讨要诗笺，才会如此顺利。老师们不仅不推脱，还有开玩笑的，说这下子春节有事做了，因为得练习书法。

"乍暖还寒"时节，老师们借题诗给学生"压惊"，至今想起，仍是很感动。此后，也偶有师友馈赠，但因整个社会向市场经济转型，字画有价，且水涨船高，我也就不再敢开口索要了。

闲来翻阅早年师友书赠的诗笺，感觉很温馨，也很忧伤——那个时代，那种风雅，那份师生情谊，今天大概很难存在了。

2014年2月23日草于京西圆明园花园

（初刊于《书城》2014年第6期）

从中大到北大

北大百年校庆期间,我不止一次碰到如此知根知底的提问:"希望你比较一下北京大学与中山大学这南北两大学的异同。"面对有备而来的记者,我意识到其中的陷阱,尤其是当问题上升到"南北异同论"的高度。我的策略是转化叙述角度,不作"大学比较"之类堂而皇之的大文章,就谈我从中大到北大继续求学的感受。

说实话,在一座城市(国内外)待上一年半载,写写游记可以,要谈大学,则不免捉襟见肘。因为,大学的基本品格及学术精神,不像校园建筑那么一目了然。只有长期浸淫其中的学生和教授,才能真正触摸到它的灵魂和脉搏。在这个意义上,七年中大和十四年北大的经历,确实给了我谈论这两所大学的资历和机缘。

既然如此,为何拒绝"比较"?理由很简单:改革开放二十年,中国社会以及大学的变化太大了,拿今日北大与二十年前的中大比较(那时我刚踏进大学校门,印象特别深刻),实在有失公允。此后虽也不时回去,但纯属走马观花,对我了解"今日中大"并无特别帮助。

除非下决心回去长住一段时间，并且花功夫了解中大的历史和现状，让我脑海里中大的形象与北大同样鲜活，否则不敢轻言"比较"。

谈个人感受可就不一样了。比起"全中大"或"全北大"来，我算是比较认真地念过两所国内一流大学，故思考问题时多了个参照系。我谈"老北大的故事"，心目中确有中大的影子，但这并非严格意义上的"比较研究"。一辈子只念一所大学（即便是世界一流大学），在我看来，也是个不小的遗憾。因为，你会因此缺少对不同学风、校格、精神的理解与认同。就对学校的认同程度而言，教授不如研究生，研究生不如本科生。真正忠诚于并极力维系着一所大学的"光荣与梦想"的，主要是朝气蓬勃、二十岁上下的本科生。可惜我念本科时年龄偏大，已经难得"轻狂"与"浪漫"，故对这两所大学均略有隔阂。当然，这也有好处，那便是不太盲信，多有反省的空间与时间。

初为北大人，最先感觉到的，必定是校园里四处弥漫着的"豪气"。迎新会上，不管是教授还是学生代表，都是一副指点江山、舍我其谁的模样。尤其令我感动的是，所有在场的人表情都很严肃，没人发笑。如此"大话"，搁在其他大学，难避"狂妄"之讥。而在北大，狂妄不算毛病——当然，前提是必须确有真才实学。在中大时，我曾因"不够谦虚"，得到师长的好心规劝；踏进北大校门，小巫见大巫，不必再练习"夹着尾巴做人"，感觉很舒服。北大校园里，比我狂妄的人多的是，师友间既不比赛"谦虚"，也不惩罚"越位"，允许甚至鼓励"自我表现"。此种文化氛围，固然特别适合于才华洋溢的年轻人；可对我辈有志于学而又资质平平者，也是一种无言的催促。

不管是政治还是学术，北大人总有一种强烈的责任感与自豪感，而且毫不掩饰。这点，让我"又爱又恨"。百年中国，北大确有不俗的表现，"该出手时就出手"，不服不行，可北大人的傲气，以及有意无

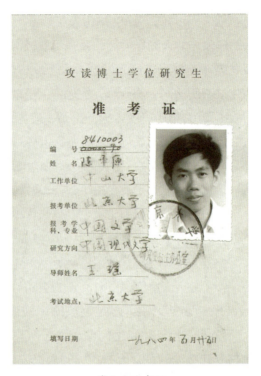

博士生准考证

意间流露出来的优越感,有时候又真让人受不了。举个例子,北大人普遍对国外某些(因人而异)一流大学的动向相当关注,却很少认真对待国内兄弟大学的进展。更要命的是,假定其他大学的学生一踏进北大校园,就会产生自卑感。

几年前,有位北大出身的作家,奉命写一篇关于我的文章,其中提及我初进北大时,如何在未名湖边徘徊,感到压力巨大等。初稿出来后,让我妻子过目(因我当时不在国内),这段"想当然尔"的心理描写被一笔勾销。踏进北大校园的"外省人",并非每个都诚惶诚恐,这点，北大人须花好多时间才能弄明白。北大是名校，可别的大学可能同样优秀。至于学生，更无法依出身论定。一定要分别，只能说即便同样心高气傲，别的学校的学生，大都不像北大人那么"张扬"。

相对来说，北大学生确实眼界开阔，气度宏大。而这，跟他们所处的环境很有关系。在北大，如果愿意，几乎每天都可以听到国内外著名学者的演讲。只要有足够的聪明和刻苦，广览博收，一年下来，准也能出落得貌似"高瞻远瞩"。不止一位进修教师跟我说起，北大一年，给他（她）震撼最大的是五花八门、异彩纷呈的学术演讲。四方豪杰，多喜欢借北大讲台传播自家的最新思考。学生们或投入、或旁观、或刁难、或质疑，久而久之，不难养成开阔的视野与活跃的思维。北大的这一优势，我想，是国内其他大学（包括中大）所难以比拟的。

但读书做学问，不只需要思维活跃，能够眼观八路、耳听四方，还得肯下死功夫，一步一个脚印地攀登。在这方面，北大学生有其长也有其短。最明显的，便是喜欢"乘缆车"（借助演讲）直达顶点，以获得"一览众山小"的良好感觉。假如"独上高楼"，"望尽天涯路"之后，能够回过头来，认真对待自己的脚下，当然大有希望。遗憾的是，不少人误把眼光（实际上是借来的）当学养，不屑于"枯燥无味"的基础训练。结果是，热闹有余，而沉潜不足，说的远比做的漂亮。

二十世纪初，当课堂讲授成为传播知识的主要途径时，章太炎曾提醒世人注意"耳学"的局限性。与真正意义上的"读书"（眼学）不同，"听讲"（耳学）只能得其梗概，无法再三品味、思索、质疑、独断。何况，公开演讲不同于专业著述，必须考虑现场效果与听众的接受能力，演讲者不免简化思路，直奔主题。对于学生来说，此类演讲，确有开拓视野的功效，但代替不了朱熹所说的"须是一棒一条痕，一掴一掌血"的读书。依我浅见，北大学生不乏奇思妙想，缺的反而

是严格的学术训练,以及脚踏实地的治学风气。我想,这与北大的课堂教学相对自由、演讲又格外精彩不无关系。换句话说,这很可能是"偏食"演讲落下的毛病。

为了改变学生们"不读书,好求甚解"(与五柳先生的"好读书,不求甚解"相映成趣)的通病,连续好多年,我在北大中文系开设专书阅读课程,带着学生"一棒一条痕"地研读《国故论衡》《中国小说史略》等。但效果似乎不太明显。或许,鱼与熊掌难以兼得;北大校方兼及"求实"与"创新"的设计,很可能过于理想化。那么,退一步,引他山之石,能否弥补北大学风之缺失?曾经设想与国内外诸多大学交换培养研究生(或一年或半载),这对双方明显都有好处;可惜因违反学籍规定,至今无法落实。

记得张爱玲说过,香港是个夸张的地方,在那里摔一跤,比在别的地方摔的都疼。北大也是如此。在这里,出名容易,失名也不难,而且速度都很快。在北大的"言说"(正反不论),容易引起学界的关注;再加上川流不息的进修与访学实际上起了放大器的作用。一般说来,这种状态,对北大人有利。因为,不用花特别大的力气,就可以引领风骚。可事情还有另外一面,正因为太容易得名,北大人必须时刻警惕名至而实不归的危险;而且,也正因为可能领导潮流,过度热心于此,难免为潮流所裹挟。

真有大成就的学者,必须特立独行,发展自家的眼光思路,方不至于被轻易"复制",因而也就不会被轻易"覆盖"。求学燕园,须有定力,把持得住自己,方能闹中取静,走自己的路。虚荣之心,人皆有之,拒绝成为"闻人",其实不容易。生活上甘于淡泊者,未见得就能抵御得住"多快好省"迅速出名的诱惑。相对来说,生活在远离政治及文化中心的康乐园,寂寞些,但容易保持独立思考。假如不考虑一时一地之得失，照毛泽东所说的，"风物长宜放眼量"，我真的不敢肯定燕园的读书环境就一定比康乐园好。

几年前，我写过一则短文，提及中大校园中轴线上的小礼堂、大草坪、孙中山铜像、惺亭、喷水池等，特别是小礼堂上镌刻着的中山先生题词"学生们要做大事，不要当大官"，并惋惜题词之不翼而飞。文章发表后，中大的朋友很不以为然：因题词并未永远消失，只是整修时暂时被覆盖。朋友说，那是中大的精灵所在，师生们借此保存一方纯洁的精神领地，没想到竟被我无端"抹杀"了。对此，我一方面深表歉意，一方面为母校之不曾随波逐流而大感欣慰。

近年，广东的新闻业发展神速，继饮食、服饰以及流行歌曲之后，发起第×波"文化北伐"。大喜过望的京城读书人，于是有了"岭南文化崛起"的惊叹。如此称誉，虽则大快人心，却非我所敢贸然认同。在岭南，只要真正肩负"文化复兴"重任的"思想学术"羽翼未丰，"崛起"一说，便有待时间的检验。这也是我对母校寄予厚望因而也就略有怨言的原因。

北大百年校庆期间，我说了一句不合时宜的大白话：希望中国不只有一个文化中心。不是预言家，更不懂时下流行的"形象设计"与"文化策划"，我无法判定北京之外，哪一或哪几座城市可能成为新的文化中心。但我坚信，人才荟萃的一流大学，乃创建文化中心的关键。不知道我的母校中山大学，能否承担起如此重任？

1998年7月2日于京北西三旗

（初刊于香港《纯文学》复刊第3期（1998年7月）及《学术界》2000年第3期）

我的大学梦

俗话说，梦由心生。心里老惦念着某人某事，自然会在梦境中不时呈现。与没有任何现实依据故很容易转瞬即逝的"一念"不同，"梦想"有自我延伸及主动型构的能力，很容易生成跌宕起伏的情节线，故梦中的故事活色生香，耐人寻味。十年"文革"期间，我在粤东山区插队落户，偶有继续深造的"一念"，但要说上大学的"梦想"，则是读到1977年10月21日《人民日报》头版头条《高等学校招生进行重大改革》那一刻起方才真正出现。四个月后，梦想成真，我走进了中山大学的课堂。

最初的激动平定下来后，我逐渐进入了"读书人"的角色。先是学士、硕士、博士，后又讲师、副教授、教授，日子过得真快，且波澜不惊。一晃二十年过去了，为了纪念恢复高考二十周年，因为新闻界的热心追问与提醒，我这才"梦回吹角连营"。接受采访后，竟然好几回梦见重新参加高考，且险象环生。一次是考场上忘了数学公式，一次则临时通知加试外语，于是乎半夜惊醒。当时只觉是平常，事后方知越过的是多么艰险的难关。回头想想，若非碰上这样的历史机遇，今天我很可能仍困守山村。

下乡插队八年，吃苦受累其实不算什么；最可怕的是，看不到任何出路。这才真的"瞻念前途，不寒而栗"。在这种环境下，如何不坠青云之志，每人因缘及策略不同。记得是1974年春夏间，某天大田劳动休息时，我们村里那位高高瘦瘦、平日不爱说话、据说能算命看风水的大队会计，竟然托起我的手掌，端详了大半天，连说你的命不错呀，沉吟了一会，又说：你不属于这里，你的家在很远很远的地方。当时我只是苦笑，因为，潮汕人历史上确有走南闯北的传统，我的家族也不例外，祖父走南洋，父亲赴台湾，可轮到我们兄弟仨，却只能困守山村。不是不想走，而是走不出去，那时候，若无单位证明，连到省城旅游都不允许的。我不相信算命及看相，但潜意识里，还是喜欢这个当初看来很不着调的预言。多年后，我北大博士毕业留校，还娶了个北京姑娘，可真是应验了那位会计的预言。回家乡探亲，我很想问问，当初真是从手相看出端倪，还是为了激励我才故意这么说的，可惜那会计已经去世了。

大凡七七、七八级大学生，都特别在意自己的"出身"，喜欢给后辈讲述那些"很不寻常"的故事。其实，那只是走出荒谬时代、恢复常识而已。换一个历史时空，上大学无须经过严格的政治审查，这有什么好吹嘘的？只有设身处地，才能理解我们当初的激动，以及日后为何不断追怀这个决定自己命运的"关键时刻"。

我的情况有点特殊，因高考作文《大治之年气象新》登载在1978年4月7日的《人民日报》上，以致每当新闻界、文化界或历史学家需要追怀改革开放如何起步，以及恢复高考的戏剧性场面，我就有义务"配合演出"——今年纪念改革开放四十周年，自然也不例外。考

场上的作文，再好也好不到哪里去，怎么能登上中共中央机关报《人民日报》呢？只能从"文革"刚刚结束、整个中国百废待兴这个角度，才能理解我当初的"天上掉馅饼"。时至今日，还不时有同龄人或对当代中国历史感兴趣的后辈，用欣羡的口气向我提及此事。这确实"很光荣"，可也是一种尴尬，仿佛自己从此被定格，很难再有大出息。二十多年前，我曾写过一篇《永远的"高考作文"》(《瞭望》1992年第38期)，嘲笑自己无论如何努力，再也写不出比"高考作文"更著名的文章了。

放长视野，七七、七八级大学生都是历史的宠儿，从那么低的地方起步，一路走来，跌跌撞撞，但因踩上了大时代的"鼓点"，于是显得有板有眼。有人从政，有人经商，有人搞实业，有人做学问，确实取得了不小的成绩。可我对这代人的评价，没像媒体上渲染的那么高。十多年间，多次接受专访，谈论所谓的"七七、七八级现象"，我都是断言这代人的成功只是从一个特定角度折射了改革开放以来中国社会的巨大变迁，其业绩不该被过分夸大。而作为当事人，七七、七八级大学生谈论此话题，更是切忌自我膨胀。去年应邀与某媒体对话，我随后写下这么一首打油诗："卅载高考梦落花，轮转风光浪淘沙。春暖古来鸭先觉，英才辈出莫自夸。"

之所以自我评价不是特别高，是因为我心中另有一把尺子，那就是将五四一代和七七、七八级大学生相对比："前者的'光荣和梦想'是自己争来的；我们的'幸运'，则很大程度是时代给予的。日后被提及，人家是历史的创造者，我们则是大转折时代的受益者。"① 回顾历

---

① 《我们和我们的时代》，初刊于《同舟共进》2012年第12期，收录于《那三届——77、78、79级大学生的中国记忆》，中国对外翻译出版公司2014年版。

史，应该有站位更高的观察与思考，不能局限于感谢邓小平，以及庆祝自己翻身得解放上。

这就说到我们的大学生活。初入校园，碰上乍暖还寒时节，加上原先耽搁太久，学习其实相当吃力。尽管日后紧赶慢赶，还是留下了很多遗憾。搭上了青春的末班车，这当然很幸运，但必须承认，所谓"把'四人帮'破坏造成的损失加倍夺回来"，那只是一厢情愿的口号。说七七、七八级大学生读书很刻苦，那是真的，因大家特别珍惜这来之不易的读书机会，还有就是需要补的课太多了。那时候，我很喜欢苏联作家格拉宁所撰"文献小说"《奇特的一生》（侯焕闳等译，外国文学出版社，1979年）。这书讲述苏联著名科学家柳比歇夫从26岁起开始实行自创的"时间统计法"，将工作时间的核准精确到分钟，每天一小结，每月一大结，每年一总结，直到去世那一天，56年从不间断。如此严苛的自我管理的人，才有可能一辈子撰写了七十多部学术著作，在昆虫学、科学史、农业遗传学、植物保护、进化论、哲学等方面都有很好的发现与论述。当今世界，用功的人很多，整天忙得四脚朝天，可到底有多少有效工作时间呢？记录下来，方才知道自己是如何虚掷光阴的。读完此书，我激动万分，拿出笔记本，开始依样画葫芦。不到两个月，我累倒了，而且神经质般，无论做什么事情，老想看表。学文学的，本该含英咀华，沉潜把玩，如此精确统计每一分钟，是否合适？当年这本书很流行，不知道我的同代人中，有谁真正实行且持之以恒的。反正我是放弃了。不过，从中可以看出我们这代人对于"失去的时间"那种焦虑与恐惧。

经验告诉我们，失去的时间，是永远夺不回来的，你只能在惋惜之余，顺势而为，扬长避短。同样是缺失，有的勤能补拙，有的则是"过了这个村就没有那个店"。就以我学英语为例。去年年底，我回中

山大学演讲,主持人说学界流传我的一句名言:因为我中文太好了,故学不好英语。据说这话很对中文系学生的口味,每次引述都能博得一阵掌声。我一听,糟了,怎么会有这种以讹传讹的话呢?想起来了,十多年前,与几位在美国教书的华裔教授聊天,说起自己因"文革"耽搁,上大学才开始学英语。知道自己底子差,于是,没日没夜地背语法书及小辞典。终于有机会在课堂上做长篇发言了,我侃侃而谈,很得意的;老师却直皱眉头,说听不懂。我这才明白,这么学英语不行。大家一听直乐,一位耶鲁大学女教授笑得眼泪都出来了,大概怕我太伤心,赶紧安慰:"你中文这么好,英语就不用学了。"这话偶尔用来自嘲是可以的,传开去可就变了味。

从那么低的地方起步,经由一系列自我蜕变,砥砺前行,最终还是取得了若干成绩。这就说到我们这代人的长处,那就是:阅历丰富,意志坚强,擅长自我调整,有很好的企图心与责任感。就说说这最后一项吧——"天下兴亡匹夫有责""位卑未敢忘忧国",此等信念可谓深入骨髓。具体到我这无权无势的普通教授,我的"兴亡"感与"忧国"心,很大程度落实在"大学梦"上。比如,在北京大学出版社刊行"大学五书",辨析大学何为,讲述大学故事,阐扬大学精神,最终目标是帮助年轻一代,圆他们上大学、上好大学、上好的中国大学的梦想。

熟悉历史的人都知道,中国大学命运多舛,其跌宕起伏中,始终蕴含着巨大的生机、潜能与陷阱。在诸多关于大学的论著中,我最想说的几句话是:第一,二十世纪中国思想文化潮流中,西化最为彻底的当推教育,这一选择有其合理性,但不该完全遗忘中国人古老的"大学之道";第二,谈论中国大学,在看得见摸得着的"大楼"与"大师"之外,我更愿意强调相对玄虚的"诗意"与"精神";第三,中国大学应该"长"在中国，而不只是"办"在中国，这决定了其必定跟多灾多难而又不屈不挠的中华民族一起走过来，流血流泪，走弯路吃苦头，当然也有扬眉吐气的时候；第四，中国大学应很好地兼及国际视野与本土情怀，任何偏向一端的论述，都是必须绕开的陷阱；第五，办大学需要胆识，更需要汗水，老老实实一步一步往前走，别老想着创造奇迹，要改变好大喜功的"大跃进"心态。上述这些话，很可能说了等于白说，但白说还是得说。

经由奋斗而能达成的，那是"计划"；很有意义但绝难实现的，这才叫"梦想"——介于两者之间的是"愿望"。四十年前，我的愿望是上大学；四十年后，我的梦想是改造中国大学。虽不能至，心向往之。

2018 年 3 月 15 日于京西圆明园花园

（初刊于《文汇报》2018 年 4 月 1 日）

第三辑

师友情谊

花开花落浑闲事

——怀念黄海章先生

一

二十年前，我在粤东山村插队务农，闲来自学大学中文系课程，其中一门用的是黄海章先生（1897—1989）的《中国文学批评简史》。当时只觉得此书简单明了，好学好记；尤其是书中大段大段引文，对我这样的初学者来说，特别适用。

恢复高考后，我踏进中山大学，对各种长于条分缕析的西洋理论感兴趣，自然怠慢了黄先生。一个偶然的机缘，大学毕业前夕，我第一次登上了先生那翠竹掩映中显得有点幽深的小楼。那时我对晚清诗僧苏曼殊如痴如醉，而1928年北新（上海北新出版社）版《苏曼殊全集》第五册中收有先生《展曼殊大师墓塔》七绝三首；其中"我亦人间憔悴客，情怀得似曼公无"，尤其令我拍案叫绝。

与黄海章先生交谈（1983年）

    常常是下午三四点钟，我轻叩柴门，在师母的引导下，步入那间只有七八平方米的小屋。先生慢慢转过身来，戴上眼镜和助听器，再掏出笔和纸，咧嘴笑笑，表示已经准备就绪。然后，一老一少，就着午后稀疏的阳光，连说带写地讨论起苏曼殊来。大概很久没有人跟他谈论苏曼殊了，先生沉默好久，才慢慢打开尘封的记忆；可一旦打开，就很难合上。记不清三年间，我们谈了多少次苏曼殊，每次走出先生的小楼，望着夕阳，我总有"欲辨已忘言"的感觉。

    那时候我学的是现代文学，先生带的是古代文学批评史的研究生。在他在我，谈论苏曼殊都只是一种个人兴趣，一种业余爱好。开始，先生"审查"了我大半天，生怕我像一二十年代的痴男怨女那样，只

是因为"还卿一钵无情泪,恨不相逢未嫁时"才迷上了这风流诗僧。一旦知道我感兴趣的是"行云流水一孤僧",先生又直摇头,连说"不应该不应该"。为什么不应该,先生没说,不过我知道这与先生的个人身世遭遇有关。先生幼时家境清寒,五四运动那年入公费的广东高等师范学校就读。毕业时大病几死,后曾浪迹天涯,托身佛门。当年只是依据传闻,偶尔提及,先生又总故意岔开话题;直到近日拜读北大图书馆收藏的《黄叶楼诗》(旅港梅州中学校友会为先生刊行),这种感觉才得以证实。

先生出世之想的时间大概不长,很快就重入红尘,先后任教梅县梅州中学、潮州金山中学,1936年起执教中山大学,直到以九十二高龄病逝于中大寓所。尽管先生晚年不断表示:"蓬莱无可到,梵土亦空悬。不佛亦不仙,蔬食任吾年。"(《杂诗》),我还是相信年轻时的感情体验,终其一生无法完全抹去。诗集中随处可见游佛寺感叹"凄凉佛子家"的诗作;当年杭州灵隐寺孤僧留影,普陀山木鱼携归,或者庐山青莲寺妙岸上人之约,更是让诗人刻骨铭心,几十年后不断"回首前尘,恍如昨梦,诗以写怀"(参见《黄叶楼诗》)。也幸亏先生"尘缘终未谢,旧约负庐山",我辈才得以亲聆教诲。先生显然不希望我步其后尘,可此等事无理可说,只能自己把持,故先生只是再三表示"不应该"。

或许正因为出于这种考虑,当我提出撰文讨论苏曼殊小说的宗教意识时,先生并不欣赏。他不止一次表示希望我研究苏曼殊诗歌的爱国主义精神,说着说着,含着老泪吟诵起《东居杂诗》或者《谒平户延平诞生处》:"相逢莫问人间事,故国伤心只泪流。""极目神州余子尽,袈裟和泪伏碑前。"先生用笔敲打着桌子,颤抖着声音追问:"这难道不是爱国主义?!"这种时候我只有沉默。我无法向先生解释清楚我的学术追求,因为先生从不把苏曼殊当研究对象(这才是真正

黄海章先生赠诗

的喜爱！），只是希望尽快为其"平反"，故更为强调其故国伤心、袈裟和泪的人间情怀。这点苦心，我能理解，也大体赞同。可我还是坚持原先思路，把文章写完，犹豫了好久才送呈先生。好在先生宽厚，没有发脾气，只是平静地说了一句："文章写得漂亮，但我不喜欢。"

1984年初夏，我准备北上求学，请先生为我书写《展曼殊大师墓塔》，作为我们师生一场的纪念。我知道先生平日里"偶有佳思付短吟"（《余年》），但不敢劳动大驾，只是借曼殊的因缘求一墨宝。没想到先生悔其少作，可不忘故情，居然提笔成《重题燕子龛遗诗》三章；最后一章诗云：

> 五十年来绝赏音，
> 山僧遗墨又重寻。
> 花开花落浑闲事，
> 流水高山自写心。

先生写毕，颇为得意，自称："不是诗人之诗，不是书家之字，说不上特别好，可就是不俗。"这话让我品味很久很久。此后虽也有几次短暂的拜访，但我与先生交往的高潮，无疑是促成先生重题燕子龛遗诗。那天先生情绪特别好，满脸笑意，略带天真地等待我这个私淑弟子的夸奖！

先生晚年颇有童心与禅心，真的达到"花开花落浑闲事"的境界。早年的"且自外形骸，一笑齐清浊"（《丙戌重阳后二日，舣棹凤城，重登金山，凄然有作》），尚有故作潇洒之嫌；不若晚年脱却大喜大悲后的平淡天然："天海苍茫处，诗心一往还"（《绝句》）；"黄叶滩头秋水冷，何人把卷澹忘归？"（《杂诗》）

吟诗是先生的爱好，学术研究则是先生的正业。先生在《黄叶楼诗》的"后记"中称："自念从旧社会中来，犹存在不少落后的思想意识，然而抒怀述事，尚不失其真。"这话其实也可作为先生治学的自我总结。五十年代后，先生自觉接受思想改造，著作中大量出现"唯心主义""唯物主义""爱国主义""现实主义""形式主义"等新概念。可毕竟是"从旧社会中来"，稍一不慎，便露出"庐山真面目"。在一大堆远非先生所能熟练驾驭的新概念的掩护下，先生时能表达自己的体验与感悟。即以六十年代初出版的《中国文学批评简史》来说，其中甚多不无偏见但痛快淋漓的断语。如批评严羽教人做工夫的方法：

从《楚辞》至盛唐诸公，熟读而酝酿之，悟来悟去，都不外

> 是纸片上的学问。岂不闻诗之外有事？诗之中有人？一个作家如不能面对现实，发掘现实，反映现实，更进一步而指导现实，徒然徘徊于古人诗卷之中，便会被古人压死。所谓向上一路，所谓直截根源，不过如是如是！他的妙悟的伎俩，也就可想而知了！

这段评论实未见精彩，可快人快语，令人羡慕。先生反对时贤之长篇大论，主张"精简一些"，在《漫忆平生》中曾自述其学术追求：

> 平生治学，重在捃摭要义，挈领提纲，往往失之"粗枝大叶"，但比较"博而寡要，劳而少功"的，似乎稍胜一筹。

先生述学，不长于考据，也不长于分析，而是注重理解与品味，然后单刀直入，直指本心。除了学术训练外，我怀疑这与先生之仰慕佛家大有关系。不管是平日闲谈，还是落笔为文，先生都喜欢简短的判断句（写成文章还另加感叹号）。是好是坏，是对是错，直截了当，没那么多曲里拐弯的"然而"与"但是"。就好像老僧说法，不屑于婆婆妈妈；至于听者领悟与否，全靠个人的修行与悟性。

另外，先生述学，相当注重文字的美感效果。也就是说，不是"写书"，而是"撰文"。《中国文学批评论文集》中的许多文章，读起来都朗朗上口。如《评宋湘〈说诗〉》中发挥宋氏"读书万卷直须破"的观点：

> 读万卷书而不能破，便要为书压死；念佛千声而不能空，便不能成解脱之功。惟其能破能空，才能掉臂游行，自如自在。"从有法度入，从无法度出。"使法度为我用，而我不为法度用；使书

本为我用,而我不为书本用,然后能自抒胸臆,自成家数。古今来所以累死许多英雄,都是由于为笔头缠死而不能自脱。换句话说,是死于书本,死于法度。辛苦一生,徒然掉泪而已。

道理其实很平常,令读者感叹的很可能是文章的气势与韵味。这种重体悟与自得、不大重书本与理论的倾向,仍可能暗含玄机。如此学术路数,与近代以来日渐专业化的大趋势格格不入,故在学界显得有点"落伍"。好在先生从不追新潮,政治上、学术上都力戒"从风而靡",而是追求"内有定见,外有定力"。七十年代初,先生吟成一首《闭关》;对"文革"后期"四人帮"笼络、愚弄知名学者的政治背景略有理解的话,不难领略先生的襟怀:

颂酒未能聊瀹茗,藏书不读且看山。
鹃花落尽人非故,万绿摇天自闭关。

人生百年,何处无风浪?苟能关键时刻"万绿摇天自闭关",起码也算气节之士。

先生极重节操,鄙视无行文人。以"有行""无行"来褒贬品评世俗人生,显然有点单薄。只有在易代之际,民族气节与家国兴亡之感纠合在一起,并发之为诗文,此"行"此"节"才具有比较丰富的历史文化内涵。先生晚年撰《明末广东抗清诗人评传》一书,可说是扬长避短,最大限度地发挥其学术潜力。此等诗人,多壮怀激烈,侠气义肠,把做人与做诗统一起来,深为先生所仰慕。只是可惜其人"僻处岭南,知音不多,把他加以阐扬,也不失为治文学史的人一件有意义的工作"。先生治此课题,理论设计非常简单,将众诗人分为"死难的抗清诗人""参加战斗后退隐的诗人"和"退隐的诗人"三大类,外附"方外诗人"等。如此排列,已显先生志趣:处此天崩地裂之际,士大夫中上者举兵抗清,"战死沙场";其次图谋恢复,"知不可而为之";再次"逃遁深山",保全晚节。

除了钩沉史料、表彰英烈外,此书的最大特点其实在于"品诗"。在其人其诗均有可称可道的前提下,先生对诗人的褒贬是颇为精当的。如评述狂放不羁而又大节凛然的邝露,扬其"出语自然"的五律而抑其堆砌"辞藻典故"的五古,就非自有体味者不能持此平正通达之论:

> 为诗出于喜愠之情,而乱离之世,作者感于世变,往往发为愤怒不平之声。湛若处在河山变易的年代,其感想为何如?在近体诗中发露其愤郁不平之气者固不在少,感人亦至深,惜古体未能相称耳!

只是先生本人吟诗极少用古体,不用典故,不务藻饰,真的是"直抒胸臆";会否因此而略带偏见褒贬失当?仅读先生引录之作,不便信口雌黄。

相对于先生的述学之作,我更欣赏其"流水高山自写心"的诗文。当年郁达夫评苏曼殊的诗比画好,画比小说好,而"比他的一切都要好"的,是"他的浪漫气质,由这一种浪漫品质而来的行动风度"。这里无意横加比附,不过,我确实更敬佩先生为人的温润与淡泊。

先生气质迥异曼殊,以其"淡泊"而激赏曼殊的"逸艳",表面有

点奇怪。可我想，在追求"适性自然"这一点上，二人颇有相通之处；更何况同是"人间憔悴客"！前者是先生评人衡文的主要依据，后者则涉及先生立身处世的根基：忧生且忧世。

先生虽也称"平生淡名利，雅欲栖罗浮"（《杂诗》），终其一生实未能真正"弃圣绝俗"。几十年坎坷曲折，说不上功业卓著，可从未忘记家国兴亡。故其推己及人、体察先贤苦心，甚不以时人抓住三两句诗大谈陶潜如何闲适、散原如何冷漠、曼殊如何放荡为然。在先生看来，这些有真性情的诗人，处乱世而想葆其真，不得不傲群小，出冷音，实则全都寄托遥深。故其读陶渊明诗则感其"慷慨有深怀，吐辞多悲辛"（《读陶诗二首》）；读陈三立诗则叹其"袖手看云非暇逸，感时抚事见深衷"（《读散原精舍诗》）；几十年后重读苏曼殊诗，仍然是"兴亡历历萦心曲，热血何曾逊昔年"（《重题燕子龛遗诗》）！正是这种人间情怀，使得先生与上述诗人不论如何参禅学道，都无法完全忘却家国兴亡与人世沧桑。这也是先生为人为诗，淡泊而不流于枯瘦的重要原因。

当年也曾问及先生高寿奥秘，先生答以"无心"。《黄叶楼诗》中不乏"舒卷无心随所适，人间何事苦纷纭"（《岭云》）之类的诗句；可接下来很可能即是"大笔抒忠愤，英风警怯顽"（《读放翁诗》）！既求"无心"，又重"忠愤"，二者合起来才是一个完整的先生。晚清以来礼佛者多讲回向与济世，极少满足于寂灭或自了。寄禅法师、太虚法师、弘一法师都讲学佛救国的人间佛教，以为这才是佛门子弟真正的大慈大悲、救苦救难。而谭嗣同、章太炎辈更是讲求学佛得大无畏，"排除生死，旁若无人，布衣麻鞋，径行独往"。故弘一法师说学佛者乃"积极中之积极"，也不无道理。佛教未必真能救国，但我欣赏文人学者之借学佛"护生"兼"护心"。说到底"救世"近乎空言，不过借此保持一种人间情怀；更重要的是觅一块安身立命的"净土"，以抗拒平庸污秽的世俗人生。先生说得对，这种生活意向，说不上特别崇高或伟大，可就是"不俗"。

世人求功名富贵，先生求自适，各有各的合理性。只是随着商品经济大潮的日渐高涨，先生的诗文、性情及风范，或许将永远隐入历史的深处。每思及此，不禁怅然。

窗外银杏悄然飘落，又到了一地金黄的深秋时节。猛然间记起，先生谢世已经三年整。面对先生书赠的《重题燕子龛遗诗》，我辈俗人还是勘不破生死，仍然认定"花开花落"并非"浑闲事"。于是，才有了这篇未能免俗的短文。

1992年10月于京西蔚秀园

（初刊于《读书》1993年第9期）

一位后学的读书笔记

——《董每戡集》序

谈到中国戏剧研究,论者必定大力表彰王国维(1877—1927)的划时代贡献。对于这一中外学界的共识,我大致认同,但希望略有补正。戏剧不同于诗文小说,其兼及文学与艺术的特性,使得研究者必须有更为开阔的视野。王国维所开启的以治经治子治史的方法"治曲",对于二十世纪的中国学界来说,既是巨大的福音,也留下了不小的遗憾。因为,从此以后,戏剧的"文学性"研究一枝独秀。至于谈论中国戏曲的音乐性或舞台性,不是没有名家,只是相对来说落寞多了。这个问题,很早就有人意识到,比如,半个多世纪前,浦江清(1904—1957)谈及"静安先生在历史考证方面,开戏曲史研究之先路。但在戏曲本身之研究,还当推瞿安先生独步"[①];

---

① 浦江清:《悼吴瞿安先生》,初刊于《戏曲》第3辑,1942年3月,收录于王卫民编《吴梅和他的世界》,河北教育出版社2002年版,第61—63页。

而董每戡（1907—1980）则称："在剧史家，与其重视其文学性，不如重视其演剧性，这是戏剧家的本分，也就是剧史家与词曲家不相同的一点。"①

原中山大学中文系教授董每戡的戏剧研究，主要集中在书斋与剧场的对话。1951年，北京群众书店刊行董著《戏剧的欣赏和创作》，劈头就问"怎样读剧"。除了引用美国学者韩德（T. W. Hunt）的话，称"理想的戏剧是同时可以表演，也能符合最好文学的模范的"②，董

董每戡（1907—1980）

每戡强调，对于剧作家来说，舞台知识与文学修养两者兼备，方能垂之久远。剧作家如此，研究者何尝例外："一个读剧本的人，首先须懂得这个基本的道理，那么读起剧本来才不会偏嗜，评判起所读的剧本的价值来也不致欠公正。"

长期从事戏剧活动的董每戡，1949年在商务印书馆同时推出《中国戏剧简史》和《西洋戏剧简史》。如此左右开弓的"亮相"，很像

---

① 董每戡：《中国戏剧简史》，商务印书馆1949年版，"前言"第4页。

② 《中国戏剧简史》（1949）也引这句话，以及下面提到的"所谓戏剧的和演剧的这两个名称之间"云云，但都没有注明出处。这两段话出自美国学者 T. W. Hunt 所著 Literature : It's Principles and Problems。虽然董每戡在同年所撰《〈说"傀儡"〉补说》（见董著《说剧》）中引了许多英文书，且提及十多年前如何在东京帝国图书馆阅读英文著作，但我认为作者这回读的是傅东华译本《文学概论》（商务印书馆，1935年）。此译本第二编第九章"文学上的未决问题一"之"戏剧和舞台的关系"中，有这两段话（见傅译本第427、428页），只是标点符号略有变动。

十三年前的周贻白（1900—1977）[①]。不同的是，周强调案头与场上合一，董则突出中西戏剧对话。这本《西洋戏剧简史》，总共才179页，从古希腊戏剧一直说到二十世纪美国剧作家奥尼尔，你不能期待它有什么了不起的阐述；但如此写作姿态，凸显作者早年的趣味和修养——不是"国剧"，而是戏剧；不仅研究，而且创作。当然，相对而言，《中国戏剧简史》更能显示作者学术上的锐气。此书的"前言"引入王国维的《宋元戏曲考》和青木正儿的《中国近世戏曲史》这两部名著，称后来的戏剧史大都"不免作文抄公"，这是他所不屑为的。既然前人"对于元明两代作家的时地，剧曲的文章、故事、版本等都详述过了，用不着我再来噜苏，于是也就换个方向，说些和演剧有关的事"。至于如此立说的依据，来自美国学者韩德：

> 所谓戏剧的（文学性）和演剧的（演剧性）这两个名称之间，确有一种正当的差别，前者指诗歌的内在品性，后者指是否适于上演。

最好当然是鱼与熊掌兼得，万一做不到，非有所割舍不可，怎么办？作为有长期舞台经验的教授，董每戡的态度很明确：

> 戏剧本来就具备着两重性，它既具有文学性（Dramatic），更具有演剧性（Theatrical），不能独夸这一面而抹煞那一面的，评价

[①] 1936年，周贻白在商务印书馆同时推出《中国剧场史》和《中国戏剧史略》二书，此举可见其学术气魄；更值得注意的是，书中表达了兼及声律、才情与剧场的学术理想。

戏剧应两面兼重，万一不可能，不能不舍弃一方时，在剧史家，与其重视其文学性，不如重视其演剧性，这时戏剧家的本分，也就是剧史家与词曲家不相同的一点。

以"剧史家"自命的董每戡，其《中国戏剧简史》篇幅不大，但贯通古今，自成格局。全书共七章（考原、巫舞、百戏、杂剧、剧曲、花部、话剧），分别论述从史前时期到民国年间的演剧活动。"考原"部分引入格罗塞《艺术的起源》等国外学者的著述，此乃当年时尚，也可见作者的趣味；最具特色的，还是第六章"花部（满清时期）"。此章提及田际云的"旧戏革新"以及王钟声的新剧编演，至于结束语，更见其学术立场："民国以来，诸腔又走进了没落期，艺术价值日低，在内容上说，封建意识太浓，不合时代的需要，为时代所扬弃。现在是在挣扎之中，究其前途如何？未可卜知。"如此立论，接近五四新文化人的立场，难怪其意犹未尽，甚至专设第七章"话剧（民国时期）"，从春柳社一直讲到抗战中的戏剧运动。如此看重西洋传入的话剧，在专研传统戏曲的学者中，持此文化立场的极少。这当然与其长期从事戏剧活动——起步是剧作家，而后是导演，最后才走到戏剧研究——密不可分。因此，谈论董每戡的学术著作，不能不从其早年的戏剧创作说起。

上海戏剧文化出版社1932年出版的《C夫人肖像》，1933年再版时，董每戡撰有"再版自序"："事先，我并没有计划写这样的一个三幕剧，美专剧团的同志们逼促我写，才于三个晚上被压榨出这一个脚本。"1938年，董又撰《我怎样写〈敌〉》："'一致剧社'要我在穷忙中抽片刻闲暇为他们写一个三幕剧。我答应了，而且花不了二十个小时就把它写成，总算没有误了他们的公演。"1941年，由成都空军出

版社刊行的"三幕一景防空剧"《天罗地网》,其《自序》中有云:"总是以极短促的时间,在极忙乱的环境中创作被人规定了主题的作品,所以从没有产生一个优秀的东西,这自是意中之事。"一开始作者或许很得意,创作多幕话剧时,往往"一挥而就";后来逐渐清醒,反省时人以及自己因应时势的"急就章":"在目前的刊物上及舞台上所看到的脚本似乎公式化了,如此,要其作品伟大,决不是有望的。""归根结底地说还是我们自己的作剧技术和演剧技术不好,并不是有了抗战意义就行了。"(《起来,剧作家们!》)综观董每戡的整个创作历程,确实多为服务抗战而作。没能留下经典剧目,这当然很遗憾;但由此锻炼了作者的写作及舞台经验,对日后的研究亦有助益。1947年初,董每戡撰《漫谈戏剧批评》,提及:"写一般的批评文章难,写戏剧批评的文章更不易。"因为戏剧是综合艺术,故戏剧批评家除一般的客观、科学等原则外,还"至少须兼有理解文学和演剧的两方面的才能"。这段话,或许正是作者由剧作家转为研究者的关键。

拥有如此丰富的剧场经验,日后转入戏剧史研究,自然对"表演"及"剧场"有特殊的感受。在《五大名剧论·自序》中,董每戡称:

> 我过去认为、现在还认为"戏曲"主要是"戏",不只是"曲"。"声律"、"词藻"和"思想"都必要予以考究,尤其重要的是人物形象和情节结构所体现的思想性和艺术性,它是必须由演员扮演于舞台之上、观众之前的东西。

在董每戡看来,文史家和曲论家或拘泥于法、或计较于词,极少从舞台艺术的演出角度,"依然以案头读物对待",这将使研究走入死胡同。同样的意思,在《说剧》中表达得更为真切:"构成戏剧的东西,'舞'是主要的,'歌'是次要的";过去的曲论家,"不知道'戏曲'是'戏',只知道它是'曲',尽在词曲的声律和辞藻上面兜圈子,兜来兜去,结果取消了'戏'",殊为可惜[①]。这一批评,不管有心无心,都是直接针对吴梅的。在董每戡进入学界的那个时代,各大学中文系教"戏曲"或"中国戏剧史"的,多为吴梅(1884—1939)的弟子。可董不一样,1926年毕业于"左派"人士占主导地位的上海大学,而后曾短暂东渡日本,在日本大学文学院攻读戏剧;不久就以编剧的身份投身戏剧运动,直到1943年秋应邀出任内迁到四川三台的东北大学教授,方才由"作家"转为"学者"。这一经历,使得董每戡的"说剧"没有直接的师承,可以放言无忌;加上日后受政治迫害,长期远离学界,思想上特立独行,不太受时代思潮的牵制。

1965年冬,董每戡曾引江湖艺人的话:"光说不练嘴把戏,光练不说傻把戏,说着练着真把戏。"怎么练呢? 反右运动后被迫离开中山大学回长沙居住的董每戡,从1959年秋起,立志撰写《中国戏剧发展史》《笠翁曲话论释》《五大名剧论》等。作者设想,这三书有点有面,互相配合,足可打一场大仗。对此,作者信心满满:"咬文嚼字不为功,空谈概说欠具体,就戏论戏才成,我就这样练起来了。"(《五大名剧论·自序》)很可惜,三书虽已完稿,正式出版的,仅有评说《西厢记》《琵琶记》《还魂记》《长生殿》《桃花扇》的《五大名剧论》。另两部书稿在"文革"中被抄没,本次收录的《笠翁曲话拔萃论释》乃"文革"后期重新编写,字数比失稿少许多。

《五大名剧论》的特点很明显,极少版本稽考,不做宏观论述,而

---

① 参见董每戡《说"歌""舞""剧"》,见《说剧》,人民文学出版社1983年版,第11页。

是侧重精细的文本分析："像是老导演在红氍毹上给演出者一出一出地说戏,让人们'看'到舞台上角色的来往冲突,感觉到生、旦、净、末如在目前。"① 你可以说,这种类似导演"说戏"的论述方式,是因为作者僻居长沙,缺乏图书资料;但我认为更重要的,还是作者希望最大限度地发挥自家熟悉剧场这一特长。作者自称:

> 之外,每论一剧的情节结构时,常对剧中某些场子认为应删或可并的意见,甚而有对某一角色的性格应怎样体会怎样掌握和表现之类的话,不消说是我个人粗浅且未必正确的看法,原只想供今后的改编者、导演和演员作参考,假使它同样给欣赏古典舞台剧的诸君有少许帮助,那便是我意外的收获。(《五大名剧论·自序》)

技痒难熬,论述中不时跳出来给古人挑刺,甚至为其改文章,这明显不是史家立场。但正因为放开手脚,不受学院规矩束缚,时有惊人之论。在论及《西厢记》时,董每戡曾称:"明袁中郎说:'《西厢》开锦绣,《水浒》藏雷电。'我则以为《西厢五剧》被锦绣而内藏雷电,才令人屡读不厌,累演不衰。"(《五大名剧论·〈西厢记〉论》)其实,读董每戡的《五大名剧论》,也时常有"被锦绣而内藏雷电"的感觉。

从1929年创作剧本并积极参加左翼戏剧运动,到1943年转向学术研究,中间有十四年的舞台生涯;这样的知识结构,本是可以大展宏图的。可惜好景不长,1957年被打成右派后,董每戡的命运极为

---

① 黄天骥:《董每戡先生的古代戏曲研究》,见《黄天骥自选集》,广东高等教育出版社2003年版,第395页。

坎坷。1978年终获"摘帽",1979年5月落实政策并被接回广州中山大学,可还没来得及重登讲台,便于1980年2月13日病逝。真应了杜甫的诗句:"出师未捷身先死,长使英雄泪满襟。"人民文学出版社1983年版《说剧》的《编后记》,引录了董每戡之子的来信,讲述董先生1957年被打成右派后,如何到长沙自谋生路,1965年后又如何被取消生活费。最为惨痛的,莫过于"文革"中两度被抄家:

> 父亲最痛心的是被抄走了《中国戏剧发展史》《明清传奇选论》《三国演义试论》等手稿和十箱书籍、资料。《五大名剧论》由于藏在地板底下(已被老鼠咬掉一半),《说剧》因寄给洛阳的三叔审阅,所以幸免遭劫。从六六年起一直到七九年四月,他面壁斗室,一面修改、补充这两部手稿,一面继续写能回忆起来的稿子。当时手头资料全无,只好托人借书参阅。

对董先生窘迫的生存处境,《编后记》作了如下补充:"董每戡当时穷得买不起稿纸,甚至连亲友来信中的信纸空白部分都要裁下来,粘在一起当稿纸用。"

即便如此,身处"诂戏小舍"的董每戡,依旧借修订《说剧》,不断与当代学界对话[①]。董著《说剧》,1950年上海文光书店初刊,收文五篇;1983年人民文学出版社推出增订版,收文三十篇。此书论及各种戏剧形态,如傀儡、角抵、武戏、影戏、滑稽戏,还有脸谱、行头、

---

① 如与钱南扬、周贻白商榷宋元南戏,与路工、黄紫冈、周贻白辨析昆山腔,或与冯沅君、孙楷第讨论"戏衣"等,参见《说剧》第202—210、266—271、354、369页。

布景等。在"文革"疯狂的日子里,作者依旧笔耕不辍,如《说"傀儡"》一文,1944年初稿完成于四川,1968年添注,1976年整补于长沙,文中引用1971年《安阳后岗发掘简报》以及《文物》1973年第2期的文章;而《说"戏文"》则引1973年《文物》杂志上赵景深的《明成化本南戏〈白兔记〉的新发现》。如了解作者的生存境地,则不能不佩服其治学的坚韧不拔。1959年国庆前夕,作者完成了《中国戏剧发展史》初稿,1964年此书定稿,得六十万言,于是吟诗志喜:

戏考宋元止两章,来龙去脉未能详;
不才试为通今古,谬妄尚期硕学商。
(发展史起上古迄于民初,故云)

王氏开山数十年,多人继武缺犹然;
尊今也得先知古,待续新华铺绣篇。

可正是这部凝聚作者毕生心血的《中国戏剧发展史》,日后竟被抄家没收,从此杳无音信。后人面对此《定稿志喜》,不能不感慨万千。

谈及戏剧史,董每戡几乎是独尊王国维,而对孙楷第(1898—1986)、周贻白、王季思(1906—1996)等当世学者,则不太客气[①]。

---

① 以《五大名剧论·〈西厢记〉论》及《海沫集》为例,作者多次正面引述王国维,偶有补正,也不忘表彰其"独具只眼",如《董每戡文集》中册,广东高等教育出版社1999年版,第105、989、992、1019—1020页;提及同时代诸戏剧史专家,则多为辩驳,如《董每戡文集》第103页和第128—129页驳王季思,第119—121页和第1039—1041页讥孙楷第,第960页、第970—971页及第1078—1079页则专门批评周贻白的《中国戏剧史讲座》。

著书立说时,也会引经据典①,但更多的时候,作者凭借的是丰富的舞台经验。如《〈西厢记〉论》中辨析张生那句"我吃甚么来!"正如作者说的,这种"道地的性格语言,绝好的戏剧语言","曲论家们都不会重视它,而懂得戏剧之为艺术的人都会欣赏它"。正是有感于明清曲论家过分关注"词采"而轻视"说白",作者坚称:

> 戏,就是这样的,不是文章,往往一个字,一句话,胜过千言万语,因为真正的"戏剧语言"不是文章,而正是王实甫所写在台本上的这种"动作的语言",是动的而不是僵化干瘪、无生命的语言;一个字,一句话,都蕴藏着无限丰富的内心动作、无数句的"潜台词",都是人物的灵魂在说无声的话语。

这样的"神来之笔",在《五大名剧论》中常能碰到。

除了基于舞台经验的文本分析极为精彩,董每戡的戏剧论著最让人惊讶的是不太受政治潮流的影响。戏剧史研究技术性较强,无论齐如山(1875—1962)还是周贻白,比起同时代的哲学史或文学史家来,受意识形态污染较轻,这是事实。而远在江湖的董每戡,更是不受此等束缚,其论文风格,不太像是产生于"阶级斗争的弦"绷得越来越紧的年代。如《〈西厢记〉论》写于1965年,别人都在说阶级斗争如何不可调和,董先生则要我们"暂时放弃自己的思想方式,设身处地去体味",不仅"这个'团圆'结局是合往日观众脾胃的",连老夫人三次赖婚,也都因唐人"恃其族望耻与他姓为婚"这一时代痼疾

---

① 如《海沫集》中论李笠翁二文,引述亚里士多德、狄德罗、黑格尔、别林斯基,还有马克思、列宁、高尔基等,见《董每戡文集》中册,第940—985页。

而变得可以谅解。"文革"中评法批儒,曹操被谥为法家,身处逆境的董每戡,修订《〈三国演义〉试论》时,拒绝为曹操翻案。1975年夏,董撰《〈琵琶记〉论》,专门批驳1975年4月30日《文汇报》上奚闻的《围绕〈琵琶记〉展开的一场儒法斗争》。奚文称高则诚乃"反动统治阶级的爪牙",曾参与镇压农民起义,"双手沾满了革命人民的鲜血";董据理力争,说你证据不可靠,如此"含血喷人","会令人心寒齿冷"的。时过境迁,后人不明就里,或许觉得这些说法很平常;殊不知在那个特殊年代,如此坚持自己的学术立场,是需要有很大的勇气的。

《董每戡集》书影

附记: 2004年11月11日,在中山大学八十周年校庆论坛上,我曾作过《中国戏剧研究的三种路向》的专题演讲。之所以刻意选择在中大谈"戏剧研究",主要是为了向王季思、董每戡等中大老一辈戏剧学者致敬。读书时修过王先生的课,毕业后曾多次拜访,虽不做戏曲史研究,但同样从他那里学到很多东西。1979年5月,董先生因"落实政策"重返中大校园,可惜未来得及重登讲台,半年后即去世了。不敢谬称弟子,但看过他那"百衲衣般"的文稿,印象极为深刻。

  岳麓书社即将刊行五卷本《董每戡集》,据编者介绍,此集比广东高等教育出版社版多出一百多万字,且据手稿对原著做了全面校订,这确实是振奋人心的好消息。编者让我撰写序言,既不好推诿,又生怕佛头着粪,只好摘录《中国戏剧研究的三种路向》(《中山大学学报》2010年第3期)中涉及董先生部分,略为修剪,算是一位后学的读书笔记。至于先生生平,有先生哲嗣董苗的五万言长文《我的父亲董每戡》,相关研究情况,又有《董每戡研究资料编目》,全都不劳我这外行人饶舌。除了对三位编者及出版社表示谢意外,我也谨以此文向董每戡先生致敬。

2010年11月1日于香港中文大学客舍

(初刊于《董每戡集》第一卷,岳麓书社2011年版)

此声真合静中听

——怀念陈则光先生

一

学界一般只知道陈则光先生（1917—1992）是现代文学史家和鲁迅研究专家；可陈先生心目中的名山事业却是其《中国近代文学史》。之所以产生这种错觉，一方面是陈先生在前两个领域确有引人注目的成就，另一方面则是其《中国近代文学史》没能真正完成。"千古文章未尽才"，这是悼念文章的套语；可用在陈先生身上却十分合适，尤其是指其没能完成思考、纠缠几十载的这一研究课题。

去年一月，我路过广州，到医院探望陈先生。呼唤了好几声，他才睁开眼睛，一见是我，眼泪直往下淌。临别时，只听他长叹一声："可惜我的书没能写完。"五月份我从香港回来，陈先生已经回到中大家中静养。尽管说话不大方便，陈先生还是希望谈谈他的《中国近代文学史》。那时我安慰他等病好了再考虑这些问题，他说躺在床上干着急，想的都是这部书。今年年初，先生病情好转，春节期间师友学生过访，据说谈的还是这部书。谁知才过两天，先生就一病不起。这部凝聚先生一辈子心血的《中国近代文学史》也就永远只有上册了。

1987年春夏之际，陈先生寄赠他所撰写的《中国近代文学史》上册（中山大学出版社），并表示感谢我的"再三催促"。从1982年春我正式师从陈先生，到今年春天陈先生不幸仙逝，这十年间我们师生讨论最多的就是这部书稿。对书稿的写作，我没能插上一句嘴，也没能帮上一点忙，只是不断地"催"——希望先生不要过分矜持，让书稿早日杀青。大概先生悬得过高，加上我离开广州后催促不力，书稿还是没有最后完成。

八十年代初，近代文学研究刚刚复苏。一个偶然的机会，我发现了先生写于五十年代的近代文学论文，而且学术质量相当高，这才知道先生不只研究鲁迅。先生称，他是研究近代文学起家的，而且至今还存有整份当年的讲稿。于是，我们师兄弟不时劝说先生赶快"转向"，重理近代文学。每当这个时候，先生总笑眯眯地说：不急不急。其实先生心里还是有点急的，只不过不愿草率从事。尤其是1985年初遭车祸后，先生元气大伤，更时时有写不完此书的担忧。即便如此，先生还是不愿开快车、搞速成。就在遭车祸前几天，先生给我来过一信，谈他的研究计划：

> 我对近代文学在57年摸了一下，以后就没搞了，可谓浅尝辄止，最近又重操旧业，因年龄的关系，面对着书山学海，时感精力的不够，未免兴叹。然而这些东西，还是深深地吸引着我的。

此后，先生便全力以赴地投入《中国近代文学史》的写作。

当初我们劝先生用两年时间，先把书稿整理出版，以后再慢慢修订；先生执意不肯，非全部推倒重来不可，说是要不心里不踏实。听到先生去世的消息，我第一感觉是，先生病危时一定为此书的没能写完而撕心裂肺。作为一种研究策略，我们的建议或许不无道理；可作为治学态度，我还是欣赏先生的认真和持重。我到北京求学后，先生不止一次来信，谈及近代文学研究，称："这是一项极艰巨的工作，因为艰巨，得出来的成果，道人所未道，才有意义有价值。"正因为理解其"艰巨性"，治学时才如临深渊如履薄冰，不敢放言空论。当初年轻气盛，不大能理解先生治学的苦心，反而埋怨先生过分谨慎；如今想来，惭愧不已。

先生治学，一贯以"平实"取胜。从没有惊世骇俗的高论，可有理可据，立论大都站得住脚。已出版的《中国近代文学史》上册，颇能体现先生这一治学特点。"绪论"一章是根据五十年代末的《中国近代文学的社会基础及其特征》一文改写的，还是强调社会、文化、文学三者的互动，但具体的论述更为翔实可信。先生不以理论思辨见长，大的框架没有多少突破，具体的论述则新意迭现。对桐城派的中兴，以及对弹词在晚清文坛的意义，先生都有自己独特的见解。尤其是关于十九世纪下半叶小说的研究，更见先生的功力。大的研究思路仍是沿袭鲁迅的《中国小说史略》，用狭邪小说、侠义小说和谴责小说来把握小说界革命前的中国文坛。可描述每一种小说类型的演进时，先生都特别注意文学思潮与具体作品的历史联系。如突出西湖散人之

《万花楼》开始体现"侠义小说与公案小说合流的倾向",或者将蒙古族作家尹湛纳希的《一层楼》和满族作家文康的《儿女英雄传》,作为近代少数民族作家"对《红楼梦》反响的两种趋向",更是"道人所未道"。

先生对具体作家作品的解读相当精细,对文学与政治的关系比较关注,对通俗文化有很高的热情,这些都是他们那一代文学史家的共同特性;只不过先生治学严谨认真,不时能突破现有理论框架的限制。先生学有根底,却并非一味守旧,颇能欣赏与之不同的学术思路。1990年8月,北京大学召开"二十世纪中国小说史国际学术讨论会"。

与陈则光先生在北大校园合影(1990年)

先生在提交给会议的论文中，既高度评价了我撰写的《二十世纪中国小说史》第一卷，又坚持他注重社会思潮和强调作家作品整体把握的一贯主张，对此书有所批评。会后师生在未名湖畔漫步，先生一本正经地说：每代人都有自己的路，我提意见只是表明我的态度，并没有要求你照改。你还是继续走你的路，不过讲话注意点分寸就是了。

先生治学风格平实，除了"有实事求是之意，无哗众取宠之心"外，更得益于其"分寸感"的把握。刚师从先生时，每次听完我的研究报告，先生总不忘叮嘱"论述时要注意分寸"。开始不免逞才使气，敲打几次后也就老实多了；慢慢体会到治学中掌握"分寸感"的必要和艰难。我在中大师从吴宏聪、陈则光两位先生和在北大师从王瑶先生，除了具体知识外，最重要的收获莫过于对学问的敬畏之心以及对分寸感的掌握。只是直到今天，落笔为文，仍嫌火气太大、锋芒太露，无法真正做到平正通达。

先生是湖南人，但不吃辣椒，或许是久居岭南的缘故，反正显得温和、宽厚。在中山大学师从先生攻读硕士学位那两年半时间里，有几件事我印象特别深，自认很能体现先生的为人为学。

我刚上研究生那阵子，略有狂态。第一篇交上去的读书报告专论五四白话文运动，洋洋洒洒写了一万多字；报告发下来时把我吓了一跳，先生的批注密密麻麻，和我文章的字数不相上下。有商榷论点的，有校对史料的，也有改正标点符号和错别字的。不在乎观点异同，单是这种治学态度就把我慑服了。读书之事，如鱼饮水，冷暖自知，自觉平生治学不太敢偷懒，这与我前后师从的几位先生，不管学术成就高低，但都以严谨著称有关。

1983年初，我在《中山大学研究生学刊》上发表了《论西方异化文学》一文。在随后而来的清除精神污染运动中，有人到处告状，指责此文为宣传精神污染，大有置之死地而后快的意思。是先生挺身而出，主动承担责任，向校方表示此文经他审阅，没有政治性错误。事件平息后，先生屡屡告诫："讲话要有分寸。"我自然明白，这时所说的"分寸"，指的是别老"闯红灯"。

先生对此事颇为自得，平生以鲁迅为榜样，关键时刻能为学生撑一把腰，还有比这更值得骄傲的吗？我至今仍清楚记得，当他向我介绍整个事件经过以及他自己的表现时，顺带提及鲁迅先生对待青年的神态。鲁迅先生的人格魅力，使得许多研究者也都习惯于像他那样肩住黑暗的闸门，放年轻一代到光明的地方去。这也是在中国，鲁迅研究界虽也鱼龙混杂，但总的来说骨头较硬，更讲人格和气节的原因。

当我第一次向先生表示，希望到北京大学继续求学时，先生明显不悦。本来计划让我毕业后留在中大任教，可我却想跑出"康乐村"。这大概有点让他伤心。好在他和我的另一位导师吴宏聪先生都很推崇王瑶先生，相约让我提前毕业，并联合推荐我北上报考王瑶先生的博士研究生。说是考上放行，考不上不准改换门庭。我临上北京就学的前一天，先生在家里设便宴为我送行，酒后吐真言，说是"其实我年轻时也很想上北京"。我也觉得以先生的性格志趣，更适合于北方生活，只是不好意思问当初为何没能成行。此后好几次见面，先生总不忘感叹："你当初决意北上求学是对的。"至于为什么是对的，先生从不解释。在南方众多学者中，先生治学风格和趣味更接近于"京派"，不知道是不是因为这个原因，促使他发此感叹？

与王瑶、陈则光诸位先生在海南天涯海角合影（1982年5月）

先生为人为学均极为认真，平时不苟言笑，学生们背后称他"陈老夫子"。每次上课，拿着厚厚一本讲稿，几乎照着念，很少有即兴的发挥。同学们尽管钦佩他备课认真治学严谨，可还是不大习惯这种沉闷的讲课方式。只是在若干年后，当初因手舞足蹈而大受欢迎的课程烟消云散，而先生认真扎实的讲授反而凸现时，大家这才承认"照念讲稿"也是别具一格。

课堂上不苟言笑的先生，在家里却显得十分随和。接触多了，甚至发现表面迂执的先生，其实也不乏文人趣味。我北上念书后，先生曾录旧作寄赠：

月沉柳岸隐吹笙，何处朱楼酒未醒。
莫道绿窗人寂寞，此声真合静中听。

不知诗后有无"本事"，也不想为此强作解人。只是隐约觉得先生晚年重录少作，有相当深沉的感慨。

1992年7月5日于京西蔚秀园

附记：此文在《中国现代文学研究丛刊》1992年第4辑刊出后，陈师母瑶君曾有信来，谨摘录如下："你文章中的最后一首诗，是他在1947年秋天写给我的，当时我们经人介绍，相识不到半年。我在湖南耒阳省立二师教高中班史地，业余与师范生一道学吹箫。信中谈到各人的业余生活，他即写了这首诗。你北上，他将这首诗送给你，我想他是对青年时期生活的追忆；再则，也对自己壮志未酬的感慨。那时他刚刚卅岁，很想到北大去工作，几经努力，均未成行，所以你去北大进修，他的感触是深沉的。我这样解释，会不会是多此一举？因为不讲反有一种朦胧之美，使人想像到它的本事一定是浪漫的、绮丽的；一经道破，索然无味，原来此诗还是写给'八一婆'的。在他逝世前一周，闲谈中，曾说他一生历尽坎坷，值得留恋的生活，即我在耒阳和他通讯的那一段日子以及后来到零陵度蜜月的那段日子，因那时没有孩子，没有煤米油盐等烦心的事。提起来已是四十多年前的事了。"（1993年4月27日陈师母来信）

（初刊于《中国现代文学研究丛刊》1992年第4期）

"爱书成癖"乃书生本色

明年是王瑶先生去世二十周年，此前，我们已出版了七卷本的《王瑶文集》（北岳文艺出版社，1995年）、八卷本的《王瑶全集》（河北教育出版社，2000年）；另外，还有三本纪念或研究文集。今年，为了便于阅读，北京大学出版社推出"王瑶著作系列"，包括《中古文学史论》《中国现代文学史论集》和《中国文学：古代与现代》。第三种是新编的，我将选目发给几位王先生的弟子，师兄钱理群建议删去其中的《鲁迅和书》，说这文章专业性不够。他说的对，我删了；可还是隐约觉得有点遗憾。

《鲁迅和书》撰于1983年11月，从未在报刊上发表，直接收录于人民文学出版社1984年版《鲁迅作品论集》。此文专谈鲁迅的"爱书成癖"——"像鲁迅这样爱书成癖的习惯，正是从一个侧面表现了鲁迅对于知识和真理的执着追求的精神"。接下来大谈爱书与爱国、博与专、比较与鉴别、观察与思考等。文章的焦点有些漂移，大概是怕被误解，将鲁迅说成"书呆子"，因此赶紧补充："他在读书的同时，始终把社会实践放在很重要的位置,这正显示了鲁迅的战士与学者统一的本色。"在我看来,所谓"爱书成癖",本身是一种"文人气",没什么好忌讳的。

日本平凡社 1994 年出版了荒井健编的《中華文人の生活》,最后一章是中岛长文撰写的《鲁迅における"文人"性》,指出鲁迅是战士,是学者,是思想家,但也有"文人趣味"。比如花木兴味、笔墨情趣、购书籍、藏拓片、编笺谱、赏绣像,还有钞古书、自称"毛边党"等,都不是为了完成某个学术课题,而是性情的自然流露,故沉湎其中。在这一点上,主张"不读或少读中国书"的鲁迅,也有其"书生本色"。

我之接近鲁迅,跟一般人不太一样,除了思想与文学,还有物质形态的"书籍"作为媒介。这方面,我主要得益于两本书:一是唐弢等人写的《鲁迅著作版本丛谈》(书目文献出版社,1983 年)。此书收录了诸多专家所撰关于鲁迅著作版本流变的文章,某种意义上,这也是一种"鲁迅接受史"。另一本则是上海鲁迅纪念馆和中国美术家协会上海分会合编的《鲁迅与书籍装帧》(上海人民美术出版社,1981 年)。此书除了印刷精美,可供把玩,书前钱君匋的《序》以及编者辑录的《鲁迅论书籍装帧》,都很有用。

再说开去。我在中山大学念硕士时,有三位导师:近代文学方面我受教于陈则光先生,现代文学则以吴宏聪先生为主,至于新文学书籍以及鲁迅著作版本等,这方面的兴趣与能力,主要得益于饶鸿竞先生。饶教授曾任创造社主将、中大党委书记冯乃超的秘书,参与注释鲁迅的《而已集》,当过中大图书馆副馆长,编有《创造社资料》(福建人民出版社,1985 年)、《亿兆心香荐巨人——鲁迅纪念诗词集》(中山大学出版社,1986 年)等。依我的观察,他有"把玩书籍"的兴

趣,每回见面,总是侃侃而谈,然后不无炫耀地亮出某本好书。上世纪八十年代后期,我开始出书,他叮嘱,凡是论述的,不必送;若是史料或谈论书籍的,一定要寄来,因为他喜欢。我知道,现代文学界有不少像饶先生这样因"书籍"而与作家(比如鲁迅)结下深情厚谊的。现在不一样了,发表的压力越来越大,学者们只顾写书,而不再爱书、藏书、赏书、玩书了,这很可惜。

没错,鲁迅是个伟大的战士,可鲁迅也是个普通读书人;正因此,不仅可敬,而且可爱。有机会在鲁迅博物馆的地库观赏鲁迅当年补钞的古书,确实震撼。那次是跟陈丹青一起看,一开始,我们俩都认为不像手写,仔细辨认,方才认可。关键不在技术,而是心态。现在谈鲁迅,更多关注其"上下求索"与"横眉冷对",很少深究其孜孜不倦、其乐无穷的读书生活。不就是"读书"吗,太一般了,缺乏戏剧性,不够伟大。记得鲁迅说过,"伟大也要有人懂"。某种意义上,任何一个伟大人物,瞬间爆发出来的巨大生命力,是以平淡无奇的"日积月累"为根基的。

理解鲁迅,除了看他的大量著作与译述,还要看他如何编辑书刊、收集汉唐画像石、辑校古籍、编印《北平笺谱》和《十竹斋笺谱》等。翻看那3函18册的《鲁迅辑校石刻手稿》(上海书画出版社,1986年)、6函49册的《鲁迅辑校古籍手稿》(上海古籍出版社,1991年)、《鲁迅藏汉画像》一、二集(上海人民美术出版社,1986、1991年),还有《鲁迅辑录古籍丛编》(人民文学出版社,1999年),都让我们对鲁迅的学识与趣味有更深入的了解。鲁迅确实了不起,读了这么多书,做了这么多事;但某种意义上,这些都是读书人的本分。

不知什么时候起,"读书人"这个本来很好的词,被污名化了,变成与"思想家"或"革命者"截然对立。于是,读书必须讲效果,书斋连着战场，否则没有意义。鲁迅博物馆编的《鲁迅的读书生活》（人民日报出版社，2003年），提及鲁迅在上海的书屋："1933年，鲁迅在狄思威路租房一间作藏书室。"（第86页）这么写很好，就是一间书屋，没什么"微言大义"。对于读书人来说，书太多，放不下，又舍不得丢，另外租房存放，再正常不过了。"文革"中，为了神化鲁迅，曾就此大做文章，说这间"秘密读书室"是专门储藏马列著作和革命书籍，鲁迅如何在夜色掩护下，摆脱了特务的跟踪，来到这苦读禁书。当然，这些都是虚构的。再说，过于"目标明确"的读书，其实不是理想状态。

这两年，我先后在北京大学、香港中文大学、新加坡的南洋理工大学做题为《作为一种物质文化的现代文学》的专题演讲。我以为，亲眼目睹、亲手触摸这些作为物质形态的文学作品，了解其生产与传播、接受与鉴赏，对于进入历史，从事专业研究，十分重要。这方面，图书馆和博物馆有很多工作可做，用时尚的话来说，"有很大的拓展空间"。这次鲁迅博物馆开了个好头，让我们得以借助这个专题展，既读鲁迅的书，也读鲁迅如何读书，实在机会难得。作为主办单位之一，我代表北大中文系，既感谢鲁迅博物馆，也感谢北大百年纪念讲堂，更感谢即将参观此展览的无数北大师生。

（此乃作者于2008年9月19日在北大百年纪念讲堂举行的"鲁迅的读书生活"专题展开幕式上的发言）

（初刊于2008年9月24日《中华读书报》）

那张唯一的合影找到了

——纪念饶鸿竞先生诞辰一百周年

吴宏聪先生（1918—2011）晚年曾叮嘱我："要为饶鸿竞先生（1921—1999）好好写篇文章，他是个好人，且对你极关心。"作为及门弟子，我当然晓得；可就是资料缺失，始终找不到写作的感觉。这让我很纠结，也很愧疚。我曾在若干文章中稍为提及，但都没能充分展开，比如：

我在中山大学念硕士时，有三位导师：近代文学方面我受教于陈则光先生，现代文学则以吴宏聪先生为主，至于新文学书籍以及鲁迅著作版本等，这方面的兴趣与能力，主要得益于饶鸿竞先生。……依我的观察，他有"把玩书籍"的兴趣，每回见面，总是侃侃而谈，然后不无炫耀地亮出某本好书。上世纪八十年代后期，我开始出书，他叮嘱，凡是论述的，不必送；若是史料或

谈论书籍的，一定要寄来，因为他喜欢。(《"爱书成癖"乃书生本色》，载《中华读书报》2008年9月24日)

文章的意思没错，可就是显得有点"虚"。那是因为，我随饶先生读书虽两年有半，但那时年轻，总以为来日方长，每次谈话都直奔主题，对导师的阅历及心境不太关注。

关于饶先生的怀念文章，除了原中大中文系系主任吴宏聪的《心香一瓣　聊寄哀思——悼念饶鸿竞同志》(《鲁迅世界》2000年第1期)，再就是曾任广州鲁迅纪念馆馆长的张竞的《悼念饶鸿竞和李伟江两教授》(《鲁迅世界》2001年第1期)。吴、张二位前辈与饶先生关系密切，且都是"鲁学"方面的同道，有过不少精诚合作。为何不见学生辈的追忆文章？这就说到饶先生的坎坷经历——虽一辈子都在中大工作，可辗转多个工作岗位，难得有真正的传人。

1946年，中山大学因抗战胜利从梅县迁回广州石牌。那年，从西南联大转来的助教吴宏聪，与此前一年中大毕业留校的饶鸿竞相遇，因都是梅县客家人(吴出蕉岭而饶属兴宁)，性情颇为相投。此后半个世纪，二人多次同事，在工作中互相支持。故吴文除了情真意切，更提供不少难得的传记资料。如1952年院系调整，时任校长办公室秘书的饶鸿竞如何"才思敏捷，出笔奇快"，且因"他分内的工作，处理得有条不紊，深得许崇清校长、冯乃超副校长的信任和赞赏"；"1959年调任中大学报主编，在主客观条件都相当艰难条件下，坚持双百方针，为中大守护着这块学术净土"。1973年饶先生转中文系任教，1982年调任中大图书馆副馆长；调走前夕，与吴宏聪、陈则光联合招收硕士研究生——我就是那个时候入门的。正因"主战场"是校部机关或图书馆，在中文系教书时间不长，饶先生真正的学生很少，这也

是其身后寂寞的重要原因。

吴先生在悼念文章中称:"他是广东最早一批有志于'鲁学'研究的学者,他在中文系参加了注释《而已集》和编辑《创造社资料汇编》的工作,这两项都是国家科研重点项目,工作量很大,特别是注释《而已集》,要求很高。"饶先生工作很投入,与同为注释组成员的陈则光、李伟江等,将"1927年前后广州出版的报刊全部翻阅一遍,发现不少与《而已集》有关的资料,最值得重视的当然是《庆祝沪宁克服的那一边》佚文的发现了"。吴文提及,"鸿竞同志参加了注释《而已集》的全过程,殚精竭虑,力求完美,他的贡献是有目共睹的",这里必须加注——那是个全国性项目,中大没有独立署名权,具体谁在做以及怎么做,我们只能在同时代人的追忆文章中看到。好在中大中文系借此机缘,编纂了《鲁迅在广州》(广东人民出版社,1976年),那是实实在在的科研成果。该资料集共285页,第一部分选辑鲁迅在广州的部分著述,第二部分介绍1926—1927年间中共在广州出版的与鲁迅密切相关的四种刊物,第三部分则是当时跟鲁迅有过接触的人的回忆文章,最后附录鲁迅在广州时期的著译编目。全书以保留史料为旨趣,所有"编者注"都非常克制,拒绝进一步发挥,表面上偷懒,实则避免了时代阴霾,使其时过境迁仍值得参考。

张竞的追忆文章中有一段话,可作为吴文的补充:"谈到鲁迅著作《而已集》注释工作,是1975年在中山大学中文系吴宏聪教授领导主持下,有陈则光、饶鸿竞、金钦俊、李伟江等学者参加……在我印象中饶鸿竞教授似乎做了更多的具体工作。……据初步统计,1975年和1976年的《而已集》注释本初稿,共有注释条目571条(占75页,每页896字)共66 800字。正式定稿的诠释条目260条,共约49 280字。删去311条条目,近约2万字。《而已集》的新注释本内容丰富，更具科学性。鲁迅著作的注释文字是集体研究成果，一律不署参加注释工作者的名字。谨此叙述历史，记录饶鸿竞、李伟江的芳名，以示纪念。"这种时代转弯处的漩涡与褶皱，若非当事人或同时代人详加说明，后人是很难体会到的。

张文另一段话，更是让我浮想联翩："1975年注释时，共有注释条目14条，其中有一节内容颇为值得深入研究：'人往往憎和尚，憎尼姑，憎回教徒，憎耶教徒，而不憎道士。懂得此理者，懂得中国大半。'在讨论这条注释时陈则光教授说，为了这节文字的注释，中文系曾向全国各地发出征求意见，均未得到确切的解释。"记得1984年初夏，我来燕园参加博士生面试，王瑶先生亲自主持，试题中就有如何理解鲁迅先生上述那段话。王先生肯定也收到过中大注释组的征求意见信，知道我是从那里来的，故意出此难题，以试探我的学术视野。既然是中大老师们关切的难题，耳濡目染，多少有所体悟，据说这道题我答得不错，王先生很满意。

"文革"后期各大学分工合作，注释鲁迅著作，最终成果凝聚为人民文学出版社1981年版《鲁迅全集》。一开始是上头布置的政治任务，须坚决执行，论述立场自然深受那个时代意识形态的影响。但参加者崇敬鲁迅，抓住这个难得的机会，认真考辨，无征不信，发掘了不少新资料，可以说体现了那个时代中国现代文学研究的最高水平。随着时代急遽转型，到了八十年代中期，此全集注释暴露出很多纰漏与缺憾，亟须重新修订，那是后话。可以这么说，"文革"后期注释的《鲁迅全集》，对扭转浮夸学风，提振学术兴趣，形成求实共识，锻炼学术队伍，起了关键性作用。正因其用一种特殊形式保留了斯文一脉，"文革"结束后，中国现代文学研究迅速崛起，参与思想解放大潮，一时间成为显学。

同样是集体项目，福建人民出版社1985年初刊、知识产权出版社2010年重印的《创造社资料》（上、下册），属于"中国现代文学运动·论争·社团资料"丛书，已经允许署编者姓名了。编者饶鸿竞、陈颂声、李伟江、吴宏聪、张正吾等，都是我在中大念书时的老师。这里的台柱子，明显是饶先生：除了排名第一，更因他曾任创造社主将、1951—1975年间主政中山大学的冯乃超先生（先任副校长，后为党委第一书记）的秘书，对相关资料十分熟悉。此书收录冯乃超的《艺术与社会生活》《冷静的头脑》《中国戏剧运动的苦闷》《怎样地克服艺术的危机》《他们怎样地把文艺底一般问题处理过来？》《鲁迅与创造社》六文，想必饶先生编得很用心，也很开心。即便如此，该书同样十分克制，没有前言，仅一页编后记。至于编者的见识及功力，主要体现在颇为详尽的《创造社大事记》和《创造社资料索引》。

吴先生文中提及饶先生学养丰厚，着意弘扬"鲁学"，不时以笔名"发表一些资料性考证文章，探幽索微，自有其学术价值"。因不明就里，我只读过其以本名刊出的《关于蒋径三资料两件》（《鲁迅研究动态》1988年第2期）等。不过，饶先生当图书馆馆长，建鲁迅研究资料室等，搜集资料嘉惠学界，比自己写文章更用心。八十年代中后期，我和夏晓虹合编《二十世纪中国小说理论资料》第一卷（北京大学出版社，1989年），收录1907年创办于香港的《中外小说林》多篇文章；此杂志在晚清非常重要，流传至今却极为稀少，中山大学恰好藏有十六册，于是我请饶先生帮助复制。夏晓虹编《〈饮冰室合集〉集外文》（北京大学出版社，2005年），寻访清光绪二十三年（1897）刻本《论语公羊相通说》，也是饶先生出手相助。不仅如此，知道夏晓虹在编梁启超的集外文，饶先生还主动代为留意，寄来过一些他认为可能有用的资料。有的夏晓虹已经找到了，有的则未曾知晓，属于饶先生的发现，如梁启超1909年为横滨大同学校同学录的题诗手迹。有趣的是，大凡复制稍为多页的资料，饶先生都会锁线装订成册，手工活如此精细，一看就是爱书人。

乐意分享资料，以成人之美，我相信得到饶先生帮助的研究者不少，只是不见得都像方仁念说得那么直白："中山大学图书馆长饶鸿竞先生向来'主张资源共享，反对资料封锁'。当他获悉我们撰写《郭沫若传》时，特从广州《民国日报》上抄录了一系列郭沫若当年在广东活动的有关资料给我们，还叮嘱将资料整理发表，供广大郭沫若研究工作者参考。先生的好意可感，兹遵嘱作《郭沫若与广东大学文科风潮》。"（《郭沫若学刊》1988年第3期）

将对资料的兴趣转化为个人著述，在饶先生这里最值得称道的是《亿兆心香荐巨人——鲁迅纪念诗词集》（中山大学出版社，1986年）。那是一本小册子，小32开本，135页，照样没有前言后记，只以王季思、端木蕻良的诗词代序。正所谓"桃李不言，下自成蹊"，内行人一看，就明白此书的分量及编者的心情。前年去世的中国现代文学研究专家张恩和先生在《〈民族魂鲁迅〉序》（《鲁迅研究月刊》1991年第9期）中称：

> 一九八六年春节刚过，我和唐弢先生应中山大学之邀，一道到广州讲学。在一次招待宴会上，中大图书馆长饶鸿竞先生赠唐先生和我各一册他编的《亿兆心香荐巨人》。这是一本鲁迅逝世后人们为纪念这位伟大战士和作家所写的诗集，作者多为文化名人；诗的总量虽不算多，书却编得很有特色。唐弢先生是著名作家、学者、鲁迅研究专家，我看见他接过这诗集时，脸上泛出喜悦的表情，一再称赞饶先生做了一件很有意义的工作。

集中所收柳亚子、郁达夫、钟敬文、叶圣陶、许寿裳、田汉、沈尹默等同时代文人的旧体诗词固然精彩，最值得推荐的，还属众多学生及追随者的诗作，尤其是聂绀弩的《为鲁迅先生百岁诞辰而歌》（二十一首）。因《散宜生诗》广为传播且声名显赫，我这里更想引述胡风写于1957年的《悼念鲁迅先生》：

耻笑玲珑能八面，敢收盘错对千端。
园中有土堪栽豆，朝里无人莫告官。
一树苍松千载劲，漫天大雪万家寒。
难熬长夜听狐鬼，慢煮乌金铸莫干。（第48页）

稍为知晓当代中国政治风云的，当能理解胡风此时此刻思接千载、怀念鲁迅先生的苦涩心境。

这册鲁迅纪念诗词中，端木蕻良除了贡献"代序二"，还有三首哀悼鲁迅诗篇。可我更想提及的，还是收录于《端木蕻良文集》第八卷上册（北京出版社，2009年）的两首诗作。一为《遥寄饶鸿竟兄》：

人生难得百年欢，南山东西魂梦寒。
海角传来歌古调，天涯拍遍夜倚栏。（第520页）

另一首同样怀人，有"墨池指画潮连海，红豆神思月落泉"句，最让我兴奋的是诗题《赠饶鸿竟何美清伉俪》（第461页）。因我当年多次拜访饶师，美丽优雅的师母总是点头微笑，打过招呼，端上茶水或绿豆汤，就进屋做自己的事去了，以致我一直不晓得师母的姓名及经历。这回有了姓名，借助电子检索，查到其刊发于上世纪八九十年代《兴宁文史》（广东省兴宁市政协文史委员会编）的《关于何天炯资料四件》（第五辑）、《关于何天炯资料补录》（第六辑）、《大革命时期第一次东征攻克兴宁情况报道四则》（第七辑）、《大革命时期第二次东征兴宁情况史料三种》（第九辑）、《何天炯寄宫崎寅藏诗初稿手迹》（第十九辑）等。各文引言多次提及中大图书馆，文后则署某年月于中大，再加上曾在《广东图书馆学刊》1981年第2期上发表《谈谈图书分类的思想性问题》，不难判断师母何美清女士是在中大图书馆工作。

《兴宁文史》第五辑（1985年11月）上有《兴宁县立女子中学概况》（葛泽庭），文中提及抗战时兴宁女中办学情况："当时教导主任是黄梅清，教导干事何美清，专任教师有……"这让我知晓何美清女士与饶先生一样，都是梅县（现梅州）兴宁人，这就难怪其特别关注家乡文史资料。

1995年12月出版的《兴宁文史》第十九辑，除刊何美清《何天炯寄宫崎寅藏诗初稿手迹》，还有饶先生的《鲁迅收藏兴宁籍作者的木刻作品》。潜心家乡文史资料，可以说是饶何夫妇的共同爱好。兴宁籍版画家中，饶师对荒烟（1920—1989）特别欣赏，尤其是他为萧红小说《生死场》所作系列插图，还有各种抗战木刻集必选的《末一颗子弹》，以及为纪念闻一多先生而创作的版画《一个人倒下，千万人站起来》，饶先生都曾指点我仔细观赏。我到北京读书后，饶师建议拜访著名版画家荒烟，还写了介绍信，因我不擅交际而落空。

1989年2月，荒烟先生在京去世，3月饶先生在广州撰《哭荒烟》二首：

星沉艺苑早春寒，凶讯如雷蓦地传。
北望京华悲远路，伤心飞泪过云天。

　　艺苑刀耕五十春，精雕细镂广知名。
　　丹青史册垂千古，不负辛勤此一生。

诗后自注："《抗战八年木刻选集》（开明书店，1946）'作者简叙'说荒烟是'一个最耐心于精雕细镂的木刻家'。"这两首诗与《荒烟传略》（饶鸿竞与人合撰）等，刊1990年6月发行的《兴宁文史》第十四辑。多年后我潜心研究晚清画报，且对抗战版画一直很有好感，与饶先生早年的提点不无关系。

　　我在中大读研究生时，真正无话不谈的，并非吴、陈二位导师，而是排名第三的饶先生。有一阵子我精神状态不好，晚上在西操场徘徊，竟然有十点钟敲门的莽撞，饶师不以为忤，三言两语，举重若轻，很快为我驱散满天乌云。我猜想，大概是在领导身边待过，经历较多风雨，见识过大世面，知道如何开导暂时迷航的学生。他没有顺着你的情绪，而是当头棒喝，且点到即止。日后我当老师，也晓得关键时刻长辈的关怀不一定要婆婆妈妈，有时刻意冷处理，让学生经由一番痛苦挣扎，自己走出来，那样效果更好。

　　离开母校后，我曾多次回去演讲，顺便探访先生的故居。走近西操场边那栋略显破败的小楼，不再有我熟悉的温馨灯光。三年前，我在中山大学设立"吴陈饶纪念讲座"，纪念硕士阶段的三位导师。中文系制作精美的海报及纪念册时，吴陈二位照片很好找，独缺饶先生的照片，动员各路人马翻箱倒柜，最后只能在档案馆里复制了一张黑白证件照。

　　这让我既沮丧，又懊恼，明明记得某年回母校，我带着相机，就在小礼堂前，请路边学生帮我们师生合影的，可无论如何就是找不到。

与饶鸿竞先生在怀士堂前合影（1995年）

与饶鸿竞先生在中大草坪上合影（1995年）

几次提笔,一想到连一张合影都没留下,马上惭愧得无地自容。

那天夏晓虹为她即将出版的新书寻找图片,竟在一个不常用的相册里发现 1995 年 4 月 17 日我和饶先生的合影,就在中大的草坪上!说实话,那一瞬间,我高兴得落泪了。真是苍天有眼——今年是饶先生诞辰一百周年,就在这节骨眼上,那帧隐没多年的师生合影突然现身,给我提供了再次面对先生慈祥目光与爽朗笑声的绝好机缘!

2021 年 3 月 31 日于京西圆明园花园

(初刊于 2021 年 4 月 16 日《南方周末》)

为人师者

——在吴宏聪教授从教五十五周年纪念会上的发言

纪念会上发言，对于像我这样半大不小的人来说，是件很尴尬的事。因为，表彰功绩，必须留给领导；追忆历史，老学长比我更有资格；就连献花，也都轮不到我，明摆着有那么多聪明漂亮的学弟学妹。想来想去，唯一可做的，就是说点无伤大雅的琐事，权当纪念会的"花絮"。

二十年前，也是这么晴好而又略显阴冷的天气——不过那是初春，与今日的渐入寒冬不同——中大中文系为七七级新生举行欢迎会。迎新会上的"训词"，一般都是老生常谈，不可能变出什么新花样。真没想到，系主任吴宏聪先生居然有本事让我们这些已经在"广阔天地"里"大有作为"了好多年的老学生听得津津有味，这很不容易。先生的"劝学篇"，举的是某生登长城赋诗，第一句很有气魄——"啊"；第二句也还说得过去——"长城啊长城"；第三句就有点露怯了——

"长城长又长";第四句等了好久才出场——"长城真他妈的长"。大笑过后,同学们欣然同意吴先生的观点:必须读书。我则另有收获:此后再也不敢写有关"长城"的文章,而且登高时绝不赋诗,万不得已,改写散文。

我跟吴先生接触较多,还是在念研究生以后。那时吴先生和已经去世的陈则光先生共同指导我和另外一个同学,头两次作业发回来,就把我吓出了一身冷汗,可也显出二位先生风格迥异。陈先生的批改密密麻麻,吴先生的教训则是滔滔不绝。那时年少气盛,不太服气,还与导师发生争执。可当我表示希望将文章交《中山大学研究生学刊》发表时,吴先生不愠不火,说:"我不同意你的观点,但文章可以发表。"这话很让我感动。作为长辈,允许学生有独立思考和自由选择的机会,其实很不容易。若干年后,我也成了大学教授,如何在"悉心指导"与"迎接挑战"之间掌握恰当的"度",始终颇费斟酌。倘若学生与你趣味相投,当伯乐并不难;与你意见相左的,麻烦可就大了。有时候很难说谁对谁错,有时候结论错了但思路可取,有时候承认学生就等于否定自己几十年的心血,如此紧要关头,导师的良知与境界,方才真正凸显出来。这个时候,我会想起吴先生的策略:

与吴宏聪先生在海南合影(1982年5月)

坚持我的意见，但尊重年轻人的选择。我想，这是"大学"的"学"之所以能"大"的原因。对于学界所喜欢标榜的"通达"，作为大学教授，我愿意另出歪招：不只通"古今"，达"中外"，而且必须通"异端"，达"幼稚"——为人师者，对于青年学生，也"应具理解之同情"，方能有效地指导。

吴先生的这种胸襟，除了个人气质，还得益于毕业于西南联大的学术背景。我之所以敢如此断言，是因为我到北大师从王瑶先生，偶然说起此事，王先生脱口而出："那是很自然的，没什么好说。当年朱自清、闻一多指导我们，也都这么做。谁能保证自己永远不错？要学生绕着自己转，导师、学生都没出息。"我很高兴，在我蹒跚学步的时候，能得到如此宽厚的待遇；更难能可贵的是，借助吴先生、王先生，我得以理解西南联大乃至老北大的学术精神。

当初为了让我报考北大王瑶先生的博士生，吴先生破例允许我提前半年举行论文答辩（那年北大、中大学制不同）。答辩结束后，先生说："考北大，我们不拦；考别的学校，就不必了。考上了，好好念，如果北方生活不习惯，还可以回中大来。"先生或许只是客套话，我却感觉挺温馨的。有这一虚拟的靠山（或曰"退路"）作支撑，我可以无所顾忌大胆地往前走。这也是多年来，凡做自我介绍，我都喜欢在常规的最后学历前，添上一句"某年毕业于中山大学，获硕士学位"。我看重这点，不只是因康乐园里埋藏着我的希望与失望、光荣与梦想，更因其使我得以用另一种眼光来审视我所在的北京大学。有了这南北两大学的对比，我才敢纵论北大的利弊与得失。说实话，虽然也曾游学四方，但真正能够让我触摸到其脉搏的跳动的，除了北大，就是中大。这是我思考中国大学命运及前途时，最为关键的两个支撑点。

话说远了。离开康乐园已经将近十五年，埋藏在心底的对于母校

的感激之情，今天总算借纪念吴先生从教五十五周年，略表万一。

1998 年 11 月 19 日南游前夕草拟

（初刊于《美文》1999 年第 3 期）

吴宏聪与西南联大的故事

——吴宏聪先生的《向母校告别》及相关照片

在《过去的大学》(《新民晚报》2000年7月16日)中,我曾提到"先后问学的几位导师出身西南联大",当时想到的,主要是中山大学的吴宏聪先生和北京大学的王瑶先生、季镇淮先生。吴先生1938年考进西南联大中国文学系,1942年毕业后留校任教,直到1946年西南联大结束办学,随王力先生转往广州的中山大学。王先生1934年考入清华大学中国文学系,"七七事变"后辗转各地,1942年9月在西南大学正式复学;第二年考入研究院,

西南联大时期的吴宏聪

师从朱自清先生专攻中古文学,1946年西南联大结束前夕完成毕业论文《魏晋文学思想与文人生活》。季先生1937年就读于长沙临时

大学，后转入西南联大中文系，1941年考入研究院，师从闻一多先生，1944年修业期满，考试及格。王、季两位先生都是先任清华教职，1952年院系调整时方才调入北大。作为我硕士研究生和博士研究生阶段的导师，吴、王二位先生对我的治学乃至人生道路有很深的影响，这点几乎不必论证；季先生则不一样，我并没有真正跟随他念过书，可他是我妻子夏晓虹的导师，故也常有拜谒请教的机会。

说这些，并非故意摆谱，炫耀自己"师出名门"，而是想解答一个疑问：作为"文革"后最早进入大学的一代，我们是如何接续传统的。不必讳言，尽管"大治之年气象新"（1977年广东省的作文考题），师生们意气风发，但学术环境其实很不理想。思想文化上的"拨乱反正"，需要一个很长的时间；重建看得见摸得着、能让学生们心服口服并一意皈依的学术传统，谈何容易！这个时候，老教授们的言传身教，起了决定性的作用。青年学生们欣赏并认同七八十岁的老教授，而对四五十岁的中年学者颇有微词，当初以为是古已有之的"远交近攻"，日后逐渐看清楚，这种带有普遍性的"老少结盟"，很可能不是基于功利的考虑，而是学术传统的重新选择。在学者人格以及研究思路上，跳过五六十年代，而接上三四十年代，这一以"复古"为"革新"的潮流，从具体命题到历史人物，再到学术传统，最后落实为教育制度。这就不难理解为何九十年代中期以后，谈论"老大学"成为一种兼及雅俗的"时尚"。

起码在人文研究领域，经由晚清至五四的破旧立新、熔铸中外，已经初步形成了一种生机勃勃的现代学术。三四十年代的中国，虽然战乱频繁，这种学术传统及其植根其间的大学制度，仍在艰难的环境下继续成长。身历其中，耳濡目染，日后虽有诸多令人很不愉快的"思想改造"，但终未彻底泯灭年轻时刻骨铭心的记忆。一旦"解冻"，年轻时的记忆复活,其言谈举止,竟让青年学生惊叹不已。这时候的老教授,不仅仅是校园里的流动风景,而且肩负着承传学术传统的重任。

1997年11月,在中山大学为吴先生准备的从教五十五周年纪念会上,我做了题为《为人师者》的发言(发言稿刊《美文》1999年3期),其中提到我念研究生时发生的一件小事:吴先生明确表示不同意我某篇文章的观点,但仍将其推荐给《中山大学研究生学刊》发表。接下来是这么一段:

> 吴先生的这种胸襟,除了个人气质,还得益于毕业西南联大的学术背景。我之所以敢如此断言,是因为我到北大师从王瑶先生,偶然说起此事,王先生脱口而出:"那是很自然的,没什么好说。当年朱自清、闻一多指导我们,也都这么做。谁能保证自己永远不错?要学生绕着自己转,导师、学生都没出息。"我很高兴,在我蹒跚学步的时候,能得到如此宽厚的待遇;更难能可贵的是,借助吴先生、王先生,我得以理解西南联大乃至老北大的学术精神。

吴先生读了这段文字,大为感慨,于1999年9月10日给我写了一封长信,还附上一帧精心保存的照片。信中有两处涉及西南联大的史事,值得大段引录:

> 我四年级做毕业论文的题目是《曹禺戏剧研究》,当时曹禺的剧作虽然很轰动,但把曹禺作为学术研究的对象恐怕不多,"话剧"与"学术"那时在一些人心目中似乎还不太"沾边",但系主

任罗常培（他是著名音韵学家）批准了我的选题，导师是杨振声先生和沈从文先生。但我把论文提纲送给杨、沈两位导师审阅时，杨先生不同意我一些观点，而沈先生却认为论文提纲尚有可取之处，作者对曹禺的几本剧作的确下了一些功夫。我觉得导师意见不同，我夹在中间，很难下笔，提请改换论文题目。但杨、沈两位老师都认为没有必要，论文写出一点新意，持之有故，言之有理就行，你完全可以按照你的思路写下去，自成一家之言。杨、沈两先生还说，导师是指导你写论文，不能我们讲一句你写一句。最后我在导师的指导下写了几万字的论文，虽然有的问题没有按照杨先生的意见去写，但杨先生不以为忤，循循善诱，使我受益不浅，毕生难忘。最令人感动的，杨先生还跟闻一多先生一起推荐我留系工作，教先修班国文。

信中附上的照片，是我以前跟你说，我手头有一张1946年北大、清华、南开三校复员北迁，西南联大宣布结束时，中文系师生的合照，颇有历史价值，如果北大校史陈列室需要的话，可以奉送。去年联大校友会征稿，我也写了一篇回忆文章，题为《向母校告别》，并附上照片，希望图文并发。但编辑发了文章，没有刊登照片（全书均未刊照片），未免可惜。文章可有可无，照片却是历史的见证，十分难得。但事已如此，只有等到联大100周年纪念的时候，再有李平原、王平原或×平原的学者出来撰写《老照片的故事》续编了。现将《向母校告别》复印一份一并寄上，让你"感受"一下（不是"触摸"）当年我们分手时的情景。毕竟我们在艰苦的岁月中共同度过了八年，真有点依依不舍啊，大家心里都有点沉甸甸的，绝不像杜甫说的"漫卷诗书喜欲狂"。

信中打趣的话，指向我的两册小书《老北大的故事》（江苏文艺出版社，1998年）和《触摸历史——五四人物与现代中国》（广州出版社，1999年）。吴先生知道我对现代中国大学的历史感兴趣，希望我"乘胜追击"，"啃下"西南联大。

诞生并成长于抗战烽火中的西南联大，只存在了短短九年（1937年8月—1946年7月），前后在校学生不过八千人，可在中国教育史、思想史乃至政治史上所发挥的作用，后人无论如何估计都不会过高。触摸并阐释西南联大的历史、人物、学术传统与精神风貌，确实极有价值。但以我业余选手的身段，其实很难膺此重任。好在《笳吹弦诵情弥切——国立西南联合大学五十周年纪念文集》（中国文史出版社，1988年）、《国立西南联合大学校史——1937至1946年的北大、清华、南开》（北京大学出版社，1996年）和《国立西南联合大学史料》（云南教育出版社，1998年）等精彩的回忆录、史著以及资料集，为读者之进入作为"历史"或"话题"的西南联大，提供了绝大的方便。

虽然读过不少有关西南联大的史料，但吴先生鲜活的回忆，还是很让我感动。现征得吴先生的同意，在西南联大结束五十六周年前夕，将《向母校告别》一文以及这幅珍贵照片，奉献给喜欢西南联大的朋友，以纪念这所将永远活在中国人记忆中的真正意义上的"大学"。

国立西南联合大学中国文学系全体师生合影（1946年）

附录

向母校告别
—— 记西南联大中文系全体师生最后一次集会

吴宏聪

我1938年考进西南联大中国文学系，1942年毕业后留系工作，直到1946年联大结束，历时八载。流年似水，往事如烟，许多值得纪念的人和事，已有不少师长和校友撰写文章，《笳吹弦诵在春城》和《笳吹弦诵情弥切》便是联大八年最好的历史见证。但回首当年，值得回忆的往事似乎还有不少，中文系师生最后一次集会便是难忘的一桩往事。

记得从1945年8月日本宣布投降开始，校园里便不断传出有关北大、清华、南开三校复员，西南联大结束办学的消息。日期和路线一改再改，最后联大常委会宣布西南联大于1946年5月4日结束，学校决定于5月4日在图书馆举行结业仪式。于是各系也纷纷赶在5月4日前举行结业活动。中文系决定在5月3日集合，系主任罗庸先生要赵毓英和我负责通知系里的老师和各年级同学参加，罗先生特别叮嘱，一定要把冯友兰院长请到。因为这样大规模的师生集合，八年来还是第一次，而且又是最后一次，大家都很珍惜和重视。那天除罗常培先生赴美讲学未归，刘文典先生已赴滇西磨黑，杨振声先生因事请假外，余下的全体教师都出席了，各年级同学也基本上到齐，气氛十分热烈。

集会由系主任罗庸先生主持，他致辞后，冯友兰、朱自清、闻一

多、王力、游国恩、沈从文、浦江清等几位老师都先后讲了话,话题集中讲北大、清华、南开三校如何风雨同舟,在战火纷飞、生活条件如此艰苦的条件下把西南联大办成蜚声全国的大学的种种经历,勉励大家要继承和发扬西南联大优良校风、学风,为西南联大添光增彩,语重心长,令人感动。可惜事隔多年,我现在已记不清老师们讲的原话了。只记得当年出席会议的讲师、教员、助教共有十多位(中文系因为负责全校大一国文的教学,班次多,教师也多),罗庸先生请年轻教师也讲一讲联大八年的感受,李广田先生很动情地说:我们十来个人,都是战前分别毕业于北大、清华、南开或在战时毕业于西南联大的学生,在座的各位先生都是我们的老师,春风化雨,师恩浩荡,毕业后又在老师身边工作多年,老师言传身教,使我们受益不尽,毕生难忘……一席话,给集会平添了一份惜别的感情色彩,大家都意识到,我们将要分手了,但又不愿分手。座中有人说:《国立西南联合大学纪念碑文》,由冯友兰先生撰文,闻一多先生篆额,罗庸先生书丹,珠联璧合,堪称"三绝",若干年后,肯定会成为极有价值的历史文献。又有人说,纪念碑文不长,却是联大八年最好的概括,纪念碑文列举了四点值得纪念的地方,十分中肯。闻一多先生听了,接着插话说:碑文列举的四点,一点也不错,值得大书特书,但此时此地,我并不在乎纪念碑文会不会成为历史文献,我看重碑文中一字千金的"违千夫之诺诺,作一士之谔谔"。联大八年,兴学育才,作出了贡献,也作出了牺牲,暂且不谈别的,中文系办公室离四烈士墓很近,要使烈士的鲜血不白流,就要时刻记住"千夫诺诺,不如一士谔谔"这句古话。闻一多先生抗战后期致力于民主爱国运动,国而忘私,公而忘私,是一位深受学生爱戴的老师,"一二·一"运动过去还不到半年,四烈士遗体安葬也只有两个月,谁都掂得出他这些话的分量,会场顿时静了下来，气氛显得颇为凝重。在座的同学也有两三位发了言，大都是感谢老师和母校的哺育之恩，感谢三迤父老对西南联大的支持和帮助，情真意切，觉得世界上没有什么人比老师更可亲可敬的了。

集会结束时，罗庸先生请大家到中文系办公室门前摄影留念。有人建议师生合唱一次校歌，罗先生是校歌歌词的作者，请罗先生领唱。话刚落音，便引来了一阵掌声，罗先生笑着说，这给我出了一个难题，我只会作词，不会唱歌。说着说着，不知谁拉开嗓门："万里长征，辞却五朝宫阙……"有人起音，后面的很快便跟着唱起来了。以前是唱："待驱除仇寇复神京，还燕碣"，现在已经驱除仇寇马上复神京，还燕碣，所以师生们唱得特别带劲，嗓门有多高便拉多高，谁也不管它会不会离音走调。虽然唱得不很整齐，但唱得荡气回肠，余音袅袅，情景的确动人，有人激动得哭了，出门照相的时候，我看见一位同学眼中还含着泪花。

照相是罗庸先生事前作了安排的，副教授以上的老师坐前排，其他的老师和同学或站或盘膝而坐。他看见东北区2号甲的门牌号码有点剥落，还叫我们找粉笔把它誊清。待到要拍照的时候，罗庸先生一再请冯友兰院长坐中间，但冯先生坚持就近坐下，推让之间，朱自清先生挽着冯先生的手并肩坐下说：今天是师生合影留念，不是梁山泊英雄排座次。如果有人感兴趣，那么这张照片中间一排，从左往右，浦江清先生第一，我第二；从右往左，沈从文先生第一，王力先生第二，就这样行了吧。几句话又赢得一阵掌声。这张珍贵的照片就这样留下来了。照相完毕后，许多同学仍在东北区2甲门前簇拥着老师，话长话短，不愿离去。我们差不多全体列队陪着老师沿着东北区膳堂，走过图书馆右侧铺了煤屑的校道走出校门，然后挥手致意，互道珍重。人过了马路，到了南区还回首凝眸，深情地注视着那挂着"国立西南

联合大学"横匾的校门,默默地向母校告别。校园上空一片蓝天,几堆像棉絮般的白云从东边飘过来,雪白,雪白……

(初刊于《中华读书报》2002年7月10日)

格外"讲礼"的吴宏聪老师

这回病情凶猛,住院四十多天了,每天与死神搏斗,吴老明显太累了。当我穿上白大褂,戴上口罩与手套,遵从护士的指引,绕开各种仪器设备,轻轻拍打着他的手背,大声呼唤着,昏睡中的吴老师慢慢睁开了双眼,抬抬手,面部也略有表情,表示已经知晓。妻子夏晓虹虽也多次拜访,毕竟隔了一层,叫"吴先生"没有任何反应,改口跟我叫"吴老师",他这才努力睁了睁眼。

吴老师的大公子吴行赐告知,院方已下达过好几次病危通知,但医生及家属都不放弃,仍在尽最大努力。据说,"战争"已进入相持阶段,任何状况都有可能发生——我当然明白这句话的意思。走出中山大学附属第一医院的重症监护室,我的心情一直很沉重。陪同探访的黄天骥老师以及王家声师兄,都说为防万一,须有所准备,建议我接受《广州日报》记者采访。

打开随身携带的小电脑,指点着众多我和吴老师的合影,讲授我们师徒的故事。说到有趣处,暂时抛开那压在心头的忧伤。记者要求

转录十多年前我们在怀士堂前的合照,那时吴老师虽年近八十,仍神采奕奕;我则格外珍惜今年1月3日我去吴家拜访,请行赐兄拍的那一张——但愿这不是我和吴老师的最后合影。

其实,关于导师吴宏聪先生,我已经写过好几篇文章。1997年11月,在中山大学为吴老举办的从教五十五周年纪念会上,我做了题为《为人师者》的发言,谈的是其为师之道;2002年7月,赶在吴老师八十五寿辰前,我撰写了《吴宏聪与西南联大的故事》,讲述其学术渊源;2007年11月,中大及广东省政府为吴老做九十大寿,我有事未能赶回,特意请报社送了一百份2007年11月12日的《21世纪经济报道》到祝寿会上,表达我的心意。因为那天的报纸上,刊有我谈论闻一多、朱自清、杨振声及其弟子季镇淮、王瑶、吴宏聪的《六位

在中大校园与吴宏聪先生合影(2002年)

师长和一所大学——我所知道的西南联大》。文后"附记"称:"西南联大的历史,一般从 1937 年 9 月算起,可正式上课的时间是 11 月 1 日;而今年的 11 月 25 日,中山大学中文系将为老系主任、西南联大校友吴宏聪先生做九十大寿。作为弟子,我公私兼顾,既谈我的导师,也谈导师的导师,希望在三代师生的视野交汇处,凸显一所大学所曾经拥有的英姿。"

三篇文章相隔十年,涉及一个共同话题——吴宏聪与西南联大。最初谈及,全凭直觉;随着自己年龄及学养的增长,我确信无疑——联大的四年本科,加上四年助教,对于吴老师来说,实在太重要了。年轻时曾亲炙民国年间众多一流师长,这一经历,使得其眼光、学识与胸襟,均不受日后周围环境所限。

褒扬抗战期间弦歌不辍的西南联大,尤其是众多优秀毕业生,我们多关注其学术上的业绩——如获得诺贝尔物理学奖、成为"两弹一星"元勋,或在人文社科方面成就卓著,这自然是对的。可我更看重这所大学的精神气质——毕业生中,即便日后没能成为"大师"的,也都视野开阔且器宇轩昂。在我看来,这更接近"教育"的本质。之所以说吴宏聪老师无愧于这所中国教育史上空前绝后的名校,与其说是学术成果,不如说是精神气质。比如思想开放、学术宽容、人格平等,以及尊重并善待学生等,所有这些,都是作为大学教授或院系领导极为重要的素质。

名扬四海的大学者,固然让人心生敬畏;好的学术组织者,同样值得我们尊崇。虽然主编过不少教材及论文集,也出版了《闻一多文化观及其他》(广东高等教育出版社,1998 年)、《吴宏聪自选集》(广东人民出版社,2007 年)等著作,但吴老师的主要贡献明显不在这里,而在其长期执掌中山大学中文系。从 1957 年至 1984 年,"文革"前

是中文系副主任（主任商承祚先生基本上不管事），"文革"后是中文系主任，除了"文革"期间另有故事，吴老师与中大中文系的命运息息相关。

　　在制度健全的欧美大学里，系主任轮流做，实在不算什么；可在教育行政化倾向日趋严重的中国大学里，院系领导并不好当。先有政治运动的压力，后有经济大潮的冲击，再加上"大干快上"的跨越式发展，要掌好这个舵，还真不容易。从西南联大助教，到中山大学中文系主任，在吴老师看来，都是服务。所谓"当系主任就是为全系师生服务"，在吴老师那里，得到很好的体现。知识分子成堆的地方，各种矛盾一点不比别的地方少，反而因大家都是聪明人，算计起来可能更精准。当院系领导的，得有眼光，有原则，有方向感，有公信力，还有一点同样重要，那就是，打心眼里尊重教授与学生。众多立场、利益、学养、趣味不一的教师与学生，在同一个屋檐下念书，磕磕碰碰是难免的，更何况在吴老师主政的那些年，不时有政治风云激荡。说实话，要在大学里"得民心"，且长期得到教师与学生的爱戴，实在不容易。

　　前年冬天，我到康乐园拜访，吴老师问我，在北大中文系当主任"感觉如何"。我说，这才知道您当二十年系主任，运筹帷幄，进退自如，脸上还常常挂着灿烂的笑容，实在太难了。他一听就笑了——显然，对我这个评价，吴老师很得意。

　　在我看来，吴老师的"秘密武器"不是学养，也不是机巧，而是性情——宽厚、和蔼、从容、淡定。这位民国年间培养出来的"既传统，又西化"的大学教授，平日里西装革履、发型特别讲究，言谈举止中充满自信，可待人接物，却又特别讲礼。所谓"礼"，不是繁文缛节，而是时时、事事、处处多为别人着想。不必引经据典，实际生活

在吴宏聪先生家中合影（2009年11月）

中，你只要学会相互尊重，严于律己，人际交往中把握好分寸，不卑不亢，那就是"彬彬有礼"了。这么一种"新的自由与新的节制"，周作人称为"生活之艺术"——"生活之艺术这个名词，用中国固有的字来说便是所谓礼"。对于辜鸿铭将"礼"译成art，而不是rite，周十分赞许，且认定当下之急是"复兴千年前的旧文明"，同时与"西方文化的基础之希腊文明相合一"（《雨天的书·生活之艺术》）。如此既新又旧、既中又西的生活态度，说起来容易，实践则很难。

就说大学里的院系领导吧，撇开那些污浊的、猥琐的、拆烂污的，就算你立身正，出于公心，理直气壮，做的都是好事，且大义凛然，也不一定尽如人意。作为知识共同体的大学，有其特殊性，没原则不

行,只有原则也不行。在情与理之间,如何拿捏得当,不是很容易。这个时候,很是怀念吴老师,他的"讲礼",既是一种生活态度,也是一种工作策略,更是一种处世哲学。

当代中国,对上讲礼容易,对下讲礼难;策略性讲礼容易,习惯成自然的讲礼难;未出名时讲礼容易,德高望重还对年轻人讲礼,那就更难了。吴老师难能可贵之处在于,其"讲礼"不分对象,且水到渠成,没有夸张或做作的成分。

有两件小事,很见吴老师的性情。上世纪九十年代,连续好几年,每到中秋节,吴老师都给我寄来荣华月饼,那是他家二公子专门从香港带回来的。我再三谢绝,说北京也有好月饼,但他就是不信。直到身体实在不好,这寄月饼的"项目"才告一段落。吴老师最后一次进京是2000年,那时他已年过八旬,还非来我家看看不可。理由竟然是我常到广州拜访他,他还没有回访过。那时我家住在北京郊区西三旗,他竟自己搭乘出租车找来了,害得我多日惴惴不安。可这并非特例,中大老师告诉我,每年春节同事前来拜年,吴老师都要回访——看着老先生吭哧吭哧爬五六楼,敲同事或弟子的门,大家都不知道说什么好。

因长期当中大中文系主任,上至五十年代,下至九十年代,很多老学生他都认识,起码在广东,吴老师真的是"桃李满天下"。也正因此,吴先生晚年最大的乐趣,就是扳着手指头,数说弟子们在各行各业做出的成绩。

2008年初春,我陪已做过九十大寿、精神依旧矍铄的吴老师散步,在图书馆旁杜鹃花前合影时,吴老师突然问起,这两年没见你寄新书,是不是碰到什么困难?我赶紧解释,书仍旧在出,只是不太理想,不值得老师费神。实际情况是,我每次寄书,他都认真阅读,然

与吴宏聪先生在中大图书馆旁杜鹃花前合影（2008 年 3 月）

后去信或打电话谈感想。随着视力下降，吴老师只能拿放大镜看目录，再挑若干章节请人读给他听。知道这一情况后，我就不再寄送新书了。真没想到，这也让老师牵挂！

都说"可怜天下父母心"，其实，"讲礼"的师长何尝不是如此。

2011 年 7 月 31 日于香港中文大学客舍

附记：终于还是没能抗住病魔的摧压，吴老师于 2011 年 8 月 17 日离开人间。特发此文，以表悼念。

（初刊于《南方都市报》2011 年 8 月 23 日）

我的中大师兄

我的硕士学位是在中山大学念的,导师为吴宏聪(1918—2011)、陈则光(1917—1992)、饶鸿竞(1921—1999)三位教授,因为那时强调集体指导。1982年春天我进入硕士课程,马上有了四位师兄——吴定宇、邓国伟、王家声、罗尉宣。可惜五个月后,这中大中文系第一届硕士生就毕业了。四位师兄,两位留在中大任教,两位到出版界工作。先后出任广州出版社副总编辑及《同舟共进》杂志主编的王家声,因约稿多有联系;但接触最多的,还是留校任教的吴定宇。

三年多前,定宇兄不幸去世,我在唁电中称:"犹记1979年秋天,作为二年级本科生,我接待新入学的第一届研究生,曾帮定宇兄扛过行李。日后因师出同门,虽南北相隔,来往依然密切。近四十年来,师兄弟不时交流读书心得及著作,何其幸哉!"①

---

① 贺蓓:《中山大学吴定宇教授猝然辞世——研究中国文化成就斐然,引领中大学报跻身同类期刊前列》,载《南方都市报》2017年7月28日。

之所以四位师兄中,与吴定宇来往最为密切,仔细想来,有以下几个因素。首先,上世纪八十年代后期,吴定宇兄住陈则光先生家隔壁楼,我每次回中大探访导师,都会顺便到吴兄家坐坐。记得有一次定宇不在家,他那聪明伶俐的儿子,那时才四五岁,倚门而立,摇头晃脑地答道:"断肠人在天涯。"我大吃一惊,还专门向定宇兄建议:让小孩背诵古诗词是好事,但最好挑明亮点的。后来发现是我多虑了,孩子半懂不懂,随口而出,情绪一点不受影响。

另一因素是,他指导的首批博士生陈伟华,日后到北大跟我做博士后研究。关于他的导师吴定宇以及导师的导师吴宏聪的故事,是我们聊天时的绝佳话题。至于师兄的身体状态以及两次撰写陈寅恪研究著作[《学人魂——陈寅恪传》(上海文艺出版社,1996年)、《守望:陈寅恪往事》(中国社会科学出版社,2014年)]的具体经过,更是被他的弟子时常念叨。我因而也对早就远去了的康乐园生活,以及中大近年学术发展,有了更多贴近的体会。

我的三位中大导师中,吴宏聪先生最为长寿。就近照顾耄耋之年的吴先生,成了定宇兄的重要责任。每回电话联系或登门拜见,吴先生总是对定宇兄及其弟子的尊师重道大为赞赏。有此古风犹存的师兄,让我这远在天边无法执弟子礼的老学生,不禁心存感激。说实话,这也是我与定宇兄比较亲近的缘故。

当然了,最重要的还是我俩学术兴趣相近,都不满足于研究中国现代文学,日后拓展到学术史、教育史等,故有许多共同关心的话题。二十年前,定宇兄编《中华学府随笔·走近中大》(四川人民出版社,2000年),给我提供了撰序的机会。那时我正热衷于谈论中国各大学的历史及精神,涉及中大时有点犹豫,因为,"我对中大的了解,基本上限于就读康乐园的直接经验";依赖直接经验者容易一叶障目,"念及此，我方才有意识地在关注母校现状的同时，收集、阅读、辨析有关中大的历史文献"。恰在此时，定宇兄布置作业，使我有机会好好补课，日后再谈母校，才不至于荒腔走板①。

与吴定宇、王家声在吴宏聪先生追悼会后合影（2011 年）

北大百年校庆前后，我选编《北大旧事》（三联书店，1998 年），并撰写《老北大的故事》（江苏文艺出版社，1998 年），既赢得不少社会声誉，也带来了许多困扰——尤其是在校内。无论什么时代，大学的生存与发展，都与整个社会思潮密不可分，必须将政治、思想、文化、学术乃至经济等纳入视野，才能谈好大学问题。在《大学有精神》

---

① 参见《不该消失的校园风景——〈走近中大〉序》，载《万象》第 1 卷 7 期，1999 年 11 月。

（北京大学出版社，2009年）的"代自序"《我的"大学研究"之路》中，我谈及："必须超越为本大学'评功摆好'的校史专家立场，用教育家的眼光来审视，用史学家的功夫来钩稽，用文学家的感觉来体味，用思想者的立场来反省、质疑乃至批判，那样，才能做好这份看起来很轻松的'活儿'。"这句话埋藏很深的感慨，但略有瑕疵，因为，好的"校史专家"同样能从思想史、教育史、学术史的夹缝中破茧而出——此事端看个人道行。

没想到师兄比我更勇猛精进，居然承担起主编校史的重任。中大八十周年校庆众多纪念图书中，我最欣赏的是黄天骥的《中大往事——一位学人半个世纪的随忆》（增订本）（南方日报出版社，2014年）、金钦俊的《山高水长：中山大学八十周年诗记事》（中山大学出版社，2004年），以及这册《中山大学校史（1924—2004）》（中山大学出版社，2006年）。比起此前的梁山等编著《中山大学校史》（上海教育出版社，1983年）、黄义祥编著《中山大学史稿》（中山大学出版社，1999年），吴定宇主编的《中山大学校史（1924—2004）》一直写到当下，实在是勇气可嘉。中大校史上的敏感话题比较少（相对于北大），这固然是一方面；时任领导的信任以及政治氛围相对宽松，也是无可讳言的。

李延保书记在《中山大学校史序》中提及这所名校曾组织过多次讨论，确认中大人三个明显特征：民主精神、务实作风、爱校情结。"她因特殊的历史文化背景，蕴含着非同寻常的文化。要理清中山大学的自我发展体系，要整理其中的精神气韵，确非易事。"所谓"特殊的历史文化背景"，既呈现为贡献与辉煌，也包含失落与沮丧。我在《大学故事的魅力与陷阱——以北大、复旦、中大为中心》（《书城》2016年第10期）中提及，"讲述或辨析大学故事，虚实之间的巨大张力，

固然是一个障碍；但这属于技术层面，比较好解决"；真正困难的是如何面对"校史坎坷的另一面"——"大学故事若彻底抹去那些不协调的音符，一味风花雪月，则大大降低了此类写作的意义"。

我的导师吴宏聪先生长期担任中大中文系主任，对中大历史上的坑坑洼洼洞若观火。因此他给《中山大学校史》撰序，称"我觉得1949年至1976年这一段校史最难写"。吴先生表扬该书第四编第四章"该章对其利弊秉笔直书，可以看出编撰者的史德，同时也有利于总结经验教训，提供认识"，那是真正读进去了。其实"文革"十年相对还好写些，因有《关于建国以来党的若干历史问题的决议》作为准绳；反而是五六十年代一系列政治运动对高等教育以及知识分子的戕害，不太好描述。如第四编第二章"雨霁风清"的第三节"教学与科研"（第263—271页）以陈寅恪为中心展开论述，且全文引用《陈寅恪自述——对科学院的答复》，很能体现编撰者及审读者的胸襟——也只有那个时代才能做到。

编撰校史需搜集及鉴定大量史料，不过这只要肯下功夫就能做到；反而是既体现对于本校历史及传统的呵护，也敢于直面惨淡的人生，如此学术立场及趣味，很难实现。该书属于集体项目，各章节水平参差，功劳及过失并不全归主编；但定宇兄工作十分投入，逐章逐节修改，还是下了很大功夫（参见该书《后记》）。我翻阅过不少中国大学的校史，深知此事大不易。作为一个现代文学研究专家，吴兄能有如此业绩，值得铭记。

2020年10月4日于京西圆明园花园

（初刊于《南方都市报》2020年10月18日）

学问之外的教授

——《李炜教授追思集》序言

答应给中山大学中国语言文学系现代汉语及语言学教研室编的《李炜教授追思集》撰写序言,已经过去了两个多月。好几次准备动笔,最后都因各种原因岔开去。我明白,自己潜意识里,一直在回避这篇文章。追思文章不好写,尤其当谈论的对象是平辈乃至晚辈时,这笔真有千斤重。直到前几天晚上,接到编辑小组发来全书初稿,方才必须面对这一无法回避的事实——那位深深地爱学问、爱学生、爱生活、爱母校的中大教授李炜,确实已经远去了。

追思集中文章,很多饱含深情,且文笔生动。读完后,李炜教授的形象栩栩如生,跃然纸上。说实话,我这序言无法提纲挈领,只能是拾遗补阙。李炜教授的专业成绩以及学术贡献,书中多有叙述,如主持国家社科基金重大项目"海外珍藏汉语文献与南方明清汉语研究",开展"一带一路"沿线国家国际职业汉语培训,促成中山大学神

经语言学教学实验室的建设,以及合著《现代汉语》《清代琉球官话课本语法研究》等,我虽说也是中文系教授,但隔行如隔山,其实是没有能力评判的。不过,有个细节很动人,可见其精神境界。书中好几篇文章提及,2015年11月广东省中国语言学会在华南理工大学召开年会,刚做完手术不久的李炜,竟然带着吊瓶打车来到会场,发表完学术报告,再赶回医院。单是这个细节,你就能体会一个尽职尽力的学者,是如何以学术为第一生命。

其实,大学教授做学问,乃天经地义。至于才华大小,运气好坏,业绩高低,有时强求不得。但只要热爱这份工作,全力以赴,鞠躬尽瘁,就是好学者。与眼下以著作及头衔为标尺的潮流迥异,我更看重大学教授的另一面——传道授业解惑。教书是个良心活,是否尽心尽力,真正知根知底的,除了本人,就是自己的学生。其他任何外在指标,无论如何精心设计,都是不得要领的。因此,我特别关注书中众多研究生及本科生的追忆。称他是最爱学生的老师,或说他最受学生爱戴,必须落实到细节,方才板上钉钉。除了会讲课,把课堂变成舞台,语言极具感染力,李炜的最大长处,就是处处为学生着想,所谓"毕业前学术第一,毕业后家庭第一"的赠言,或者因没有子女,常说"学生就是我的子女,学生就是我的生命",都让人对这位沧海横流中真正的"老师"肃然起敬。

大概是年轻时曾在兰州青年京剧团当过演员的经历,使得李炜有某种江湖气,以及强烈的表演欲。这一点,只要稍微接触,同他吃过一顿饭或听过两节课,你就能深切感觉到。某种意义上,这是一种天赋,随性风趣,豪爽大气,交友极广,只要他在场,就不愁没有欢声笑语。一句话,这个热爱生活,喜欢美食,对葡萄酒或兰州牛肉面有特殊爱好的个性化教授,与一般人心目中忧国忧民、满脸苦相,或正襟危坐、目不斜视的书呆子截然不同。偶尔在饭桌上听他高谈阔论美酒美食,说实话我是不当真的,因这年头美食家成了时尚,遍地皆是。没想到书中此类笔墨甚多,我只好调整记忆,多少有点相信了。

李炜的好奇与好玩,最让我惊讶的是他除了本行语言学教授之外,居然还是广东省流行音乐协会副主席、广东省电影家协会副主席。2004年中大八十周年校庆,学校须举行盛大庆祝活动,校方知道他有组织大型晚会的经验,请他出面主持,他竟不辱使命。2018年庆祝改革开放四十周年,广东省委宣传部在北京为中大中文系七八级校友陈小奇举办个人作品演唱会,李炜不顾病后身体尚在恢复中,主动参与策划工作,且亲力亲为——我也是被他的热情感动,放弃别的工作,参与观赏与讨论。

老实说,因专业及性情不同,我与李炜本无多少交集;之所以多有来往,很大程度是因他中大中文系系主任的身份。应他的邀请或居中联系,我连续多年回母校做学术演讲,记忆最深的是2015年那一次。那年11月,我到中大参加大学顾问董事会,给李炜写信:"我本月18日晚到达中大,19日上午参加学校顾问董事会,下午6点25分航班回北京。学校安排顾问董事下午参观大学城(而后转珠海),我想不重要,还不如给中文系做一场学术演讲。你看时间是否合适,再商议。"他很快回复:"好的平原兄,我非常期待您在系里做学术演讲。只是时间怎样安排还想听您的意见。至少我系没有安排中午讲座的先例。如果两点半开始是不是赶机场有些紧张。最迟四点得出发去机场,因为四点后堵车高峰就到了。有点冒险。若两点开始我得和他们商量下,也不知道周四下午有课的学生多不多……一般来说保证人气的话晚上最好。"我的答复是:"不追求人气,讲一个小时就可以了。也可做成年轻教师及研究生座谈会,那就更自由了。若大家都忙,则不要勉强。我主要考虑好久没有贡献，才自告奋勇。"讨论的结果，还是专题演讲比座谈会更合适，于是敲定了题目及演讲时间。最后李炜来电："对不起仁兄，我在外面不在学校。我已安排范书记和郭冰茹（主任助理）与您对接，如果有什么不到的地方恳请谅解。"直到看这部追思集书稿，我才明白，之所以"不在学校"，是因为这个时间他正在医院里与病魔恶斗！

本书收录李炜2016年春节所撰《给中大中文系老师的一封信》，其中提及"2015年对我而言是不同寻常的一年。这一年我有一半时间是在病床上度过的，但这一年却是我有生以来最为感动的一年。因为这一年是我们中文系一个'大写加粗'的丰收年！"这是一个躺在病床上仍为中文系的未来殚精竭虑的系主任给全系教师写的工作总结。

中大演讲会后，李炜代表中文系发证书（2012年）

以下这段话我感慨尤深:"有个别指标我系的确偏低,我也百思不得其解,无计可施。比如为了夯实学生过硬的基本功,练就一手随心所欲准确表达的笔头功夫,自1986年始我们在本科一年级推行'百篇作文'制度,到今年已有三十年。2013年在广东省第二届高等教育省级教学成果评选中我系的《强化写作训练,着眼提高素质》获得一等奖且得分第一,但是当我们代表广东参加全国教学成果评选时,第一轮就被'枪毙'了。"不仅李炜,我也对此感到很郁闷。

中大中文系从1986年起,记得是黄天骥教授主导,规定本科一年级学生在一年内要交一百篇大小作文,以锻炼学生们的写作能力。李炜上任后,没有刻意求新,推倒重来,而是进一步夯实基础,总结经验,力图在理论上有所提升。为此,他来北京找时任北大中文系主任的我,希望我写一封推荐信。这封写于2012年7月4日的推荐信,我恰好留有底稿:

> 中山大学中文系自1986年开启"百篇"作文写作计划,至今已坚持了26年,非常不容易。除了毕业生的积极反馈,大众媒体的深入报道,我更想从一个文学教授的角度,思考此问题。
>
> 在《作为学科的文学史》(北京大学出版社,2011年)中,我谈及晚清以降文学教育的重心,由技能训练的"词章之学",转为知识积累的"文学史"。如此转折,并不取决于个别文人学者的审美趣味,而是整个中国现代化进程决定的。"文学史"作为一种知识体系,在表达民族意识、凝聚民族精神,以及吸取异文化、融入"世界文学"进程方面,曾发挥巨大作用。至于本国文学精华的表彰以及文学技法的承传,反而不是其最重要的功能。因此,有必要自觉反省当下中国以"积累知识"为主轴的文学教育,呼

唤那些压在重床叠屋的"学问"底下的"温情""诗意"与"想象力"。

在我看来,中文系学生所需要的基本素质,除了专业知识、独立思考能力等,还有一点不容忽视,那就是口头的以及书面的表达能力。如果中文系毕业生只会掉书袋,不会写文章,那将是极大的遗憾——甚至可以说是教育的失败。

上世纪二三十年代,很多大学中文系开设"各体文写作"课程;五六十年代更设立了专门的写作教研室。八十年代以后,写作教研室逐渐消亡,写作课也日渐没落。决定此大趋势的,并非"写作课"不值得教,而是在"论文至上"的时代,若专教这门课,必定吃力不讨好。

用不着"高瞻远瞩",当老师的都明白,写作能力的提升,对学生极为重要。可能力的培养,单靠课堂讲授是不够的,必须配合具体的写作实践。所谓"因材施教",没有比教授认真批改学生作文更能落实、有效的了。如今中国各大学中文系,大都将训练、指导的责任推给了中学语文教师,或期待学生自己去摸索;这就难怪,很多名牌大学中文系的毕业生写作能力欠佳。

而中山大学中文系的教授们勇敢地直面此困境,左冲右突,上下求索,"杀出一条血路来",且形成常规化的制度,持之以恒,坚持不怠,实在令人钦佩。

具体的操作规程,如是否一定"百篇",能否延长交稿,如何兼及各种文体等,均可商议;但中大中文系的这一探索,十分难能可贵。各大学情况不一,不见得会照搬中大的经验,但我相信,重视学生写作能力的培养,当是日后中文系发展的一个方向。

我注意到，李炜这篇《"百篇作文"实践教学，能力和品行同步提升——26年的坚持与收获》于2013年获中山大学第七届教学成果奖一等奖，隔年又获第七届广东教育教学成果奖一等奖。可修订成《三十年的"百炼成篇"与社会服务——中大中文系本科实践教学模式》，代表广东参加全国教学成果评选时却意外落奖了。没能获奖的原因，我猜想，不是方向不对，而是别的大学很难学。参加过重大奖项评审的都知道，若想获奖，太陈旧的不行，太新潮的也不行——后者因评委容易意见分歧。中大方案并非完美，但注重写作这一思路，今天越来越被各大学所关注。在这个意义上，中大虽败犹荣。

有件小事，涉及李炜，但他本人并不知情。我曾多次谈及，作为乡土教材的地域文化读本，最好与方言区相一致，广东与其谈"岭南文化"，不如三大方言区分而治之。2017年我和林伦伦、黄挺合作主编的《潮汕文化读本》顺利出版，里外上下均大获好评，于是我建议出版社趁热打铁，邀请黄天骥、李炜、周小兵三位先生与中小学一线教师通力合作，编一套高水平的《广府文化读本》。没想到出版社很认真，查阅相关信息后给我复信："从目前的资料看，李和周都没做过广府文化方面的研究。"真是尽信书（网络）不如无书（网络），明明李炜跟我谈过，他想编珠三角的歌谣（童谣），而且对中小学语文教育很有兴趣。可被出版社这么一说，我也对这个祖籍山东、出生于兰州的语言学家到底粤语水平如何没把握。读本书诸多回忆文章，方知这位语言学家，不仅说得一口地道的兰州话，他的北京话、河南话、陕西话、广州话等也都达到了以假乱真的地步。人说好事必定多磨，但多磨的不一定就是好事。没能请到中大这几位先生当主编，实在很遗憾。当初颇有怨言，可事后想想，或许歪打正着，撇开乡土教材，李炜能腾出更多时间，完成他的"一带一路"沿线国家国际职业汉语培训或

神经语言学教学实验室建设——后者无疑在体制内更容易获得声誉。

相对于那些我说不清、道不明的语言学著作,我更有体会的是李炜在学术组织方面的热情与业绩。从2002年7月任中山大学中文系副主任、2011年3月起代理主任、2012年1月至2017年2月任系主任,李炜做了十五年的院系行政工作。当下中国大学,院系一级(各大学说法不一)领导一般都由教授承担,"官阶"不高(所谓的"处级"),但责任重大,要做到挥洒自如还真不容易。私心太重不行,过于清高也不行;没学问做不好,学问太大也做不好。必须能上能下,能粗能细,能雅能俗,这方面的分寸,我以为李炜拿捏得很好。

如今,热情、风趣、亲民、能办事且有真性情的李炜教授走了,同事及学生们出一本追思集,我很愿意共襄盛举。

2020年1月14日于京西圆明园花园

(初刊于《中华读书报》2020年2月5日,收录于《李炜教授追思集》,中山大学出版社2020年版)

第四辑
校园文化

不该消失的校园风景

——《走近中大》序

  与一般意义上的教育史专家不同,我之谈论大学,一半是学术史研究的延伸,另一半则是出于对自身生活环境的好奇。这一非专业的、或曰"爱美的"(amateur)阅读姿态,使得我的视野随生存处境的变迁而不断转移。到目前为止,我对中国大学历史及精神的理解,主要来自对以下六所学校的体味:依然健在的中山大学、北京大学和清华大学,以及早已消逝的岭南大学、燕京大学和西南联大。

  正是这三虚三实六个基点,支撑起我对中国现代高等教育得失利弊的思考。如此腾挪趋避,好处是话题大多切己,缺点则是发言时带有明显的主观色彩。其特点,一如这套丛书的文类选择:倾向于灵便洒脱的"随笔",而不是正襟危坐的"专著"。

  在中大念了七年书,又在北大生活了十五年,说我与这南北两大学有血肉相连的感觉,一点也不夸张。倒是与清华缘分浅,必须略作

中山大学校训

铺陈。北大、清华历来并驾齐驱,任何北大人,不可能对清华的历史与传统全然视而不见。况且,我在北大念书时经常登门拜访的几位老教授,如王瑶、吴组缃、季镇淮等,在1952年院系调整前都是清华的教授,常听他们谈论水木清华,不知不觉中对这所近在咫尺的大学甚有好感。清华恢复文科后,我又应邀参加不少清华主持的学术活动。因此,无论荷塘月色,还是清华国学院,对我来说,都同样具有特殊的吸引力。以至今日谈论清华校史,我很可能比许多真正的清华人还在行。

早已成为历史名词的岭南大学和燕京大学,我辈明明无缘得识,为何还要强作解人?说穿了,一点也不稀奇:只要你踏进广州珠江河

乙丑进士牌坊

畔的康乐园或者北京西郊的燕园，流连于那些掩映在绿树丛中、爬满青藤的小楼，摩挲着那些盖有岭南或燕京的藏书章、养育过无数学子的图书，并且倾听老学长"白头宫女说玄宗"，你就依稀可见那曾经生龙活虎的大学气象。

  至于由北大、清华、南开三校于漂泊大西南时共同组建的西南联大，更是中国教育史及思想史上的奇迹：在极为艰难困苦的环境下出人才、出成果、出精神，难怪半个多世纪后，成了最佳的怀旧对象，其流风余韵，肯定将进入二十一世纪。而今日燕园里矗立的西南联大纪念碑，更使得我辈后学不敢遗漏北大校史上这极有光彩的一页。

有了这虚虚实实六所大学的阅读经验，当我开口品评今日中国高校的办学宗旨、教学方法以及课程设置时，自然不无"以史为鉴"的意味。不久前，在一次有关教育理念与课程设置的研讨会上，我谈到大学教育的微妙之处，在于如何"为中材制定规则，为天才预留空间"。为了说明问题，我以老清华和老北大为例证，分析各自的利弊得失。当时，有一句话，险些脱口而出：那便是作为对照物的中大之特色。在我看来，身处南国的中山大学，注重规则，但不若清华管理严格；预留空间，但不若北大推崇自由。

事后想想，这一潜台词其实大有问题。我对中大的了解，基本上限于就读康乐园的直接经验；而对我对北大和清华的触摸，则是从稽考校史入手的。沉醉于历史者，往往强调长时段的合理性，相对注重"光荣与梦想"，而忽略现实中的不尽如人意；依赖直接经验者，则恰好相反，容易一叶障目，难免有遗珠之憾。念及此，我方才有意识地在关注母校现状的同时，收集、阅读、辨析有关中大的历史文献。

就在我力图了解中大历史的"紧要关头"，学兄吴定宇教授为"中华学府随笔丛书"编中山大学卷，邀我作序。之所以贸然答应，并非心中有数，而是希冀借此补补课。去年北大百年校庆时，不少知根知底的记者"逼"我就北大、中大谈南北大学的异同，我均虚晃一枪，落荒而逃。若是定宇兄的功课布置在前，临阵时，当不至于如此狼狈。话虽如此，"南北大学比较"之类的大话题，超出我的眼界与学力——说到底，我之谈论大学，依然以"爱美的"为主。

毕竟是中大出身，对这所大学的历史，我还是略有了解的。1924年初，孙中山先生为培养文武人才，颁布大元帅令，先后创办陆军军官学校和广东大学——前者后来以黄埔军校名扬天下，后者则是今日

仍在发扬光大的学术重镇中山大学。此前几十年,由于意识形态的缘故,校方不太谈论国民党元老邹鲁、戴季陶等人筚路蓝缕的贡献。如今,借助于无意"盖棺论定"的"随笔",我们反而得以一窥校史的另一侧面。谈论大学的"光荣与梦想",另一常见的误区,则是重政治而轻学术。尽管李大钊先生说过,"只有学术上的发展值得作大学的纪念"①,大部分校史专家还是更愿意发掘其在革命史上的贡献。若本书之热心谈论中大的民俗学运动、研究院历史、人类学系创建,以及曾经引领风骚的诸多文科刊物,甚得我心。

当然,既然并非严格意义上的校史,对于大学沿革以及各学科在不同时期的成绩,其叙述必定挂一漏万。这也是我阅读本书时,虽也对"往事历历"感兴趣,但还是更看好"名师剪影"的缘故。这一阅读趣味,其实无大错。因大学的兴衰,很大程度上系于教授之好坏。借用清华校长梅贻琦的话:"所谓大学者,非谓有大楼之谓也,有大师之谓也。"②作为后起之秀,二十年代后期中大崛起之迅速,实在令人神往。这里有南方革命气象的感召,有北方白色恐怖的驱逼,也有主持其事者的苦心经营。史家多称抗战前十年乃中大的黄金时期,不无道理。此中奥秘,在于其曾经延揽了大批当时中国学界的精英。

1927年8月25日出版的《国立第一中山大学》第十九期上,有《本校文史科介绍》,自称刚创办不久的中大"现已为中国各大学文科中范围最广,有数种特殊质素,并在数线上为设备最充实者"。看看其开列的教授名单,当不以此语为虚妄。除续聘傅斯年、顾颉刚、江绍

---

① 守常(李大钊):《本校成立第二十五年纪念感言》,载《北京大学日刊》1922年12月17日。

② 梅贻琦:《就职演说》,载《国立清华大学校刊》第341号,1931年12月4日。

原等人外，新聘的教授有汪敬熙、冯文潜、毛准、马衡、丁山、罗常培、吴梅、俞平伯、赵元任、杨振声、商承祚、史禄国等。稍为了解现代中国学术史者，都应该明白这名单的分量。当然，那时的教授流动性很大，来而复去者比比皆是；我们不能把"现在广州，专为方言调查工作"故兼任中大教授的赵元任，从清华校史中剥离出来。

流动性极大的教授们，能否进入校史，主要取决于其在本校完成的学术业绩，而不是以往社会名声的大小，或在校时间的长短。比如说，我不会在中大校史的论述框架中谈论赵元任或者吴梅，但我会格外看重同样在校时间不太长的顾颉刚和傅斯年。因为，前者之创立中大民俗学会，后者之创设中大语言历史学研究所，都是现代中国学术史上的大事。正是这些影响十分深远的举措，使得中大迅速跃进中国学术革新的潮头。

由于所从事专业的缘故，我对中大校史的最初了解，正好是从1927年这大转折的时代入手。除了学术上的顾、傅，我更看好文学及思想上的鲁迅——后者因营救被捕学生无效而愤然辞职。任教时间不足一学期的鲁迅先生，给中大留下了独立不羁、奋起抗争的斗士姿态，这一历史记忆，同样值得格外珍视。至于鲁、顾之间的龃龉，以及顾、傅之间的分歧，我更倾向于从文化立场与学术思路的差异着眼，而不主张归结为"党同伐异"或"私人恩怨"。

也正因专业研究的关系，二十年代中大的辉煌，我大致了然于心；八十年代的转折，毕竟亲身经历，不乏感性认识；六十年代的情况呢？在校念书时听过不少传闻，近年又因"陈寅恪热"而略有补充。最缺的，还是中大在八年抗战中的人物与风情。因而不难想象，我对有关黄际遇教授的传说极为欣赏。

这故事之所以最得我心，除了同乡的缘故，很容易体会其"摇头晃脑、拖声呹气地在吟咏汪中的《吊黄祖文》"的韵味，更因其多才多艺，大类明清时代的"才子"，而不是现代意义上受专业分工严格限制的"名师"。据《岭南才子亦名师》称，这位在抗战中学校转移时不幸失足落水而死的名教授，乃中大数学天文系主任，兼教中文系高年级的"历代骈文"，而且擅长书法，上课时用篆文书写黑板；还是围棋高手，著有《畴盦坐隐》。黄公早年留学日本，清末归国，1920年赴美，入芝加哥大学攻读数学。历任武昌高师、中州大学、青岛大学、中山大学等校教授，还当过一任河南大学的校长。可惜在《河南大学校史》中，这位1929年5月上任、第二年6月下台的黄校长，只出现在作为附录的《河南大学大事记》和《河南大学历任校长一览表》中[①]。行文至此，绝无为老乡鸣冤叫屈的意思，倒是证实我的预感：此等性情中人，恐怕很难胜任校长所必须面对的无数日常琐事。如此名士风流，不曾流落中州，终于还是魂归岭南，也算中大的幸运。

这位真正属于中大的名教授，当年在校园里定然是个大受欢迎的人物，证据是关于此公有不少逸事流传。据说，黄教授连穿着都独具特色：一件玄色长衫，胸前缝有两个特大的口袋。至于口袋的用途，可就众说纷纭了：何其逊的《岭南才子亦名师》说是左边放眼镜，右边放粉笔；1941年版《中大向导》第三章"学府人物"则称一个放眼镜和铅笔，另一个放镖。两个传说，当然是后者更具传奇色彩。至于哪个更真实，恐怕谁也说不清：连原作者都半信半疑，不敢略去"据说"二字。

奇怪的是，为何黄际遇先生这么有趣的人物，长期以来在中大并不大流传。起码我在中大中文系念了七年书，未曾耳闻黄先生些许逸

---

① 参见河南大学校史编写组《河南大学校史》，河南大学出版社1992年版。

事。此等人物，若生活在老北大，定然是校园里的绝佳风景。不知道是因五十年代后专业化观念日益深入人心，凭兴趣读书讲学不再被认可，还是因教学于兵荒马乱之中，没有弟子承衣钵、传薪火。

本书提及的诸多名师，董每戡、王力、饶宗颐三位，我都只见过三两面，而且均非其站在中大讲台上之时。略有接触的是容庚先生和商承祚先生，可说来惭愧，因对古文字一窍不通，欣赏的重点乃风姿而非学问。真正算得上亲承謦欬的，大概只有王季思、黄海章二位了。拜读学长们所撰五彩斑斓的"名师剪影"，大大丰富了我对这所学校的感性认识，纠正了昔日年少气盛时不着边际的苛评。但有一点，我始终感到困惑：为何被"剪影"的中大教授，要不早已去世，要不年逾古稀？

这当然不是定宇兄的问题，换任何一人来编，大概都不例外。不信请翻阅坊间诸多"老大学的故事"，哪一本收录今日仍活跃在学界的古稀以下人物？之所以提出此问题，是因为作为学问与性情表征的"逸事"，不一定特别青睐"德高望重"。今日传为佳话的众多北大逸闻，其主人公当年不过三四十岁。而眼下中国的大学校园，能否鉴赏并流传中青年学者的"隽语"与"雅事"，实在没把握。这就难怪编者大都愿意论资排辈，将有限的篇幅，留给争议较少的老教授。

除此之外，也与大学教授自身"地位"及"性情"的变化有关。五十年代以后，一方面是大学教授的处境日渐恶化，形象因而日见苍白，自信心与自尊心严重受挫，只好比赛"夹着尾巴做人"。另一方面，兴趣广泛且独立不羁的学者，与学界专业化、规范化的潮流格格不入，众多流传广泛的北大韵事，放在今日，很可能正是整肃的对象。既不鉴赏幽默感，也不推崇独立性，今日中国的大学校园里，难得再有经得起学生再三阅读、品味、传诵的尚未老态龙钟的教授及其故事。

　　校园里绚烂的风景，总不能永远属于"过去的年代"。年轻教授是否具有独特个性，能否产生传奇故事，其实"事关重大"。不只中大一家，众多曾经充满诗情、灵性与想象力的大学校园，如今都在迅速地"告别诗歌，走向散文"。如此无法阻挡的"大趋势"，与我辈的大学理念相去甚远。依我浅见，人世间一切场所，唯有大学最适合于做梦、写诗、拒绝世俗以及容纳异端。如果连大学校园里都"一切正常"，没有任何特立独行与异想天开，绝非人类的福音。

　　唯一可以聊以自慰的是，校园传说的广泛流播，以至影响这所大学的性格、品味，需要一定的空间与时间。或许，就在我写作的当下，康乐园的某个角落里，新一代同样寄托遥深的传说正积聚着能量，随时准备破空而出，给世界一个意外的惊喜。

　　作为老校友，我拭目以待。

（初刊于《万象》第1卷第7期，1999年11月；收录于吴定宇编《中华学府随笔·走近中大》，四川人民出版社2000年版）

校友与大学文化

表彰杰出校友，为在校生树立榜样；建立校友网络，以备不时之需；募集办学经费，帮助母校发展……所有这些，人所共知，而且成了专门学问。"校友"与"母校"之间，有着千丝万缕的联系，既温情脉脉，也不无利害计较，如何妥善处理，值得深究。我想谈几点关于"校友文化"的想法，供各位参考。

第一，校友对于母校的贡献，兼及有形的捐款办学以及无形的精神支持。我们感谢那些慷慨捐赠者，但不希望对其他人造成严重的压迫感，以致逃避校友会的活动。过去走江湖卖艺的，总喜欢说：有钱出钱，无钱出力，没钱没力的，捧个人场。不失时机地为母校"叫声好"，这也是一种贡献。

大学最重要的工作是什么？是学术研究，更是教书育人。只是在目前的评价体系中，后者难以落实，前者则一眼就能看出来。当下中外各大学之"挖名角"，看重的都是教授的学术名声与科研成果，很少考察其教学成效，以及是否善待学生。其实，阔步昂首走出校门的毕

业生（尤其是本科生），那是学校最大的财富，应给予充分的尊重。黄达人校长每年跟毕业生握手照相，连续四五天，很辛苦，但这辛苦值得。只是这"笑容可掬"如何维持四五天，我没有经验，无法体会。

说毕业生是我们"最大的财富"，那是文学语言，不是经济学术语，不能仅仅坐实为"募捐对象"。日后，学生在各行各业中，为社会做出了贡献，就值得母校骄傲。之所以这么说，是因为目前各大学之重视校友，多从"筹集经费"着眼。钱当然很重要，但不是全部的工作目标，甚至不该是"主旨"。否则，人家会说你这大学太没理想，"嫌贫爱富"。"爱富"可以理解，但"嫌贫"不应该。

第二，追忆青春岁月与制造大学声誉。凡谈大学的，大都有"追忆逝水年华"的冲动。只是"大学史"写作不易，往往顾此失彼，还弄出一大堆矛盾来。北大百年校庆期间，单是那宣传册子，照片上谁不上谁，讨论了多少次，最后还是没弄好。我回避"正史"，转而编选《北大旧事》及撰写《老北大的故事》，影响颇大；中大的老师于是恭喜，说你立功了。我直苦笑，他们不知道，那段时间正是我在北大最受"挤压"的时候。但这个写作模式，现在已被广泛采纳，单看坊间无数"老大学"书刊，以及凡办校庆典礼，在一大堆数字及领导人题词之外，必夹杂若干精神抖擞的"故事"，便可明白。

十年前，为《中华学府随笔·走进中大》（四川人民出版社，2000年）写序，我追问为何我们追忆的都是已经过世的老先生，难道我们这代人就没有故事可供后辈传诵？这不是一本书的问题，几乎所有"老大学的故事"，都不收"古稀以下人物"。其实，追忆过去的好时光，属于每代人，每一代大学生。正是这种对于母校的饱含真情的追怀——某种程度也是为了追念自己的青春岁月，很好地塑造了大学形象。我曾专门撰文，谈论北大学生之"五四记忆"，如何成就了北大的辉煌（《同学少年多好事——北大学生之"五四记忆"》），清华国学院能有今日的名声，也与众弟子的努力分不开。弟子们的贡献，包括日后各自在专业领域取得的巨大成绩，也包括对导师的一往情深，更包括那种强烈的集体荣誉感（《大师的意义以及弟子的位置——解读作为"神话"的清华研究院》）。因此，在学术史、在思想史、在教育史上谈"大学"，一定要把学生的因素考虑进来；学校办得好不好，不仅体现在导师的著述，更重要的是师生之间的对话与互动，以及学生日后的业绩与贡献，还有就是学生们对于母校的追怀，那是构成大学声誉的重要因素。

明年北大中文系将举行百年庆典，一系列活动中，包括编纂《我们的师长》《我们的学友》《我们的青春》等六书，讲述师长的故事，也讲述我们自己的故事。在我看来，校友会的工作，包括有意识地引导一代代的中大人，不断地谈论我们的校园、我们的师长、我们的青春……这种工作对双方都有好处，第一步是建立牢不可破的感情，而不知不觉中，你会有回报母校的冲动。

第三，请富豪为大学建大楼，这是传统的捐赠形式；还有一种捐赠值得关注，那就是捐学术讲座。这一捐赠形式的变化，基于对学术永久性的承认，当然也有钱的问题（相对于捐大楼，捐讲座较为轻松）。如果不打核战争，五百年后，我想中山大学还在红红火火地发展，若你捐的讲座还在，那你的子孙后代肯定很得意。问题在于，如何让捐款人真切感受到如此善举的魅力，这方面，"仪式感"很重要。

募捐学术讲座或讲席教授，北大、中大等都在做，也有一定的成效。我有两点建议：第一，请校友捐助专门邀请"杰出校友"的讲座，定期聘请著名校友回去，为在校生做专题演讲，兼及精神鼓励、专业训练与社会网络；第二，这种高规格的学术讲座，不要长聘，而是短

期。若北大的"叶氏鲁迅社会科学讲座",三年一期,只能请已退休的,或者本校教授。

我首先想到的是香港中文大学的"钱宾四先生学术文化讲座",此讲座由新亚书院创设的"新亚学术基金"支持,每年邀请世界杰出学者来院,做系统性的公开演讲,为期二周至一个月。第一届讲座由新亚书院创办人钱穆主持,至今先后邀请的21位讲者都是大名鼎鼎:如英国李约瑟、日本小川环树、美国狄百瑞、北京大学朱光潜等。在我看来,好大学都应该设立此类高水平的讲座。北大也在学,但不太像,首先命名就有瑕疵,叫"叶氏鲁迅社会科学讲座教授基金"(香港叶谋遵先生捐资),不太好理解。鲁迅很伟大,但不做社会科学研究。你要不将讲座设在人文学科,要不就改叫"马寅初社会科学讲座",那还差不多。就好像中山大学,如果有人捐赠"讲座教授"给商学院,千万别叫"陈寅恪讲座",那样名不副实。

第四,"非著名"校友,该怎样追忆?对所有校友一视同仁,那是理想境界,实际上做不到。校庆活动时,别让大家觉得你太势利,这就行了。反而是另外的问题,各校争抢著名校友,因新中国成立前教授的流动性大,很多大学校史提及的著名教授,都差不多。如鲁迅,北大、中大以及厦门大学都在说,而且各有各的说法。鲁迅在北大中国文学系讲"中国小说史"六年,那是我们的骄傲;可在京期间,他还在另外七所学校兼课,北大只是时间最长且讲授最为系统而已。在北大中文系教过书的很多,我们到底谈哪些著名教授,我定了个规则,只谈那些在北大教书时有重要著述的。比如,陈寅恪先生也在北大中文系讲过课,我们怎么能"拉大旗当虎皮"呢?陈先生前面是在清华的,后面属于中大。

重视著名校友,可也别冷落了"非著名"的校友。越不著名,越不能怠慢，因其容易受伤害。而且，今天是著名校友，弄不好明天就身败名裂，进监狱去了；而今日的"非著名"，说不定日后"发迹变泰"，为母校作出更大的贡献。尤其是学者，沉潜几十年，默默无闻，突然一飞冲天的，不是没有可能。借用毛泽东的诗句："风物长宜放眼量。"做校友工作，属于"长线投资"，切忌"短线操作"。

2002年，我在北京报国寺旧书市淘书，买到了一册《国立北京大学历届校友录》。那是1948年北大为纪念校庆五十周年而编纂的，因正值解放军围城的关键时刻，加上校庆前两天，校长胡适又乘蒋介石派来的专机离去，因此，整个纪念活动虎头蛇尾，此书的流通也相当有限。对于触摸历史，理解大学的脉搏，这书很有用。建议中大借八十五周年的机缘，开始着手编"中大历届校友录"——如果嫌人数太多，可以分院系编辑刊行。其实，这也是在为中大百年庆典预做资料准备。

第五，"非典型"学生，有无名分。明年我所在的北大中文系将隆重纪念建系一百周年。为了这百年系庆，我们组织了一系列活动，其中包括刊行六册纪念书籍，我想找一位系友题写书名。曾在耶鲁任教，现97高龄的著名书法家张充和说过："我考大学时，算学考零分，国文考满分，糊里糊涂就进去了，算学零分，但国文系坚持要我。我怕考不取，没有用自己的名字，而是用了'张旋'这个名字。"能请这么一位年高且风趣的系友题签，是再好不过的了。可翻开《北京大学中文系系友名录》，当即心凉了半截。因为，1934级并没有"张旋"这个名字。系友录的本科部分，是从北大档案馆里抄录的，一般不会出错——除非当事人"迟到"或"早退"。张充和正是这种情况，1936年便因病回苏州去了，此后也没补念，故未见记载。好在找到了《北京大学周刊》第110号（1934年8月25日），上面有《国立北京大

学布告》,公布北平考区录取新生名单,其中理学院93名,文学院103名(含试读生二名),法学院30名(含试读生3名),共计226名。那两个文学院试读生,其中一个就叫"张旋"。

一般来说,毕业的才算校友,可有些人没念完(比如比尔·盖茨),怎么办?在北大,还有注册的"旁听生"以及不注册的"偷听生"。在《老北大的故事》(江苏文艺出版社,1998年)中,我谈到"几乎所有回忆老北大教学特征的文章,都会提及声名显赫的'偷听生',而且都取正面肯定的态度"。具体的例证可以变换乃至省略,但以下这段话,在我看来,至今依然有效:"偷听生对于老北大的感激之情,很可能远在正科生之上。尽管历年北大纪念册上,没有他们的名字,但他们在传播北大精神、扩展红楼声誉方面,起了很大作用。"

几年前,我曾应一位中大校友的邀请,为《北大边缘人》撰写序言,书最后没出,序言倒是发表了(《北大边缘人》,《中华读书报》2001年9月19日)。我们该如何看待那些没进"校友录",但又因某种机缘曾在北大听过课的朋友?这回修订《北京大学中文系系友名录》,我们补充了任课教师(教师若非本校毕业,严格说来也不算"校友")、在北大生活一年以上的进修生、旁听生或留学生,还有特定年代的专修班。至于像张充和那样因战争或生病而中断学业的,怎么处理,还在斟酌。今年刚在澳洲去世的大学者柳存仁先生,他1935—1937年在北大中文系学习,抗战爆发后,北大南迁,他没去昆明,在上海光华大学借读,两年后取得北大文凭。那是有案可查的,故"系友录"有他。没能跟随北大南迁,因而中断学业的,还有一些人。

第六,让校友活动成为大学生活的延伸。如何让社会上有权或有钱的"中坚力量"参加校友会的活动,而不仅仅是两头热(刚工作的或已退休的),是个难题。除了每年一次的大聚会,可以有各种灵活的举措，因人因时因地而异。这个工作一定要做细——美国的私立大学，新生还没入学，校方已经查过了三代。对于可能的捐赠对象，学校绝对不会放过。富豪的孩子还在上中学，这边已经磨刀霍霍，开始各种游说与动员。当然，私立大学和公立大学募捐方式不同。而且，我已注意到，北大、中大的教育基金会和校友会工作都做得很不错。

半个月前，我在香港校友会纪念85周年校庆活动中，谈及校友活动两头热中间冷，那也是我自己的苦恼。作为北京校友会会长，同时又正在努力"爬坡"，如何兼顾两头，不容易。尤其是官员，如何让他们没有"后顾之忧"，不着痕迹地帮助母校？因为，做得太突出，担心人家批评你有"小圈子"，或任人唯亲。都是快退下来时，才比较敢放手帮助母校……

这方面，我希望倒过来做。大学努力为校友创造"终生学习"的机会，让他们感觉到即便走出校园，也永远都是中大的学子——比如，使用母校图书馆的权力、送专题演讲或文艺演出到各地校友会（就像这次香港校友会活动），还有就是及时向校友报告母校的成绩与困境等，让你感觉到，你与母校一荣俱荣一损俱损——至于募捐，尽在不言中。校友会的主要工作是服务，服务做好了，自然会有回报。最怕的是"无事不登三宝殿"，一开口就是募捐。好的校友会工作，应该是水过无痕的。

下面提点小建议。第一，募款的事，最好有人专门做，不要谁都在说。这是门学问，要会说话、有信誉、肯下功夫，而且没有直接的利益关系。第二，提醒校友捐款，不要太生硬，要像春雨那样"随风潜入夜，润物细无声"。具体怎么操作？我想起了校友会刊物，能不能做成电子版，发给所有愿意要的校友？第三，各大学统计捐款时，往往只说"钱数"，其实还得看"人数"——到底有多少校友愿意参与，

这很关键。小额捐款操作麻烦,但很重要,因其培养"心情",或者说"捐赠意识"。我看《岭大校友》上面列了很多小额捐款,三百五百的,还有非常简便的捐款方式。如何让校友用最便捷的方式,为母校出力,这是评价校友会工作效率的另一指标。

(本文乃作者于 2009 年 11 月 12 日在中山大学首届全球校友会会长论坛上的演讲)

(初刊于《南方都市报》2009 年 11 月 17 日)

民族自信与文艺复兴

今日中国,国力逐渐强盛,国民大都信心满满。可在晚清,情况完全不一样,仁人志士担忧的是亡国惨祸,思考的是亡国后如何图谋恢复。正是这种不愿做亡国奴的一腔热血,导致了陈天华的蹈海以及秋瑾的"拔剑四顾心茫然"。换句话说,历经甲午海战以及庚子事变,中国人的自信心跌到了谷底。而革命先驱孙中山之所以不屈不挠,挑战貌似强大的大清帝国,既基于对西方文明的仰慕,也基于对中华文化的信赖——坚信多灾多难的中国必将浴火重生。

作为高瞻远瞩的政治家,孙中山在长期的革命生涯中,有很多因应时势的演说及著述。这其中,既有对于国粹的表彰,也有对于国民性的批判,若只抓住一点,驰骋开去,容易歪曲孙先生的思想体系。不说零星言论,即便是《三民主义》这样体大思精的著作,有传统中国儒家的理念,可更多的还是受西方文明的洗礼。忽略这一点,只在个别词句上钻牛角尖,难得其大体。

1917年撰《民权初步·序》,孙中山称中华民国之得以创立,"其

始也,得欧风美雨之吹沐;其继也,得东邻维新之唤起;其终也,得革命风潮之震荡"①。其实,不仅推翻清廷创建民国这一政治实践,整个晚清思想、学问、文学、艺术的革新,也都是"得欧风美雨之吹沐"。首先是在"开眼看世界"的过程中,服膺西洋文明;而后才是在上下求索中,发现"国粹"的意义,借鼓动民族主义思潮,来实现政治革命以及"文艺复兴"的梦想。孙中山坚信:"迨中国同胞发生强烈之民族意识,并民族能力之自信,则中国之前途,可永久适存于世界。"②

单就教育背景及生活经历而言,孙中山无疑是那个时代非常西化的政治家。1896年,"性慕新奇"的孙中山,在《复翟理斯函》中称:"于中学则独好三代两汉之文,于西学则雅癖达文主义(Darwinism);而格致政事,亦常浏览。"③孙中山与同时代绝大多数读书人的差异,不在对"圣贤六经之旨"的领悟,而在涉猎西学的能力与信念。当然,作为直面惨淡人生的政治家,孙先生日后的论述,逐渐转为迫在眉睫的"中国问题":"内审中国之情势,外察世界之潮流,兼收众长,益以新创。"④表面上,"内审"在前,但"外察"的重要性,一点也没降低,只不过多放在幕后来处理。

比如,谈及中国的命运,孙中山的调子时高时低,这取决于论述时机以及听众需求。既有乐观的祝颂,如"中国,由于它的人民性格勤劳和驯良,是全世界最适宜建立共和政体的国家。在短期间内,它

---

① 《孙中山选集》,人民出版社1981年版,第383页。
② 《中国之铁路计划与民生主义》,见《孙中山全集》第二卷,中华书局2006年版,第490页。
③ 见《孙中山全集》第一卷,中华书局2006年版,第48页。
④ 《中国国民党宣言》,见《孙中山全集》第七卷,中华书局2006年版,第1页。

将跻身于世界上文明和爱好自由国家的行列"①;也有沮丧的抱怨,如"现在人民有一种专制积威造下来的奴隶性,实在不容易改变。虽勉强拉他来做主人翁,他到底觉得不舒服"②。二说相隔九年,都是孙中山真实的想法,而且,两者都有其合理性,就看你从什么角度观察与立论。

从"虽有四万万人结合成一个中国,实在是一片散沙,弄到今日,是世界上最贫弱的国家,处国际中最低下的地位"③,历经百年苦斗,终于自豪地屹立于世界民族之林,这个过程,并非自然而然,也不是"风水轮流转",而是孙中山等无数先驱奋斗的结果。

1921年,孙先生称:"国与民弱且贫矣,不思有以救之,不可也;救之而不得其道,仍不可也。"④ 在众多救国救民之道中,孙中山选择了"复我国粹",即努力发掘中国固有的伦理道德:"讲到中国固有的道德,中国人至今不能忘记的,首是忠孝,次是仁爱,其次是信义,其次是和平。这些旧道德,中国人至今还是常讲的。"⑤ 对于以批判旧道德著称的新文化运动,孙中山有嘲讽也有接纳⑥。即便1924年的《三民主义·民族主义第六讲》,也不是一味复古:"但是恢复了我们固有

---

① 《我的回忆》,见《孙中山全集》第一卷,中华书局2006年版,第558页。
② 《在上海中国国民党本部会议的演说》,见《孙中山全集》第一卷,中华书局2006年版,第401页。
③ 《三民主义·民族主义第一讲》,见《孙中山全集》第九卷,中华书局2006年版,第188页。
④ 《在桂林对滇赣粤军的演说》,见《孙中山全集》第六卷,中华书局2006年版,第29页。
⑤ 《三民主义·民族主义第六讲》,见《孙中山全集》第九卷,中华书局2006年版,第243页。
⑥ 参见孙中山撰于1920年1月29日的《与海外国民党同志函》,见《孙中山全集》第五卷,中华书局2006年版,第207—212页。

的道德、知识和能力，在今日之世，仍未能进中国于世界一等的地位，如我们祖宗之当时为世界之独强的。恢复我一切国粹之后，还要去学欧美之所长，然后才可以和欧美并驾齐驱。如果不学外国的长处，我们仍要退后。"①

早年接纳"夷夏之辨"及"民本"思想，晚年倾心于儒家的"内圣外王"，但孙中山毕竟是实践型的革命家，玄思非其所好，也非其所长。在一次次血与火的洗礼中，孙先生逐渐理解、接纳、转化中国传统文化——采纳某些传统观念，但多做现代诠释。比如，提倡儒家的"忠孝""仁爱"，但抽掉了"三纲五常"——至于什么叫作"忠"，不是"忠君"，而是"要忠于国，要忠于民，要为四万万人去效忠"②。

近年中国迅速崛起，很多人归因于传统中国文化的力量，喜欢一切从孔夫子说起，然后"飞流直下三千尺"，直接嫁接到当下的政治语境。殊不知，今日中国，不再是"半部《论语》治天下"的时代，重提"三从四德"，或者顶礼膜拜"四书五经"，既无视几千年中华文明的博大与庞杂，也抹杀了一百多年来无数仁人志士借鉴西学传化传统的努力。同样追求"文艺复兴"（或曰"古学复兴"），百年前风雨飘摇，主要功夫放在提高民族自信心；如今风和日丽，应该更多着眼于如何"兼收众长，益以新创"。孙中山奋斗的一生，对于今人的启示，不在其某些具体言论，而在随时势变化，努力调适传统中国与现代西方，永远不失尊严与自信，同时，也永远不失批判与抗争的立场。

---

① 《孙中山全集》第九卷，中华书局2006年版，第251页。
② 《三民主义·民族主义第六讲》，见《孙中山全集》第九卷，中华书局2006年版，第244页。

（此乃作者于 2011 年 1 月 22 日在中山大学于全国政协礼堂举办的"2011 北京中山论坛"上的发言）

（初刊于《同舟共进》2011 年第 5 期）

"做大事"与"做大官"

在毕业典礼上致辞,除了祝福,就是励志。而这年头,社会上各种莫名其妙的"励志名言",正高歌猛进大学校园。有比官大的,体现在校庆时之按职位高低排列校友;有比钱多的,宣称"毕业十年没有四千万别说是我的学生"。弄得我们这些既非高官、也未暴富的校友们灰头土脸的,整天觉得对不起母校,也对不起这"伟大的时代"。

因担任中山大学北京校友会会长,我不时接触北上工作的学弟学妹们。前两年一位后学看错了门道,跑来找我,希望举荐。我一听他精确的人生规划,真的目瞪口呆:30岁正处,35岁副厅,40岁正厅,45岁"进部"——京城里官多,副部级以上才有点意思,故有此专有名词。我问:万一做不到呢?老兄一跺脚,说那就归隐山林,学陶渊明"采菊东篱下,悠然见南山"。我笑了,说恐怕那时空气污染,南山已经不见了。他愣了一下,不太明白我的意思。我反问:你真的是中山大学毕业的?为什么这么追问,因这种"雄心壮志",跟我心目中的中大教育宗旨不太吻合。

怀士堂

记得是 1923 年 12 月，孙中山在岭南大学怀士堂发表演说，鼓励青年学生"立志要做大事，不可要做大官"。1952 年院系调整，中山大学迁入康乐园，怀士堂上镌刻的这段话，因而也就成了不少中大人的座右铭。十多年前，我在《读书》杂志（1996 年第 3 期）发表《最后一个"王者师"》，从晚清康有为说起，辨析近代中国的政、学分途。西方教育制度的引进，以及科举制度的退出历史舞台，使得中国读书人的观念开始转变。"读书"不是为了"做官"，这是晚清不少有识之士的共同见解，起码章太炎、蔡元培、严复、梁启超、吴稚晖等都有过明确的表述。而怀士堂上镌刻着的孙中山题词，便是此思潮的巨大回响。我在文中提及："今年春天回母校访问，发现题词没了，大概是为了恢复那座小礼堂原先的风韵吧？我有点怅然。"文章发表后，承朋

怀士堂上的题词

友告知,此题词乃中大精魂,不可能被取消,只是因重修而暂时遮蔽。于是,赶紧撰文更正。

孙中山所说的"大事",乃利国利民,惊天动地,属于今人眼中的"正能量",而不是折腾得全国人民死去活来的"好大喜功",或日常口语中的"兄弟你可摊上大事了"。依照中山先生的思路,我略做延伸:第一,不做"大官"的,也可以做成"大事";第二,当了"大官"的,不见得就能成就"大事";第三,本校对于毕业生的期待,将做成"大事"看得比当上"大官"还重要。唯一没谈妥的是,有些"大事",确实非"大官"做不了。怎么办?这里暂不深究。

我很推崇孙中山、蔡元培等人的教育理念——像中大、北大这样的综合性大学,不同于黄埔军校或中央党校,确实应以研究高深学问、培养专业人才为中心。日后有人成为政治家,当了大官,不管做得好坏,都与大学教育基本无关,是他自己努力的结果。大学硬要认领这份光荣,还想总结经验,然后依样画葫芦,制造出众多高官来,我以为是自作多情;更重要的是,此举扭曲了大学精神。

有人引拿破仑的名言,说不想当将军的士兵不是好士兵;可我们不能说不想当大官的学生就不是好学生。因为,大学不是"官僚养成所"——如今报考公务员成了大学生们的首选,那是因整个社会被官场逻辑所笼罩,这绝非佳音。大学毕业生中,有做工的,有务农的,有经商的,有舞文弄墨的,有从事慈善的,更有献身于科学探索的。对于一所大学来说,能出大官很好,能出巨贾也不错,但最理想的,还是培养出众多顶天立地、出类拔萃的大写的"人"。若都折合成科级、处级、厅级、部级、部级以上,以官帽大小定高低,这社会必定停滞不前,甚至可以说是"狂澜既倒"。

好几次应邀回广州参加中大的纪念活动,我注意到一个细节,校长、书记在介绍嘉宾时,故意把我们这些没有行政级别的学者放在前面,这让我很感动。我当然明白,对学校的实际运作更有帮助的,是后面出台的各级官员。学校以"远道而来"作为幌子,优先介绍学者,实际上是想传达一种"尊重学问"的信念。这么多年我走遍大江南北诸多名校,发现各校介绍来宾时,一般都按官职大小从上往下,像我这样没有行政级别的教授,要不属于"在场的还有某某某",要不就是"因时间关系恕不一一列举"。我虽反感此不成文的规矩,却也熟视无睹,且佩服主办单位调查精细,从不出错。反而是在中大,被校长、书记重点介绍时,有点不太适应,赶紧挺直腰杆,打起精神,免得贻笑大方。事后想想,中大之尊重学者,或者真的是渊源有自。

官员的心思不好乱猜,我只能说,好学者大都是有自信的。古语说:士不可以不弘毅。当下中国的人文学者,本就应挺起脊梁,大声说出我们的抱负、我们的志向以及我们的贡献。大凡学术研究以及精神探索,其意义及影响力,要放长视线才能看得清楚。讲当下,自然是官大声音大;长远看,则不一定是这个样子。以中大为例,历史系教授陈寅恪在思想史、学术史、文化史乃至一般读书人心目中的地位,就远大于当年保护他的高官、中共中南局第一书记陶铸。今天已然这样,五十年或一百年后更是如此。

各位即将走出中大校门,万一将来当了大官,请记得孙中山先生的教诲,或套用《七品芝麻官》中的说法:"当官不为民做主,不如回家卖红薯。"不过,更大的可能性是,你们中的很多人,都将像我一样,"碌碌"而"有为",只是无心或无望于仕途。若真的这样,请记得,只要把眼下的工作做好、做精、做透、做到"登峰造极",管他是什么级别,母校都会欢迎你,替你骄傲,为你喝彩。因为,这是一所把"做大事"看得比"做大官"还重要的大学。

(此乃作者于2013年6月24日在中山大学2013届毕业典礼暨2013年学位授予仪式上的祝辞)

(初刊于《南方都市报》2013年6月25日)

收藏校友的足迹

为庆祝母校中山大学创建九十周年，我在花城出版社推出《怀念中大》一书，其中大部分文章是旧作，唯独《我回母校讨诗笺》（初刊于《书城》2014年第6期）是特意赶出来的。文中提及一陈年往事，好几位同龄人读后热泪盈眶。

1990年元月，我返乡探亲。因刚经历一场大的政治风波，且本人也颇受牵连，这个时候回去，可不是衣锦还乡，而是希望给父母、也给自己"压压惊"。大概也是这个信念，促使我突发奇想，带上若干诗笺，回母校中山大学，请自己熟悉且敬佩的师长题词。时间很确定，有日记为证，1月21日分别拜访了吴宏聪、陈则光、饶鸿竞、王季思、卢叔度等诸位先生，除了请安、叙旧，再就是恭请墨宝；2月5日探亲归来，重回中大拜见这几位先生，收获五张精美的题赠诗笺。文章结尾处，有这么一段——"'乍暖还寒'时节，老师们借题诗给学生'压惊'，至今想起，仍是很感动。此后，也偶有师友馈赠，但因整个社会向市场经济转型，字画有价，且水涨船高，我也就不再敢开口索要了。

闲来翻阅早年师友书赠的诗笺,感觉很温馨,也很忧伤——那个时代,那种风雅,那份师生情谊,今天大概很难存在了。"

说这些闲话,是想建议母校及时征集著名校友(我不在此列)的手稿或信札。就像上面提及的诗笺,不是艺术品,但蕴含着师生感情与特定时代的精神氛围,我自己很珍惜。中山大学筹建全国高校第一个博物馆群,这是振奋人心的好消息。除了报道中提及的地质博物馆、人类学博物馆、生物博物馆、医学博物馆内的藏品将"齐聚一堂",我相信,主事者还会在考古、美术、工艺、地方文献等方面下功夫。我想提醒的是,应该给校史馆预留足够的空间,以便其尽可能多地收藏校友们的足迹——包含实物、文稿、书籍等。

十二年前,我在台湾大学教书,看他们如何征集名家手稿,然后办展览,出画册,开研讨会,很是感动。目前,台大图书馆的"特色馆藏"里有一"台大名家手稿展",展出了所藏台静农、王祯和、王文兴、叶维廉、林文月、杨云萍、郑骞、白先勇等作家及学者的手稿。据称此计划正稳步推进,征集对象从台大教师及校友中的文史哲名家,扩展到其他学科。这种事情,越早动手越有可能成功。因为,"盛世兴收藏",今日中国,不仅书画价格水涨船高,连名家手稿及信札也都炙手可热。最离谱的,当推去年中国嘉德春拍古籍善本专场上鲁迅手书《古小说钩沉》手稿一页,最终以690万元成交。鲁迅手书《古小说钩沉》曾有排印本及影印本刊行,这页书稿的可贵之处仅仅在于,1961年周作人馈赠友人时,在哥哥的这页手稿上写了两行题记,如此而已。不仅鲁迅手稿,许多近现代名人的手稿及信札都变得"特别值钱"了。校友在世,还有可能获得捐赠;一旦进入流通领域,就很难再由母校收藏了。因此,建议中大从"大学史"而非"艺术品"的角度从长计议,拉一个名单,开始主动收集名家手稿。请记得,现在仍亲近纸笔的学者及作家很少，只要是存世的手稿，几乎都成了文物。若能征集到一定数量的名家手稿，定期或不定期更换展览，对校友以及在校生来说，都是很好的激励。

实物收藏比较复杂，留给专家去讨论；我的第二个建议是扩建中山大学文库，尽可能多地收藏校友的著作。中山大学图书馆的"特色馆藏"有藏书纪念室，包括陈寅恪纪念室、商衍鎏/商承祚纪念室、梁方仲纪念室、金应熙纪念室、戴镏龄纪念室、李新魁纪念室和安志敏纪念室等。这些教授的研究领域不同，藏书亦各有特色，只是不知到底入藏图书有多少。名家不一定藏书，藏书的不一定是名家，怎么办？主事者须具备思想史的高度及学术史的眼光，方能确定选择哪些人的书房作为主攻对象。

考虑到国家图书馆曾流失不少巴金的赠书，以及很多珍本"一入侯门深似海"，再加上很多名校图书馆已经"书满为患"，曾有企业家建议，还不如自己筹建"十家（百家）书房"——选择志同道合的读书人，你捐书，我盖楼，留存给后世。这想法虽疯狂（因捐书及建楼不难，难在如何长久运营），却不无道理——若想呈现一个时代的文化生态及精神氛围，完整地保留若干书房是个好主意。因为，每个名家都有自己的阅读兴趣与藏书习惯。像周一良先生那样赠书给学生，让学术薪火相传，是一条路；像王瑶、唐弢先生那样，将藏书交给中国现代文学馆保存，也是一条路；此外，阿英藏书落户芜湖，保存很好，可惜利用率不高；李欧梵藏书捐给了苏州大学，顺带建立起苏大现代中外文化关系研究所；北京大学国际汉学家研修基地成立后，接收了好几位海外著名学者的藏书，其编目及管理工作做得很出色。但所有这些赠书，都面临一个共同困境——如何兼及收藏、纪念与利用。

电子数据库普及以后，有些图书馆因嫌纸本书籍太占地方，接受

赠书时变得"横挑眉毛竖挑眼"——不是你想捐书人家就一定要的。如果你的藏书很有价值，当然没问题，如收藏很多古籍珍本的北京的韦力，以及藏书很有特色的上海的周振鹤，很早就被各大图书馆盯上了。可还有不少好学者，只为自己的研究而藏书，没什么特别珍贵的本子，这些人的书房常被忽略。但若超越图书馆学家的视野，将学术史与大学史的思考结合起来，从"收藏校友足迹"这一特定角度，会有很不一样的考量。

但这里有几个问题，第一，建立专门文库的，只能是极少数，怎么挑选入藏的对象？第二，如果广泛征集，热心的校友送来很多水平不高的书籍，如何处理？第三，名家一般不会到处送书，用什么办法"引诱"他们来捐赠？记得十几年前北大图书馆筹建"北大文库"时，担心送来的东西良莠不齐，征集函上写明审查合格的方才入藏。可这么一来，自尊心强的校友都拒绝"送审"了。虽说名家大都已被各大小图书馆要求赠书搞得有点烦了，但从收藏校友足迹的角度立论，还是能打动他们的。此外，像香港中文大学那样，凡有名家来，事先买好书，甚至直接从书库里调，让人家签名后收藏，这也是很聪明的做法。北大中文系为建立作为系史及荣誉室的北大中文文库，专门申请了一笔钱，到各书店及网上购买，实在买不到的，再请作者赠送——如此诚意，作者一般不会拒绝。

即便新建的大学图书馆，也都很难为存放"校友赠书"腾出很大的空间，怎么办？我在香港中文大学图书馆借书，常见贴着精美的小条，上面用中文或英文写着"某某校友赠予香港中文大学图书馆"。这是个好主意，图书馆接受赠书时，可印一精美的小册子做纪念，然后为每册图书贴一张小条子，就让它进入正常流通。可以想象，若你在中大图书馆借到一册贴着陈寅恪"赠予中山大学图书馆"的图书，会有什么感觉？

上世纪八十年代，我在北大图书馆多次借到胡适藏书，很是兴奋。后来不行了，一是有人故意不还，说是丢了，认罚；二是胡适的地位日渐提升，于是，学校决定将原本打散的胡适藏书重新聚合，统一保管。这样一来，我的学弟学妹们再也没有"发现宝物"的惊喜了。

除了为若干名家建立专门文库或纪念室，建议各大学图书馆向香港中文大学图书馆学习，埋藏若干"宝物"，让有兴趣的学生去发现与赏玩。

2014 年 10 月 29 日于香港中文大学客舍

（初刊于《南方都市报》2014 年 11 月 12 日）

我为什么常回母校走走

十五年前,中央电视台春节联欢晚会上,一首《常回家看看》唱哭了无数现场观众以及电视机前的父母子女。直到今天,你我还不时能听到其遥远的回响。歌词其实很普通,"带上笑容,带上祝愿,陪同爱人,常回家看看";可对于注重亲情的中国人来说,这几句大白话却极具催泪效果。我无意煽情,只是老实交代自己在"常回家看看"的同时,为何还要常回母校走走——此举与其说是为了母校,不如说是为了自己。

我长期生活在北京,离母校中山大学所在的广州不远也不近。最近十多年,我常回母校走走。你问有什么重要公务,没有的,就是回来看看。这大概跟年龄有关,早年巴不得快点离开家乡,闯荡天下,如今则很惬意地在广州街头漫步,欣赏这座城市的平实、淡定与从容。两年前,为了纪念中大毕业三十周年,我写了《失落在康乐园的那些记忆》,提及"昔日的印象越来越模糊,回声也越来越遥远。趁着这回纪念毕业三十年,拾取若干记忆,免得我的'康乐园'彻底消逝"。

那篇长文的"附记"称,撰写此文的初衷是,阅读近年刊发的有关"八十年代"的文章及著作,勾起我无限遐思,昔日的风雨雷电、辛酸苦辣一并涌上心头,欣慰之余,又担心其过分渲染"激情""责任"与"理想主义",会误导后世的读者,忽略当初我们这一代人的困境。我之所以扣紧当年的课程表,讲述一大堆关于读书生活的"陈年往事",而不涉及演戏、郊游、办刊物、谈恋爱等更有趣的场面,既是对历史负责,也是为了给大学生活"去魅"(初刊于《同舟共进》2013年第2期,略有删节)。

说过了"怀旧",还得谈谈"感恩"。我就读中山大学的那六年半(1978年2月—1984年7月),恰好是中国改革开放刚刚起步、思想解放运动风起云涌、整个中国社会发生翻天覆地变化的时代。毫无疑问,我们的校园生活——无论"课内"还是"课外",都深受这大思潮的影响。谈论大学生活,在我,除了追怀那几乎被神话了的"八十年代",还隐含着对于师长的敬意,以及对于同学的怀想。我多次谈及,自己能够比较顺利地登上学术舞台,得益于北大这个"好橱窗";可我的学术训练及精神蜕变,是在中大完成的。

对于读过大学的人来说,母校乃是重要的象征资本——母校与校友的关系,真可谓一荣俱荣,一损俱损。因此,能为母校做点力所能及的事,感觉很幸福。前些年出任中大北京校友会会长,明知力不胜任,还是勉为其难;很高兴今年五月终于卸任,将这"光荣而艰巨的使命"交给了更有领导才能的李昌鉴学长。我对自己的定位,更接近五年前在中山大学首届全球校友会会长论坛上的发言:"过去走江湖卖艺的,总喜欢说:有钱出钱,无钱出力,没钱没力的,捧个人场。不失时机地为母校'叫声好',这也是一种贡献。"(《校友与大学文化》,《南方都市报》2009年11月17日)。

　　除了闭着眼睛也能想到的怀旧、感恩与回报，我之常回母校走走，还有一个特殊缘由，那就是希望自己"不忘初心"。无论何时何地，单就理想与激情而言，基本上是随年龄而递减——绝大部分热血青年，走出校门后，迅速地走向成熟，可也日渐变得世故、油滑乃至怯懦。我之所以不断地"重温旧梦"，某种意义上是在给自己加油，尽可能延缓下滑的态势与速度。前年夏秋，我在两个纪念七七、七八级毕业三十周年论坛的演说，都以《我们和我们的时代》为题（初刊于《同舟共进》2012年第12期）。不敢自我表彰，更多的是自责与反省："想当初，我们在康乐园里指点江山，看不惯社会上诸多先辈的保守、平庸、专横、贪婪、碌碌无为，驰想将来我辈掌权，将是何等光明的新世界！而如今台面上的'重量级人物'，无论政治、经济、学术、文化，很多都是七七、七八级大学生，那又怎么样？比起此前此后的各届大学生，我们处在'出击'的最佳位置，那么好的历史机遇，是否将自家才华展现得淋漓尽致？扪心自问，言人人殊。"每次回到阔别多年的校园，总是提醒自己：别忘了当初的梦想与激情，尽力而为，能走多远算多远，不要太早地停下脚步。

　　校友中，有因各种缘故而与母校绝交，拒绝"重归苏莲托"的；也有身居高位或财源滚滚，很愿意为母校出钱出力的。在这两个极端之间，是绝大多数像我这样的普通校友——有点小成绩，但说不上多么了不起。这个时候，需要的是自尊、自信与自爱。去年回母校为2013届毕业典礼暨2013年学位授予仪式致辞，我告诉学弟学妹们："请记得，只要把眼下的工作做好、做精、做透、做到'登峰造极'，管他是什么级别，母校都会欢迎你，替你骄傲，为你喝彩。因为，这是一所把'做大事'看得比'做大官'还重要的大学。"这篇"祝辞"不仅现场效果很好，在2013年6月25日《南方都市报》刊出后，还得到不少老同学及学长们的赞许,让我受宠若惊。

  我相信,很多校友都和我一样,怀念母校,也很想为母校做点贡献,但心有余而力不足。好在母校并不计较贡献的大小,更看重的是校友的心情。在《怀想中大》的"代序"中,我提到上世纪末的某一天,到康乐园拜见我读研究生时的指导教授吴宏聪老师,吴老语重心长地说,你为北大写书,很好;但你要记得自己是从康乐园走出去的,将来有机会,也为中大写一本书。说着说着,口气逐渐变了,"可以"成了"必须"。当初我漫而应之,直到今年年初的某一天,半夜醒来,想起今年是中大建校九十周年,自己"必须"有所表示,于是急忙编了一册《怀想中大》,交给花城出版社刊行,算是为母校生日"特供"的"自选集"。

  并非所谓的"成功人士",我之常回母校走走、看看,乃是记挂我的老师、我的同学、我的青春、我的校园,还有远比我们当年聪明、但未必如我们当年勤奋、幸福的学弟学妹们……

2014 年 10 月 21 日于香港中文大学寓所

(本文乃作者于 2014 年 11 月 9 日在中山大学全球校友会会长论坛上的发言)

(初刊于《中山大学校友》总第 28 期,2014 年 12 月)

"摸着石头"办大学

最近十多年,我关注中国大学问题,先后出版了《大学何为》等好几本书,有谈百年中国大学史的,有直陈当下中国大学弊病的,更有野人献曝,提出若干改革措施的。结果呢,掌声收获了不少,成效则基本没有。久而久之,我调整了心态——谈大学改革,既牵涉大的国策,又关乎百姓的日常生活,更涉及无数当事人的实际利益,不是大学校长、书记想改就能改的,更不要说像我这样的普通教授了。那我还能做什么呢?第一,坚守自家立场,知无不言,言无不尽;第二,说了不会白说,即便当下没有成效,也可立此存照,见证历史;第三,承认改革的艰难,不取"不全宁无"的决绝态度,能做多少算多少。

我说过,教育的难处在于,学生不是白老鼠,不该一切推倒重来;当局的任何一个决策,一旦出现偏差,须用十倍的努力才能力挽狂澜——而且还可能挽不了。因此,教育家大都取改良主义立场,拒绝不切实际的放言空论。在愤青们看来,如此"瞻前顾后",未免胆子太小了。我没当过大学校长或教育部长,只做了四年北大中文系主任,可也略知此中艰辛，故对于主事者之"摸着石头"办大学，持肯定的态度——包括这回中山大学成立顾问董事会。

承蒙母校厚爱，要我出席中大顾问董事会第一次会议，为了发言切题，我开始琢磨什么叫"顾问董事会"。我知道什么是"顾问委员会"，也了解"董事会"的内涵；至于"顾问董事会"，则有点摸不着头脑。思索了半天，突然醒悟——这是个新词，属于中大人的发明创造。大概是希望兼及"顾问委员会"与"董事会"的社会功能，但又不具备二者的法律地位。说得更明白点，是在现有体制下打"擦边球"。

这就说到今年7月15日教育部第22次部务会议审议通过，并于9月3日正式核准生效的《中山大学章程》。从去年9月起，教育部陆续核准并发布各大学章程，此乃建设中国特色现代大学制度的关键措施。各大学殚精竭虑，勾勒自己的历史沿革、发展愿景、教育理念、办学宗旨、工作目标及发展路径等。可都是公立大学，都办在中国，其章程制定必须符合《高等学校章程制定暂行办法》的原则要求，自由发挥的空间其实不大。同一天核定公布的北大、清华、南开、浙大、中大、西安交大等九所名校的大学章程，其间微妙的差异，不免被拿着放大镜观察、辨析、评说。谁都明白，对于大学来说，学术委员会很重要，因其负责全校的学术事务，值得认真经营。于是，北大、清华两大名校开始在此大做文章。《清华大学章程》规定校长不担任学术委员会委员，以便凸显"教授治校"；《北京大学章程》则反其道而行之，选举学生代表进入学术委员会，目的是体现"校园民主"。站在大众传媒的立场，这两处"创新"可圈可点；可在一个关注大学传统及精神、熟悉学校内部运作、依旧相信某种程度的"师道尊严"的教授眼中，这两处改革均有很大隐患，且不太具备操作性。北大章程在校

内征求意见时,我陈述了自己的立场,但人微言轻,无济于事。相对而言,反而是中山大学创设的顾问董事会,不怎么显山露水,但值得关注。

说实话,要不是应邀参加母校的"顾问董事会",我不会注意到《中山大学章程》第六十五条:"学校设立顾问董事会。顾问董事会是学校的社会咨议机构和非行政常设机构,由关心、支持学校发展的各界人士组成,对学校的决策及重要工作提出参考性的意见或建议。"因中大章程并未附录"顾问董事会章程",故到底是何方神仙、怎样"作法",外界不得而知。我注意到了,前有校友总会(第五十六条),后有教育发展基金会(第六十六条),所谓团结广大校友,吸收社会捐赠,募集教育资金,应该不是"顾问董事会"的主要任务。那它到底是干什么的?恐怕连主事者也说不太清楚。如此只可意会难以言传、神龙见首不见尾的第六十五条,等于是预留一个空壳,任凭中大自由发挥——做不好,当盲肠舍弃;做得好,则是制度创新。

(初刊于《南方周末》2014年11月20日)

大学如何接受监督

2007年,我应邀出席广州大学"学校文化建设论坛",做了《从"文化的观点"看"大学"》的专题演说,此文与我在"广州讲坛"所做的《当代中国大学解读》互为呼应,本无惊人之论,不料经由记者的生花妙笔,竟引起了很大的动静。关于大学校长的职能及选拔机制,因报道语焉不详,让人疑窦丛生,迫使我专门撰文辨析(《我为什么反对一流学者当校长》,载《南方都市报》2007年10月18日);至于批评中国大学越来越像官场,反驳者称:中国大学本来就是官场,要不校长书记怎么会有行政级别?

这个话题属于常识,可谓路人皆知,但要改也难。于是,舆论拐了一个弯,讨论起大学如何去行政化。所谓大学"去行政化",本是个不太准确的提法;但因约定俗成,大家心里明白是怎么回事,也就照说不误了。官场习气浸染大学校园,如冰冻三尺,非一日之寒。你尽可认定"子规夜半犹啼血,不信东风唤不回",但现实生活中,解冻的春风就是迟迟不来。

近些年来，常有人撰文怀念民国年间的大学校长，我在《为何"民国大学校长"难以重现》(《看历史》2013年第9期)中提及："不能说那时的校长全都这么高尚，但请记得，民国年间的大学校长是没有级别的，做事情也比今天要难得多。……我特别佩服那些有远见、有智慧且有担当的校长们，他们能在那么艰难的环境下挺直腰杆走过来，完成自己所承担的历史使命，实在不简单。"今天的情况很不一样，大学校长是教育部任命的，其独立性大打折扣，不可能再像蔡元培那样坚守自己的教育理念了。对他们来说，照章办事容易；若想制度创新，其难度一点不比蔡元培当年小。

从校长、书记到院长、系主任，再到普通教授，今天的中国大学，能昂头挺胸、不看领导脸色行事的，不说绝对没有，但必定是越来越少了。即便你平日行事不卑不亢，但作为学校领导，不敢也不能"逞才使气"。须知校长任命、财政拨款、学位授予、课程设置等，都是教育部决定的，你哪能自作主张？学校越来越趋同，领导越来越平庸，如此遗憾，乃制度性的缺失。

怎么办？通过制定大学章程来确定办学主体的立场、功能及职责，某种程度上就是为大学"立法"。世人都说，此举可以赋予大学更多的办学自主权。不过，中国大陆任何一所公立大学在制定章程时，都必须在第一章"总则"里凸显以下三条：第一，"学校由国家举办，由国务院教育行政部门主管"；第二，"学校实行中国共产党某某大学委员会领导下的校长负责制"；第三，"校长是学校的法定代表人"。在不违背此大原则的前提下，各大学的主事者方才可以驰骋想象、挥洒才华。

我关心的是，如何防止各大学在争取办学自主权时，滑向另一个极端——中国的事，特别忌讳"一统就死，一放就乱"。这既寄希望于各大学的自尊自爱,奋发图强,有所为有所不为;同时也得加强外部监督。

这里所说的外部监督,包括新闻媒体,更包括专家同行。如今的巨型大学,动辄师生数万,加上学科文化的复杂性,其是非曲直,不是外行人一眼就能看得懂的。有人抄袭,有人作弊,有人贪污受贿,这些都好办,依法处置就是了。但涉及办学思路、专业设置、科研方向、人事制度、学校风气等,必须是专家才能读得懂、看得出、说得清。面对清廉而刚愎自用、能干而结党营私、热情而脑子混乱的大学领导,纪检及审计部门是无能为力的。而谁又能保证"清廉"的校长书记就不会开历史倒车,并导致学校陷入严重危机呢?

我关注中山大学创设的"顾问董事会",真心希望其能发挥咨询、监督、协商的作用。"为学校制订整体战略与政策提供咨询",这是《中山大学顾问董事会章程》中写明的;我自作多情,加上了一句"监督与协商",是希望每年一次的年会上,特立独行的董事们,不仅仅是捐款、鼓掌、说好话,还包括倾听、思考、批评、建议——让学校在做重大决策时,或防患于未然,或及早地纠偏。

"旁观者"不一定就"清",但因与学校没有隶属关系,也不存在利益冲突,若被赋予一定的权力,这"顾问董事会"说不定真可以帮助中大开拓视野、堵塞漏洞、完善机制。若真如是,那就是很漂亮的"擦边球"了。

(初刊于《南方周末》2014年12月12日,刊出时改题《大学如何"去行政化"》)

制度创新的可能性

当下中国的大学改革,其局面扑朔迷离——能说的不一定能做,能做的不一定能说,能说能做的公众不一定叫好,上下皆欣赏的又不一定能推行。也正因此,各大学的领导只好自作主张,"八仙过海各显神通"去了。中山大学之创设顾问董事会,便是此大潮中的一朵浪花。

新近颁布的《中山大学章程》,其"序言"称,学校致力于建设成为"具有广泛国际影响的中国的世界一流大学"。不是所有大学都具备成为"世界一流大学"的可能性的,但中大有这个底气,也有这个机遇。最近二十年,中大不太张扬,也不怎么被媒体关注与挑剔,一直默默地、但很有成效地在走上坡路。而在"争取各方面的支持和帮助"上,中大也有很大的发展空间,加上身段柔和,低调务实,在大学管理方面(如政治课改革、人事制度设计、教师聘任及考核、经费募集方式、"善待学生"理念等),一步一个脚印,做了不少很好的尝试。这一回的创设"顾问董事会",若能在大的方向上有所突破,兼及独立与尊严、教学与研究、学院与市场、国际化与本土性,则中大前途无量。

问题在于,此等制度创新,是否真能落实?先说两个特例,次说近年我参与的广东两所大学的制度建设,回过头来再谈中大的故事。

国内大学中,最早成立董事会,且在组织框架上将"校董会"置于校长、书记之上的,当推李嘉诚基金会鼎力支持的汕头大学。1986年6月邓小平在京会见李嘉诚时称:"汕头大学要办得更加开放一些,逐步办成国家重点大学。"第二年7月,尚在基建中的汕头大学成立校董会,但依旧是一所公立大学。二十多年过去了,汕大虽也取得了不小的成绩,但比起稍晚成立的香港科技大学(1991),还是颇有距离——可见"董事会"不是万灵药。

至于大学设立顾问委员会,最有名的莫过于清华大学经济管理学院。2000年10月,兼任清华经管学院院长的国务院总理朱镕基出席了该院顾问委员会成立大会。以一国总理来兼任某大学某学院的院长,当然很容易组建规格极高、影响极大的顾问委员会。不说此举是否妥帖,但起码这是"不可复制"的个案。

2014年10月,我应韩山师范学院的邀请,回故乡潮州参加该校董事会成立大会。坐在我旁边的泰国著名实业家陈汉士,是韩山师院老校友,跟我一样"欣然出任"校董会副主席。老先生跟我嘀咕,他在泰国也当过某大学的董事,怎么跟这里的不一样?接下来问我:这董事会选不选校长?我说不选;聘不聘讲座教授?不聘;颁不颁学位?不颁。那要我们来干什么?你的任务是帮助筹集办学资金,我则经常回来讲学。老先生八十岁,听了我的开导,一脸茫然:"这是董事会干的活吗?"我的回答很坚定:"这是'中国特色'的董事会。"

大前年(2011),也是金秋十月,深圳大学召开第五届学术委员会成立大会暨委员聘任仪式,我有幸参加。原因是,深大校长厉行改

革,希望通过重组学术委员会,促进大学的教授治学与民主管理。具体措施是所有校领导撤出学术委员会,21名学术委员中,8名是外聘的国内外著名学者。聘任会上,校长慷慨陈词:以后深圳大学怎么办,谁当教授谁不当,就听你们的了。感动之余,我当即表示不敢当:偶尔出出主意可以,介入大学的实际运作,既做不到,也做不好。外来和尚胡乱念经,是很讨人嫌的。大概是内部反弹太激烈了,送出印制精美的聘书后,未见深大有进一步的举措。我的担忧于是也就成为多余的了。

深圳大学和韩山师院的校长都是理想主义者,很想有所作为,作为交往多年的老朋友,我当然尽量配合。看他们上下求索,左冲右突,还是无法突破藩篱,我明白此中艰难。要说借助校外力量,兼及学术交流与资源配置,中大作为国内屈指可数的名校,处境比深大及韩山师院好多了。可若想制度创新,面临的困难其实是一样的。就看主事者如何发挥聪明才智,抓住很可能稍纵即逝的历史机遇,腾挪趋避,大展雄风。

回到这面目模糊的"顾问董事会",好处或许正在于其不太确定,随时可以移步变形。在"协助学校拓展资源"之外,若允许、鼓励乃至实现其"为学校教育事业发展中各重大问题、重大决策、重大项目提供咨询意见",制约大学的过度行政化,则不失为一种值得期待的制度创新。

(初刊于《南方周末》2015年1月8日)

"大亚洲"的理想与现实

选择"孙中山与'亚洲命运共同体'的未来"作为会议主题，表面上是接续九十多年前孙中山关于"大亚洲主义"的演说，可真正关切的，其实是一个多世纪以来错综复杂的中日关系。因此，历史学家对此演说的内涵、背景及意义的考辨与论述，固然值得认真参考，但并非我们的工作目标。

作为理想型的政治家，孙中山在特定的历史氛围中，应邀为日本民众阐述"大亚洲主义"（此乃命题作文，即开篇所说的"今天大家定了一个问题，请我来讲演，这个问题是'大亚洲主义'"），博得了现场的阵阵掌声。但其反对"专用武力压迫人的文化"，主张"王道的文化"；希望亚洲各被压迫国家联合起来，共同阻遏西方殖民主义东渐；努力恢复民族平等，最终达成世界主义的立场。虽高屋建瓴，但这在当年没有任何可操作性。

天下大势、国家战略以及政治家的个人意愿，三者之间往往并不同调。再好的政治家，心里想的，不见得说得出来；说出来的，不见得传得开去；传得开去的，不见得真能落实。呼吁亚洲各国政府及民

众以仁义道德为根基，形成一个"亚洲共同体"，以对抗喜欢诉诸武力、强权霸道的欧洲，如此高蹈的论述姿态，面临很多现实的制约。不说"东方的文化是王道，西方的文化是霸道"这样的概括是否合理，就说亚洲大小国家团结起来对抗欧洲霸权，谁来领头？那个被孙中山寄予厚望的"优等生"日本，正忙着小步快跑"脱亚入欧"呢，哪会顾及诸多积弱贫困的穷兄弟。

现实政治是很残酷的，不要说百年前，今天的亚洲，也都缺乏共同利益、共同价值观、共同发展目标，乃至共同的敌人。欧共体虽不太理想，近日更有英国选择离开，但大格局仍在；相形之下，亚洲内部纷争更多，远不到谈论"一个亚洲"的时候。这里有外部势力的插足，也与内部立场、利益及发展水平差异太大有关。不是说欧洲不能挑战，而是你站在什么立场来挑战——统一的亚洲本就不存在，你想代表被压迫民族的心声及利益，人家不见得愿意被你代表；各国政府及民众更多的是关于自身利益的计算，还有合纵连横的考量。

可为什么这么一篇在我看来书生气十足的文章，多年后还会引起这么多人的共鸣、关注与怀想，甚至不断与之展开对话？因为它体现了一种"虽不能至，心向往之"的理想境界。

另外，纵观孙中山此前相关论述，我们可将此"大亚洲主义"的演讲，仔细分解成以下四个层面：第一，世界大同理想映照下的亚洲共同体；第二，中日两国如何互相提携；第三，寻求改革的政治家有无可能借力日本政府或民众；第四，怎样借鉴日本明治维新经验，实现中华民族的伟大复兴。这四句话，并不在同一层面上，有时甚至互相矛盾。比如，一衣带水的中日两国，不一定能长久地和睦相处。两者利益攸关，既有合作，更含竞争，此起彼伏之时，最容易爆发激烈冲突。不说晚清以降多次的热战与冷战，就说当下的中日关系，便让人忧心不已，回想当初孙中山"大亚洲主义"的论述，更是感慨系之。

政治家的论述，不免带有某种策略性，尤其是孙中山借力日本的思路，并非无懈可击。反而是其再三向明治维新致敬，代表了那个时代绝大多数先进知识者的共同立场。另外，"寄希望于日本（中国）人民"之类的说法尽管有点虚无缥缈，但用民间外交的方式，影响对方国家的舆论走向，我以为还是很要紧的。

如何在变化的世界格局中构建富有新意的中日关系，非我所能及。作为人文学者，我相信文化及教育的力量，我们能做的，就是尽可能地帮助本国民众理解另一个国度，抑制自家过度膨胀的民族主义情绪。记得二十五年前我第一次到日本，听到中日之间"友谊容易，理解很难"的告诫，真的如醍醐灌顶。在国家利益、政治家眼光与大众关怀之间，还应该有读书人的独立思考与自由表达。时隔二十年，我决定增订重刊《阅读日本》，序言中故意引鲁迅的《〈出了象牙之塔〉后记》，称自家写作"并非想揭邻人的缺失，来聊博国人的快意"；相反，我受五四新文化的影响，始终警惕鲁迅所讥讽的"爱国的自大"。在我看来，理解并尊重那些跟你不一样的国度、民族、文化、风景，这既是心态，也是修养。

不唱亚洲主义之类的高调，若能在某种程度上引导民意，让中日两国民众更多地看到对方的好处与长处，理解各自的利益与困境，而不是一味地以己之长攻彼之短，经过若干年的共同努力，度过这动荡不安、充满危机与变数的磨合期，则亚洲幸甚。

2016 年 6 月 27 日于京西圆明园花园

（此乃作者于 2016 年 7 月 12 日在"东京中山论坛"上的发言，初刊于《中华读书报》2016 年 8 月 3 日）

中大的校魂

　　一所好的大学，除了有大师与大楼，还得有历史，有传统，有诗意，有精神。最后一点尤其难，因为有点玄虚，精神如何体现，总不能只是引引校训吧？十五年前，我写《大学排名、大学精神与大学故事》(《教育学报》2005年第1期)，其中有：大家知道，"校训"是主事者对于未来的期待，不是历史总结。互联网上曾流行各大学的校训，我仔细看了，大同小异。很多大学校长及校史专家，都特别爱提校训，似乎这东西真的就像魔咒，有旋转乾坤之力。在我看来，校训没那么重要，它只是表达了一种愿望而已。如果办大学只是拟定校训，那就太容易了，交给中文系教授就行了。虽然孙中山1924年11月11日在广东大学举行成立典礼时亲笔题写的"博学·审问·慎思·明辨·笃行"很精彩，但很难说这出自《礼记·中庸》的十字训词决定了中大日后的命运。再说，到目前为止，北大没有统一的校训与校歌，只有什么什么传统、什么什么精神，不也办得很不错？

　　要说孙中山关于大学的题词，真正体现政治家的远见卓识，对现代中国高等教育起巨大影响的,不是这十字训词,而是1923年12月在岭南大学怀士堂发表的演说,鼓励青年学生"立志要做大事,不可要做大官"。1952年院系调整,中山大学迁入康乐园,怀士堂上镌刻的这段话,因而也就成了不少中大人的座右铭。二十多年前,我在《读书》杂志(1996年第3期)发表《最后一个"王者师"》,从晚清康有为说起,辨析近代中国的政、学分途。西方教育制度的引进,以及科举制度的退出历史舞台,使得中国读书人的观念开始转变。"读书"不是为了"做官",这是晚清不少有识之士的共同见解,起码章太炎、蔡元培、严复、梁启超、吴稚晖等都有过明确的表述。而怀士堂上镌刻着的孙中山题词,便是此思潮的巨大回响。我在文中提及:"今年春天回母校访问,发现题词没了,大概是为了恢复那座小礼堂原先的风韵吧?我有点怅然。"文章发表后,承朋友告知,此题词乃中大精魂,不可能被取消,只是因重修而暂时遮蔽。于是,赶紧撰文更正。

孙中山所说的"大事",乃利国利民,惊天动地,属于今人眼中的正能量,而不是折腾得全国人民死去活来的"好大喜功",或日常口语中的"兄弟你可摊上大事了"。依照中山先生的思路,我略做延伸:第一,不做大官的,也可以做成大事;第二,当了大官的,不见得就能成就大事;第三,本校对于毕业生的期待,将做成大事看得比当上大官还重要。唯一没谈妥的是,有些"大事",确实非"大官"做不了。怎么办?这里暂不深究。

孙中山这段话,与此前五年蔡元培的《就任北京大学校长之演说》(1917年1月9日)有异曲同工之妙。蔡先生称:"大学者,研究高深学问者也。"1919年8月,蔡元培应北大新潮社要求,为编印《蔡子民先生言行录》作《传略》,提及其改造老北大的努力:"乃于第一日对学生演说,即揭破'大学学生,当以研究学术为天责,不当以大学

为升官发财之阶梯'云云。"1934年元旦,蔡元培撰写《我在北京大学的经历》,重提这段名言,以为自己改变了中国人"科举时代遗留下来劣根性"。真没想到,百年后各大学纪念校庆,仍按官位大小排列校友,那些研究高深学问的,最多只能叨陪末座。我承认,孙中山、蔡元培此类论述如今备受挑战,当下的中国人,越来越看重权位,动辄称扬地市级、省部级、副国级,此风气愈演愈烈,真让人无语。

我很推崇孙中山、蔡元培等人的教育理念——像中大、北大这样的综合性大学,不同于黄埔军校或中央党校,确实应以研究高深学问、培养专业人才为中心。日后有人成为政治家,当了大官,不管做得好坏,都与大学教育基本无关,是他自己努力的结果。大学硬要认领这份光荣,还想总结经验,然后依样画葫芦,制造出众多高官来,我以为是自作多情;更重要的是,此举扭曲了大学精神。

好几次应邀回广州参加中大的纪念活动,我注意到一个细节,校长、书记在介绍嘉宾时,故意把我们这些没有行政级别的学者放在前面,这让我很感动。我当然明白,对学校的实际运作更有帮助的,是后面出台的各级官员。学校以"远道而来"作为幌子,优先介绍学者,实际上是想传达一种"尊重学问"的信念。讲当下,自然是官大声音大;长远看,则不一定是这个样子。以中大为例,历史系教授陈寅恪在思想史、学术史、文化史乃至一般读书人心目中的地位,就远大于当年保护他的高官、中共中南局第一书记陶铸。今天已然这样,五十年或一百年后更是如此。

我在中山大学2013届毕业典礼上发表祝辞,题为《"做大事"与"做大官"》(初刊于《南方都市报》2013年6月25日),最后是:各位即将走出中大校门,万一将来当了大官,请记得孙中山先生的教诲,或套用《七品芝麻官》中的说法:"当官不为民做主,不如回家卖红薯。"更大的可能性是，你们中的很多人，都将像我一样，"碌碌"而"有为"，只是无心或无望于仕途。若真的这样，请记得，只要把眼下的工作做好、做精、做透、做到"登峰造极"，管他是什么级别，母校都会欢迎你，替你骄傲，为你喝彩。因为，这是一所把"做大事"看得比"做大官"还重要的大学。演说结束后，许宁生校长把我的手都握痛了，更有好多中大老人——当官的或不当官的——从《南方都市报》上读到我的演说，纷纷打电话或写信致意。

这就说到了作为政治家，孙中山不仅手创了广东大学——也就是日后的中山大学，其目光所及，其实是整个中国高等教育。2016年10月23日我在"2016北京中山论坛——孙中山与中国梦"上发言，题为《政治家的教育梦——孙中山关于教育的六次演说》（初刊于《中华读书报》2016年10月19日）。

若从1917年护法运动说起，毕生致力于国民革命的孙中山，晚年逐渐从单一注重政治与军事转为兼及教育与宣传。查中国社科院近代史研究所编《孙中山全集》（中华书局，2011年）第四至第十一卷，在众多任命、训令、指令、复函、批文间，起码夹杂十六篇关于教育的专题演说。这里钩稽的是针对学校师生或教育界人士的演讲，不含借用学校场所，主要面对社会各界或党内人士者。唯一感到遗憾的是，1924年1月24日和2月4日孙中山颁布大元帅令，创办影响极为深远的一武（陆军军官学校，即黄埔军校）一文（国立广东大学，后改为中山大学）两大名校，前者有开学典礼致辞，后者则因其准备北上，而未能照原计划亲临讲话。考虑到日后中山大学"山高水长"，确定起点很重要，故不能遗漏第九卷的《着创建国立广东大学令》。

作为高瞻远瞩的革命家，孙中山面对教育界人士时，大都谈的是政治，如"救国之急务"，或"三民主义的精髓"。但以下六篇演说，

更多切入教育问题,其提问方式及思考问题的方向别具一格,至今仍有其独特魅力。现按时间顺序排列,借以观察政治家眼中"理想的教育"到底是怎样的——1921年6月30日,《在广东省第五次教育大会闭幕式的演说》;1923年8月15日,《在广州全国学生评议会的演说》;1923年12月21日,《在广州岭南学生欢迎会的演说》;1924年4月4日,《在广东第一女子师范学校校庆纪念会的演说》;1924年6月16日,《在陆军军官学校开学典礼上的演说》;1924年6月29日,《在广州国民党讲习所开学典礼的演说》。

同是谈教育,政治家与学问家,因立场及视野不同,下判断时会有很大差异。百年后回望,可以看得很清楚,晚年孙中山对于教育功用的理解与强调,更多地基于党派立场,但其一连串叩问——如教育家是否以不谈政治为高、青年学生到底该承担什么样的社会责任、做大事与做大官的关系、平民教育怎样推进、高深学问与革命精神如何协调、枪炮的奋斗能否与语言文字的奋斗相辅相成等,都是"真问题",时至今日,依旧值得我们认真回应。

1932年11月11日,中山大学举行成立八周年纪念,创校校长、也是时任校长邹鲁发表题为《总理伟大人格与中大特质》的演讲,称:"凡各大学各有他的特质,好像前贤讲学,各有其一种特具的精神一样。孙总理手创本校,自然也有其一种特质——特别的精神。"这种特别的精神,在邹鲁校长看来,一是人格,二是主义。前者体现为"只见他一进一退,一举一动,无不为社会谋利益,为世界人群谋福利的精神而已"。第二年,在中大九周年纪念会上,邹鲁发表《中山大学员生之使命》,其中有:"故当兹九周年纪念之期,隆重举行总理铜像揭幕典礼,使此后总理之仪容朝夕在目,一如当年之耳提面命,俾全校生员时有总理如在其上,如在其左右,以为策励。"今天,所有中山大学园区都有孙中山铜像，所有在中大念过书的学子，都曾在孙中山先生目光的注视下茁壮成长。某种意义上，中山先生就是中大的校魂——其人格、其精神、其旗帜、其光环始终庇护着这所名校的无数师生员工，督促他们逢山开路、遇水架桥，走过这艰难而又辉煌的九十五年。

我之所以将孙中山先生称为"中大的校魂"，是相对于南开大学尊称严修为"校父"，厦门大学尊称陈嘉庚为"校主"——孙中山之于中山大学，其影响力无疑更为强大，也更为持久。不是说孙中山对于这所大学的规划十分周密，相反，其直接论述其实很少；关键在于，作为一面旗帜，孙中山代表了中大理想性的一面——不屈不挠，砥砺前行。这种精神感召力，是中山大学巨大的无形资产，只是并非自然习得，而需要后来者不断地追怀与阐释，以及在实践中发扬光大。

眼看百年庆典即将来临，作为中大校友，我们有义务为母校增光添彩，请问诸位，准备好了吗？

2019年11月24日草于京西圆明园花园

（2019年11月30日在全国政协礼堂举办的"中山大学北京校友会志庆母校成立95周年暨2019年会"上的主旨发言）

南国学人的志趣与情怀

——读黄天骥教授近著四种

一 访谈内外

读《文艺研究》今年（2015）第9期所刊《固本培元　融会贯通——黄天骥教授访谈录》（李颖），感觉甚好，当即给黄老师发去短信，表示祝贺。作为中国艺术学科最为重要的学术刊物，《文艺研究》每期推出一位著名学者的访谈录，已经坚持许多年。有的学者学问很好，但如同铜壶里煮水饺——倒不出来；有的学者则相反，说得天花乱坠，但学问平平。学问好，人有趣，且能说善道，这样的天作之合其实不太多。

几年前，我为自家《京西答客问》（凤凰出版社，2012年）写序，谈及此类由"问"与"答"构成的"文章"，称"这里涉及合作双方的意愿、时机与能力，牵涉整理的过程与宗旨，最后，编辑乃至总编都还会插一杠子"。除了现代新闻学的视角，"答问"还有一个古老的渊源："问对体者，载昔人一时问答之辞，或设客难以著其意者也。"（吴讷《文章辨体序说》）中文系教授自然明白此中奥秘，接受专访并最终整理成文时，并非只是"畅所欲言"，往往还会将其作为"文章"来经营。

  黄天骥先生的这篇专访，包含"戏曲研究之路""团队建设与中山大学的戏曲学研究""诗词研究和诗文创作""岭南文化研究"四个部分，总的感觉是平实、准确，但不够"生猛"。这大概与被访者的刻意低调有关。黄老师回复我短信说："我生怕他们把我拔高了，反贻笑大方。"其实，放开谈，以黄老师的为人与为学，会有更精彩的呈现。

  即便如此，专访中谈及中大研究团队以及黄教授个人志趣的两段话，对我很有启示。二十世纪末王季思先生牵头整理出版《全元戏曲》，现在黄老师又领衔主编《全明戏曲》，建造如此浩大的学术工程，很容易给人错觉，以为中大的戏曲学研究就是整理文献。其实，中山大学的古代戏剧研究，起始于王季思教授和董每戡教授，前者的戏曲文献功夫与后者的重视舞台及戏剧史上的演出形态，可谓双翼齐飞。只是因董先生1957年被打成右派，离开中大回湖南，直到1979年5月落实政策方才归来，可第二年又病逝了，以致外界对于中大戏曲研究传统的理解，大都局限于王季思先生这条线。除了撰写多篇回忆文章，花时间编辑《董每戡文集》，黄老师还到处传扬董先生的学问与为人。

  更重要的是，以我对中大戏曲学团队的了解，能传承王季思先生学问的，不仅黄老师一人；而因个人才情及志趣，接续董每戡先生这条线的，大概只有黄天骥。在《情解西厢——〈西厢记〉创作论》（南方日报出版社，2011年）的结语中，黄老师提及："我在中山大学求学期间，王老师教我如何从事古代戏曲考证校注的工作，董老师教我如何从舞台演出的角度看待剧本。"因此，若讲黄天骥在学术史上的重要性，就在于其同时继承两位前辈的衣钵，兼及文献与舞台，融考证史料与鉴赏体会于一炉，使得中大的戏曲学研究不限于一家，而有更为开阔的学术视野，也具有了更多发展的可能性。这就用得上黄老师答问中的一段话："经过几代人的努力，我们这个团队形成了理论与实证相结合、文献考据与文学研究相结合、文献与文物研究相结合、文

与黄天骥先生在中大中文堂前合影（2014年）

献梳理与田野调查相结合的学术传统,在戏曲史、戏曲文献、戏曲文学、戏剧形态等各个分支,都取得了一定成绩。"话说得低调,但很到位。作为"不见外"的"外人",我可以补充一句:放眼国内外,眼下没有比中大更强大的戏曲学研究团队。

还有一层意思,我早就意识到,但没像黄老师本人说得那么清楚:"在我的学术生涯中,虽说是以戏曲为主,但不曾中断诗词的写作和研究。……我常常是带着诗词的眼光去研究戏曲,又带着戏曲的眼光去研究诗词。"为什么这么说呢?自王国维《宋元戏曲考》及吴梅《顾曲麈谈》问世,"中国戏曲史"逐渐成为一个专门领域,吸引了国内外很多专门家。这样一来,很少学者同时研究"唐诗宋词"与"元明清戏曲";即便这么做,成功的概率也不高。而对于坚信"岭南文化"的特点一是包容、二是交融的黄天骥来说,诗词与戏曲互参,属于"打通了,事半功倍",故值得认真尝试。

考虑到黄老师在诗词研究及戏曲学方面早已声名显赫,我更愿意谈论其业余写作的近著四种:《岭南感旧》(南方日报出版社,2012年)、《岭南新语:一个老广州人的文化随笔》(花城出版社,2014年)、《中大往事——一位学人半个世纪的随忆》(增订本)(南方日报出版社,2014年)、《黄天骥诗词曲十讲》(花城出版社,2015年)。在我看来,上述四书更能代表这位南国学人的志趣与情怀。

二 课堂魅力

黄天骥先生是戏曲史研究专家,但在我以及很多中大人眼中,黄老师首先是中山大学中文系教授。之所以强调"教师"这一"第一身份",并非多此一举,而是大有深意。几年前,我写过长文《"文学"

黄天骥先生与陈夏夫妇在广州合影（2021年）

如何"教育"——关于"文学课堂"的追怀、重构与阐释》（《中国文学学报》创刊号，2010年12月；收录于《作为学科的文学史》，北京大学出版社，2011年），谈到"后人论及某某教授，只谈'学问'大小，而不关心其'教学'好坏，这其实是偏颇的"。之所以如此重科研而轻教学，从技术层面看，"那是因为，文字寿于金石，声音随风飘逝，当初五彩缤纷的'课堂'，早已永远消失在历史深处"。直到今天，我还是认定，教授的第一位置应该是讲台，而不是书斋或实验室。只以"科研成果"论英雄、排座次，其结果便是今天中国大学课堂的"严重坍塌"。

黄天骥不一样，学问之外，讲课效果非常好。三十多年前在康乐园里听先生讲魏晋隋唐文学史的印象，至今仍历历在目。我在《失落

在康乐园的那些记忆》(《同舟共进》2013年第2期)中,曾回忆当初中大中文系的课程,其中涉及黄老师的是这一段:

> 毕业后同学聚会,最常提及的是黄老师的课,因他学问好,讲课很投入,声情并茂,当初就有很多粉丝。这回阅读课程表,有个"重大发现"——黄老师对自己的"讲课魅力"很自信,居然将为中文系七七级讲授"中国古代文学史(二)",排在星期六上午第一、二节!今天谁要是这么排课,那准是疯了。可当初没有任何问题,我们都起得来,未见有人抱怨或抗争。

这就能理解,为何我还没拿到《黄天骥诗词曲十讲》,就已经充满期待。

《黄天骥诗词曲十讲》的第一讲"学习诗词曲的缘由",主要谈"形象思维与逻辑思维"的关系,举汉代的天文学家张衡与意大利著名画家达·芬奇为例,这不稀奇,别人也会这么做。值得赞赏的,是黄老师拈出著名数学家、曾任复旦大学校长的苏步青先生的七律《咏水仙》。苏先生诗写得好,黄老师的解说也很精彩,更何况这首诗长期挂在中大名教授王季思先生家的客厅,人生阅历加上师友情谊,着实让人感动。接下来,黄老师开始拿中大教授"说事"了:

> 中山大学著名的昆虫学家蒲蛰龙院士,和微生物(学家)江静波教授(法国外籍院士),一位精于小提琴,曾应邀参加"羊城音乐花会"的演出,一位竟创作了长篇小说《师姐》,一时成为畅销书,获得了广东省的"鲁迅文学奖",后来还被珠江电影制片厂改编成电影。(第2—3页)

关于中大校园里文理兼修的教授,我还可以补充中文系黄家教教授的父亲黄际遇先生的故事。十多年前,我给师兄吴定宇编《走近中大》(四川人民出版社,2000年)写序,专门表彰这位抗战胜利后不幸于归程溺水而死的名教授。黄际遇教授乃中大数学天文系主任,兼教中文系高年级的"历代骈文",而且擅长书法,上课时用篆文书写黑板;还是围棋高手,著有《畴盦坐隐》。

第二讲"解开诗词的密码"中,讲述李商隐《锦瑟》诗部分很精彩:"当我们了解李商隐五十年来的生活与感情,再抓住'思华年'这有总括意义的三个字,捕捉住'惘然'的意境,诗的美学密码便可打开了。"(第40页)第八讲"理趣,诗和哲理的结合"着重分析初唐张若虚的《春江花月夜》,则让我仿佛进入时间隧道,回到当年的文学课堂。记得很清楚,那一讲黄老师特别动情,我们则听得如痴如醉。此讲是黄老师的保留节目,每回"演出"都很精彩。不过,我注意到,当年只在文学史的框架中上挂下联,这回则引入闻一多的"宇宙意识",还有霍金的《时间简史》,最后还从接受美学的角度,探讨这首名篇为何到明代中叶才引起广泛关注。

最有趣的还属第三讲"从比较中鉴析"。苏轼的《念奴娇·赤壁怀古》其实不好讲,因这首词早已进入中学课本。在大学讲,必须上一个台阶,才能吸引听众。引入杜牧的七绝《赤壁》、罗贯中的《三国演义》,还有苏轼本人在黄州所写的其他作品(如《赤壁赋》),这都在意料中。真正出奇制胜的是,在分析这首词的全篇结构时,黄老师竟引入戏曲表演中的"元帅出场":

> 显然,经过一番衬托,千呼万唤始出来的人,才是真正的主

> 角。我觉得，苏轼在《念奴娇》中的表现手法，和上述元帅出场的模样颇为相似。请勿以为他突出写周郎，便以为他以周郎为主角，其实，最后出场的元帅，正是苏轼自己。多情的周郎，也只不过是配角。（第94页）

说《赤壁怀古》中"周郎是宾，自己是主"，清人已有言在先；但引入戏曲表演的"元帅出场"，此前我没见过如此生动的解说。这显然与黄老师兼及诗词与戏剧的治学方法有关。

在《黄天骥诗词曲十讲》的"后记"中，黄老师提及1979年给我们七七级同学讲魏晋隋唐文学史，得到了某才女的笔记，"字迹娟秀，记录又十分详尽"，于是占为己有，算是教书几十年的纪念。这一回则是"鸟枪换炮"，听课学生将这门课的录音整理成文字，交给了他／她们特别崇拜的黄老师。"有了这份录音文本作基础，本书的编写工作就比较省力了。……文字上也作了改动，但尽可能保留原来讲课的语气。"说起来轻巧，真做起来，其实不容易。多年前，北大中文系研究生也曾将我讲授"明清散文研究"的课堂录音转化为文字，可我整理成书（《从文人之文到学者之文——明清散文研究》，三联书店，2004年）时，却花了不少工夫。此中甘苦在于，课堂讲究的是临场发挥，不以"深刻"或"严谨"见长。那些效果很好的"声音"，一旦落在纸上，很可能因不太准确或游离主题，而在后期制作时被删去。可缺了这些"闲话"，课堂实录也就少了许多趣味。

"后记"谦称此书"有时信口开河"，"语气也不够连贯清晰"，这其实正是课堂的特点——只有回到课堂，才能理解此书的好处。本该生动活泼、诗意盎然的文学课堂，不能讲得滴水不漏。文采飞扬中，偶有节外生枝或不严谨处，那是"必要的缺失"，完全可以接受。如

今的中文系,普遍重学问而轻鉴赏,把文学课讲得干巴巴,绝不是好现象。

近年风气略有变化,其中一个突出表现是,顾随的弟子叶嘉莹在南开大学以及全国各地讲授古诗词,受到热烈追捧。以我对黄老师的了解,若愿意暂时搁置戏曲研究的重任,专心经营诗词曲的讲授,其效果当不在叶嘉莹之下。谓予不信,请读这册"行文纵横捭阖,佳句随手拈来"的《黄天骥诗词曲十讲》。

三 大学故事

讲述老大学的故事,这本来是我的强项。自1998年刊行《北大旧事》(编)及《老北大的故事》(著),可以说是引领了好一阵子的"风骚"。去年,为纪念中山大学九十周年校庆,我在花城出版社刊行了《怀想中大》。这本小册子属于急就章,比起黄老师的《中大往事——一位学人半个世纪的随忆》(增订本)来,实在是小巫见大巫。唯一的好处是,经由一番尝试,我了解讲述中大故事的难处何在。

喜欢倾听或乐于传播中大故事的,除了校友,就是广东的民众及媒体。单就书籍的"卖点"而言,"中大故事"无论如何比不过"北大故事"。可也正因为不是热门话题,讲述者比较从容,没必要"满嘴跑火车"。这样的文章,交给1956年毕业于中山大学,而后长期任教中大中文系,至今仍在康乐园里辛勤耕耘的黄天骥教授来做,无疑是最合适的。作为多年老友,同为中大中文系教授的金钦俊先生为《中大往事——一位学人半个世纪的随忆》(增订本)撰序,称:"作为一种学者散文,此书充盈着茉莉花香似的淡淡的、幽幽的书卷香气。……至于行文中令人会心粲笑的庄谐并出,别具心思的雅中带俗,更是作者活泼、诙谐、生猛、灵动性情的折光,语趣意远,耐人寻味。"我同意金老师的判断,书中怀念黄海章、董每戡、容庚、王季思、吴宏聪那几篇,是写得最好的。笔下有温情,多细节描写,善于自嘲,且未曾刻意拔高自己的师长——甚至专门谈及王季思先生"文革"后的自我反省(第251—254页)。所有这些好处,几乎是一目了然。因此,我更愿意推荐以下几篇。

二十世纪五六十年代中国的大学生活遗憾多多,但不该被污名化。谈及当初学苏联时的"一边倒",黄老师有深刻的反省,但并未全盘否定(《"一边倒"种种》)。述及"大跃进"中在东莞虎门劳动,厕所内外师生对话,真的是妙趣横生(《赤脚大仙》)。此等文人谐谑,马上让我联想到废名的妙语:"莫须有先生脚踏双砖之上,悠然见南山。"(《莫须有先生传》)至于《"四清"漫记》中麦校长的自杀,着实让人感叹嘘唏;而讲述"文革"初期疯狂日子的《斗"牛"》,更是让人惊心动魄——作者的反省也很重要:"更有意思的是,有些被斗过的'牛',被'解放'以后,或是好了疮疤忘了痛,或是本身就有兽性,为了某种需要,也回过头来整人。其手法一如'斗牛者'。'左'的法力,真使人'叹为观止',更使人心寒。"(第93—94页)

最让我感兴趣的是以下二文:《"课堂讨论"和"拔白旗"》《高校"鸳鸯楼"纪事》。从苏联引进的"课堂讨论",作为一种很不错的教学方式,如何在"拔白旗"运动中发挥巨大作用,这我从来没有想过。文中这一段,值得教育史及思想史学者关注:

> 于是,长期以来经过"课堂讨论"养成的犀利泼辣的词锋,便大派用场了。为了在气势上压倒"白旗",参加"拔旗"者,也会断章取义,引经据典。由于教师在一开始就被置于"挨批"的

位置上,因此,尽管师生围坐于一室,但实际上是不平等的。(第42页)

"拔白旗"运动对被批斗的教师造成了严重伤害,也养成了强词夺理的霸道学风,但"要说服老师,同学们不得不经过认真准备",也有教授从某位同学批判他的发言中,觉察到这个青年的学术潜力。

书中写得最好的,当属《高校"鸳鸯楼"纪事》(第95—106页)。中山大学西区那栋教工集体宿舍,曾拥有"鸳鸯楼"的雅号,很多人则直呼之为"夫妇宿舍"。1960至1970年间,这里住着很多年轻的教职工夫妇,发生过很多让人啼笑皆非的故事。作者的笔墨很克制,且不乏自我调侃(如走廊上做饭如何充满乐趣等),但眼前发生的故事——如钱老师的精神错乱、余老师的闯下大祸等,实在让人笑不出来,甚至有点欲哭无泪的感觉。几年前,我曾约请北大中文系老师追怀筒子楼岁月,出版了《筒子楼的故事》(北京大学出版社,2010年)一书;单就文章而言,难得有像《高校"鸳鸯楼"纪事》这么精彩的篇章。大概是自幼调皮捣蛋,加上学的是戏曲,黄老师对生活中有趣的细节很关注,且擅长讲故事,故其回忆文章好读。

《中大往事——一位学人半个世纪的随忆》(增订本)中最让我感兴趣的,还是其附录的那21则碑记。二十世纪八十年代初,位于改革开放前线的中山大学,在全国高校首开接受外资捐楼的先例。为了答谢捐赠者,不仅冠名,而且为其立碑。而这撰写碑文的工作,就落在了中文系名教授黄天骥头上。如今漫步中大校园,凡新立的碑记,大都出自黄老师之手。若干年前,我曾应邀为中大某处建筑撰写碑文,思考了两天,还是断然谢绝——我知道碑记的分量,更晓得现代人撰写碑记的难处。像《重修乙丑进士牌坊记》(第285页),或《中山大学北门广场记》（第289页）那样的文章，涉及文物或校史，我努努力，大概也能写好；在我看来难度最大的，是为捐资建楼者立碑，如《梁銶琚堂记》《曾宪梓堂记》《英东体育中心落成记》等。好话要说够，但又不能说过头，免得后人戳脊梁骨；捐赠者乃工商名流，讲述其头衔及事迹，必定文白夹杂，很难保持风格的统一。立场必须不卑不亢，文章则追求雅俗共赏，这都不是容易做到的。读《"碑记"后面的故事》，方知黄教授在这方面做了很多探索："吃透捐建者的意愿和学校方面的想法、政策，当然是首要的；同时，采用什么样的表达形式、格调，也是必须考虑妥帖的。"而最后决定采取"骈散结合的较浅近的文言文"，目的是"让稍有文化修养的人，大致能看得懂；让文化水平较高的人，也觉得稍有嚼头"（第160—161页）。至于此文提及学校恭请商承祚教授书写某碑记时，商老因对"德高望重"四字看不下去，拒绝完成任务；直到改成"龄高德重"，他才愿意续写。如此一丝不苟中，透出读书人的傲气与骨气，实在令人敬佩。

四　文化关怀

在《中大往事——一位学人半个世纪的随忆》（增订本）所收答问中，黄老师提及："我觉得中大的学术风格最能体现岭南文化的特色——既是务实的、创新的，又是包容的、严谨的。""我觉得几代中大人形成的'中大精神'，实际上是'岭南文化'在学术领域中的体现。"（第310—311页）这或许是作为中大教授，黄老师愿意花很多时间撰写"一个老广州人的文化随笔"的缘故。

十年前，我为南方日报出版社推出的《广东历史文化行》撰写"引言"，其中有两句话，至今坚信不疑："并非每个出生于或长期生活

在广东的'读书人',都对这一区域的历史文化有足够的了解。""如何深情地凝视你生于斯长于斯的'这一方水土',是个既古老又新鲜的挑战。"(《深情凝视"这一方水土"》,《同舟共进》2006年第4期)很抱歉,我只是说说而已,并没有真为"这一方水土"作出贡献。黄老师不一样,竟然在主编卷帙浩繁的《全明戏曲》之余,抱着"写点散文,换换脑筋"的心态,在《南方都市报》开设"岭南感旧"、在《广州日报》开设"生猛广州·淡定广州"两个专栏,且最终均结集成书。

《岭南感旧》的开局很好,其中《八月十五竖中秋》《佳节又重阳》《市声》等,均在风土志与回忆录之间迂回徘徊,摇曳多姿,其中征引《东京梦华录》《广东新语》《羊城竹枝词》等,更是隐约可见其文体渊源。我对卷首的插页《蝶恋花·羊城十二月咏》特有好感,因其让我回到三十多年前羊城读书、春节逛花市的青春岁月:

二月倾城看花市,你买绯红,我买青蓝紫。灯下买花香满臂,眉头眼角盈春意。　正爱花容姣若此,更爱花枝,都似凌云骥。"卖懒"儿童知奋起,一声爆竹齐"恭喜"。

花市场景我熟悉,"卖懒"习俗却是读了《岭南感旧》中的《团年卖懒买花回》,方才有所了解。另外,这里的"眉头眼角盈春意",不仅是写实,更象征着改革开放初期广东人兴奋喜悦的心情。为何如此解读?因这组词撰于1983年春节期间,"记录我们这辈人在上世纪八十年代初的心境"(参见《〈岭南感旧〉后记》)。

就像《岭南感旧》的"后记"所说,作者"不'感'则已,一'感'起来,百感交集",于是整个写作越来越倾向于作为中大学人的回忆录,而不是岭南风土志。因此,书中的若干篇章,日后收录于

《中大往事——一位学人半个世纪的随忆》（增订本），就一点也不奇怪了。

胡传吉为《岭南感旧》撰序，提及"古有屈大均先生的《广东新语》，今有黄天骥先生的《岭南感旧》，两者对照，更见世事沧桑"。其实，单就写作宗旨及篇章结构而言，接近清人屈大均《广东新语》的，不是《岭南感旧》，而是其续作《岭南新语》。

《岭南新语》的分类虽没有《广东新语》那么繁复，但将72则短文分成"岁时""城垣""食俗""粤韵""市声"五辑，可见其追摹目标。回忆录的线索仍在，但风土志的轮廓日渐明晰，因此，《岭南感旧》的七夕、登高、卖懒、花市等习俗，在《岭南新语》中"重生"，并获得了另一种精彩呈现。作者世居广州西关，对广州城、广州人、广州的历史文化及生活习俗有深刻的理解，加上心态洒脱，文笔简洁，为这座历史悠久但又充满生机的古城撰写"新语"，是再适合不过的人选。

显然，作者不满足于传统的风土志，还希望有所拓展与创新，于是《岭南新语》还收录了12篇论述及访谈。单看题目，你就明白其立场与志趣：《生猛广州论说》《"及第粥"是观察广州人精神的一个窗口》《岭南文化就像一锅及第粥，讲究融合》《岭南文化是"不中不西，有中有西"》。为何说"及第粥"最能体现广州人的精神及趣味，黄老师是这么描述的：

> 及第粥的制作，其精妙处，正在于包容。它的材料，包容了植物和动物。植物有无味的米，有微辣的姜，微香的葱；动物有水上游的，地上跑的；肉质有稍稍松软的，有较具嚼头的，它们各具有不同的蛋白质和养分。至于烹饪，则包容了文火、武火等

方式。有些外地朋友，以单纯为美，讲究地道、正宗，而广州人却乐于把不同特质的东西汇于一炉。这兼容并蓄的品性，也直接作用于广州人的舌头，于是我们的味蕾，也有包容的嗜好。（第130—131页）

除了味道鲜美，还有广州人重口彩、讲意头的风气，这才促成了考生临阵前吃及第粥的习俗。而从这习俗中，黄天骥先生读出了"善于吸纳交融而至于创新，乃是广州人特具的品性"（第131页）。

谈及岭南文化的特质，黄先生不喜欢"务实""进取"等空洞的口号，而更倾向于从食品及习俗角度展开论述，这我是很认同的。同样生活在广东这块土地上，广府人、潮汕人、客家人三大族群，无论方言、习俗还是文化趣味，均有不小的差异。只是放在全国范围，非要为"广东人"画一幅肖像（即便是漫画像）不可，黄老师的描述还是相当精彩的：

> 广东人最大的特点就是生猛和淡定。生猛指的是广东人思维活跃；淡定指的是我们对生活有信心，很会享受生活，比较乐天知命。所以在接受外来文化的时候，也不会有那么强的抗拒心理。（第356页）

研究地方文化时，专挑好的说，且要求朗朗上口，这是大众传媒的特点；至于有一利必有一弊，广东人性格上的缺憾，那就留给专家们去辨析吧。

我对黄老师拈出"生猛"和"淡定"来描述广东人的性格很感兴趣。因为，按一般理解，"生猛"者风风火火、朝气蓬勃；"淡定"者

则优游舒泰、从容不迫,二者截然相反,如何熔为一炉?这你就不用着急了,黄老师自有办法:

古人有云:"动如脱兔,静如处子。"广州人的品性,庶几近之。(第5页)

如此动静结合,张弛有度,当然很好了,但就怕过于理想化。好在还有一句老话:"虽不能至,心向往之。"

五 学人志趣

虽说离开康乐园已经三十多年,因工作关系,我经常回母校。目的是看看绿草如茵的校园,探望日渐衰老的师长,也欣赏青春勃发的学弟学妹。很奇怪,别的人会长大,也会变老,但黄老师似乎三十年没什么变化,永远都是那么乐呵呵的,且童心不泯。偶然在校园里碰见,居然从脚踏车飞身而下,打个招呼,说声游泳去,转眼就不见了人影。猛然间想起,我这位活力四射的老师,1935年出生,今年该过八十大寿了,居然还如此"生猛"。

我在中大读了本科及硕士,康乐园里有不少我所熟悉的学识渊博的师长。但像黄老师这样喜欢跟年轻人混在一起(如出书时专找年轻人写序),说说笑笑、吵吵闹闹的,却是独一份。很多学弟学妹告诉我,跟黄老师在一起,双方都没有精神负担,很愉快。这大概是黄老师"永葆青春"的独门秘诀。看他在校园里走路、讲课、发言,从来都是眉飞色舞——热爱自己的专业,热爱自己的大学,热爱自己的城市,热爱自己的生活方式,这样的教授当然可爱。

  某次我在中文堂演讲,黄老师自告奋勇当主持。说实话,我当时的感觉是压力山大。因为,黄老师调动现场听众情绪的能力,非我所能及。相形之下,我精心准备的专题演讲,被他的诸多即兴发挥压下去了。后来想想,这也没什么,黄老师本来就是研究戏剧的,将讲台变成了舞台,乃是本色当行。

  有学问,勤著述,拿得起,放得下,能雅能俗,没大没小,这样的教授,我在北京没有见到过。我当中大北京校友会会长那几年,凡学校派人来京组织活动,代表团中必有黄老师;而有黄老师在的场子,必定是红红火火。后来才知道,每回中大组织大型活动,如毕业典礼或校友聚会,都会恭请黄老师"友情出演";而黄老师也都欣然接受,且每次都不辱使命。研究戏剧的黄天骥老师,"舞台感"很好,且有"人来疯"的一面,越是大场子,他的表演就越出色。

  这就说到了南国学人的志趣与情怀:有足够的聪明才智,但从不故作高深,也不推崇悬梁苦读,欢天喜地做学问,能走多远算多远,这或许就是黄天骥教授之所以"生猛"且"淡定"的缘故。

2015 年 11 月 23 日于京西圆明园花园

(初刊于《羊城晚报》2015 年 11 月 29 日)

岭南文化的新变与大湾区的未来

唐宋前僻居一隅的广东，明代以后方才急起直追，其逐渐崛起的身姿，可作为中国文化重心南移的象征来解读。很长一段时间里，岭南在经济与文化上，远不及中原地区；可晚清以降，广东人的所作所为，实在是可圈可点。

记得梁启超写过一篇《世界史上广东之位置》（1905年），大意是说：就中国史观之，僻居岭南的广东有如鸡肋；就世界史观之，地处交通要道的广东至关重要。正因与海外交通的便利，广东人养成剽悍活泼、进取冒险的性格，"故其人对内竞争力甚薄，而对外竞争力差强"。具体结论可以商榷，但其思路值得注意，起码让我们意识到：论述任何对象，参照系变了，学术思路以及评价标准都会随之转移。

十年前，我写过一篇《"三足"能否"鼎立"——都市文化的竞争与对话》（2011年），谈穗深港三大城。单就人口规模而言，广州1 270万，深圳1 035万，香港710万，都是特大型城市；讲金融实力及人均产值，目前香港遥遥领先，可三城间的差距正日渐缩小。我

坚信，不远的将来，香港、广州、深圳都将成为繁华似锦的国际性大都市。在这么小的一个地区（广深港高铁建成后，从广州经深圳到香港，全程142公里，只需48分钟），集中三座同样有岭南文化基因的大都市，形成三足鼎立的局面，如此壮观景象，让人浮想联翩——三城间能否真诚合作、携手前行，以致好戏连台？今天看来，此设想必须修正，加上澳门，这大湾区的图画方才更完美。

所谓共同的方言、习俗与文化记忆，其实只是大致而言，指向其同属传统意义上的"岭南文化"。那么，你问岭南文化的特质是什么，我相信十个人会有十种说法，且都有道理。我自己更倾向于感性的描述——如注重实用，少讲排场，理性低调，灵活机动，不欣赏"吊死在一棵树上"，也不追求"不到黄河心不死"。另外，因广州在大一统时代从来不曾做过帝都，对日常生活、经济运作、文化创造起决定性影响的，往往是民间的立场、民间的力量、民间的趣味。

广州人的自信与从容，使得其敢于肯定"粤语"作为一种方言的"正能量"，这是很有远见的。当下中国，大部分地区的方言都已退出了课堂乃至文坛，而只在日常生活中流通的方言，必定日渐世俗与粗鄙，无法参与到日新月异的学术、思想、文化建设中。因为香港、澳门的存在，加上珠三角强大的经济实力，粤语至今还能"上得厅堂，下得厨房"，保持其鲜活生猛的状态，长远看，这是巨大的财富——"开眼看世界"的同时，能不能"低头思故乡"，这是判断一个城市的文化是否成熟的重要标志。这里所说的"故乡"，包括典籍文化、衣食住行、语言表达、精神状态等。

岭南文化并非活化石，而是在不断蜕变中获取新生。改革开放以来，大量移民进入广东，尤其是经济发达的珠三角。一个偶然的机会，听一位彝族朋友说，在珠三角打工的来自四川及云南的彝族人有

录制"岭南文化的新变与大湾区的未来"演讲视频

30万,基本保留他们原先的文化及生活方式,还举行了第一届火把节,真让我大吃一惊。查阅相关资料,国家统计局发布第六次全国人口普查,2015年底,广东已经超过河南,常住人口达到1.04亿人,也是全国唯一一个常住人口数量超过1亿的省份。从流动人口数量来看,广东流动人口数量最为庞大,为3 128万人,占常住人口的30%,占全国流动人口的12%。其中,属于省外的有2 150万人,省内的978万人。

如此大规模的人口流动,还有纯正的岭南文化吗?或者说,所谓的"岭南文化"还能不受其他区域文化的感染吗?不说移民城市深圳,普通话早就成了主流语言;以前大城市广州或我的家乡小城潮州,很多人都不会讲普通话,现在呢,最低也都是"识听唔识讲"。至于饮食,更是五花八门,吃辣椒、喝茅台,这些原本不是我们的习惯。名满天下的粤菜、潮菜等,也都在与时俱进——离家几十年,发现家乡人的口味已有很大变化。我们不要求家乡成为某一地域文化的博物馆,但最好在移步变形中,既保留某种基因,又不断增长活力。

学者谈论地域文化时,大都喜欢从远古说起。可在我看来,相对于古代的基因,近代以降的历史进程更值得重视。任何有生命力的"传统",都具有自我修正、自我更新的能力。就像一条河流,有时潜入溶洞,不见踪影,有时又冲出地面,湍急奔腾,你必须登高望远,才能看清其大致走向。前些年广东评选"岭南十大文化名片",我曾为"广交会"入选叫好——创办于1957年的中国进出口商品交易会,每年春秋两季在广州举办,迄今已有五十多年历史,"是中国目前历史最长、层次最高、规模最大、商品种类最全、到会客商最多、成交效果最好的综合性国际贸易盛会"。

若谈学术研究及文化创造,身处高台不一定是好事。因一举一动备受关注与挑剔,缺少革新的动力与方向感,更容易因循守旧。反而是远离政治中心,从边缘处思考、发声,阻力较小,有可能获得真正的突破。回顾晚清以降一百多年历史,广州(及广东)曾多次扮演此类绝地反击、引领风气的关键角色,这点很让人欣慰。为何广东在二十世纪七八十年代的改革开放大潮中能"杀出一条血路",除了中央的精彩布局,也与此地历来"天高皇帝远",条条框框较少,故可"放手一搏"有关。

时代变了,任何区域文化都不可能墨守成规;外来文化引进,以及移民大量加入,岭南文化只能是"苟日新,日日新"——这就说到衣食住行之外,学术文化的重要性。

在我看来,谈岭南文化,饮食、服饰、工艺、建筑、方言及地方戏曲都很重要,但教育——尤其是高等教育必须上去,才有足够的学术视野与话语权。2015年7月22日,《广州日报》发表《广东2015年一本录取率上升 但上好大学还是难》,难到什么程度,我都不好意思说了。城市的竞争,某种意义上就是人才的竞争。使出浑身解数,

与黄天骥先生在广州楠枫书院对话（2021年）

吸纳自家所需的各路英豪，这一点，每个城市都在做，广州、深圳也不例外。从长远看，比起外出招聘，更重要的是自家的"造血"功能。作为教育大省的广东，在高等教育方面，成绩虽大，仍不太理想。

办大学，有钱不见得就能做好，但没钱绝对做不到。最近几年，广东在高等教育方面投资力度很大，急起直追，其成效让人刮目相看。2019年1月广东省政府印发《进一步提高高等教育毛入学率实施方案（2019—2021）》，提出新建迁建一批高校，改善已有高校的办学条件，扩大高校招生规模，为广东培养更多高素质人才。这当然是好事，但当局头脑必须清醒，走正路，迈大步，但不要太急于求成，方向对了，目标迟早能实现。就怕路走歪了，南辕北辙，那就太可惜了。

必须意识到，不管是教育还是文化，"国际化"与"本土性"，二

者并不截然矛盾，甚至可能互相扶持——相对而言，理工科更注重国际化，而人文社科对主体性及本土性有更明确的追求。在政府大张旗鼓地扶持科技学院的当下，有远见卓识的民间人士，应该明白"两条腿走路"的道理，那个广义上的、不断更新的岭南文化，仍值得我们认真经营——尤其是放在大湾区的视野中。

粤港澳大湾区建设是个高瞻远瞩的大战略，不仅瞩目于当下三地的经济互补、政制对话、文化融合，更是代表中华民族参与国际竞争。比起以经济协作为主的"京津冀一体化"或"长江三角洲城市群"来，粤港澳大湾区因体制不同，政情复杂，文化多元，操作难度更大，发展蓝图也更宏伟。因此，城市建设不能满足于技术性修补，而应着眼长远，从中华民族伟大复兴的高度来思考与落笔。

大湾区的经济总量是可以叠加的，但文化潜力就很难说了，融合得好是"加"，融合得不好就是"减"。三地民众能否同心协力，关键在教育。教育是百年大计，对政治、经济、科技的影响力不可低估。分开来看，粤港澳三地的教育各有长处，也各有短板，若能取长补短，可成为中国基础教育及高等教育的高地。不要说国内，放在国际上，也是很有竞争力的。有鉴于此，若能成立粤港澳大湾区教育联盟，选择三地部分优秀教育资源，采取邀请加盟的方式，有基本宗旨，而无强制措施，注重沟通与对话，强调合作与竞争，力图整体提升大湾区的教育及学术水准。若能在此过程中，逐步消弭意识形态隔阂，促进三地的社会稳定与可持续发展，则功莫大焉。

2021 年 5 月 9 日于京西圆明园花园

（初刊于《人民画报》2021 年第 6 期及 *China Pictorial* 2021 年 6 月）

我与深圳的文化因缘

承蒙深圳市南山区委宣传部雅意,委托前檐书店筹划"陈平原教授著作风采展",最初的定位是:"突出陈老师的学术贡献,兼及广东的在地情怀。"考虑到书店的特殊性,我建议主要谈新书《文学如何教育》和《小说史学面面观》;至于在地情怀,放弃广州和潮州,就讲我与深圳。

得到认可后,我上网检索,真是"不说不知道,一说吓一跳",以2009年11月15日的专题讲座为起点,至今我已在深圳出席了20场学术/文化活动:

1. 2009年11月15日,在"深圳读书节"的"读书论坛"上演讲,题为《"文学"如何"教育"——关于"文学课堂"的追怀、重构与阐释》。

2. 2009年11月16日,在深圳大学文学院演讲,题为《"北京记忆"、"图像晚清"以及"有声的中国"》。

3. 2011年11月27日，在深圳演讲，题为《六城记——都市想象与文化记忆》。

4. 2012年5月27日，在《深圳特区报》为纪念创办三十周年而举行的"名家论坛"上，与刘道玉、朱清时两位先生就"国民教育与高校改革"进行学术对话。

5. 2013年11月16日，在"深圳读书论坛"上演讲，题为《八十年代的我们》。

6. 2013年12月30日，在深圳宝安图书馆演讲，题为《读书的立场、趣味与方法》。

7. 2014年7月27日，在深圳"南都公众论坛"演讲，题为《当代中国的"大学文化"》。

8. 2014年12月12日，在香港中文大学（深圳）演讲，题为《此情可待成追忆——中国大学西迁的历史、传说与精神》。

9. 2018年11月10日，出席深圳南山区图书馆理事聘任仪式。

10. 2018年11月11日，在深圳读书节做专题演讲，题为《图像叙事与低调启蒙——晚清画报三十年》。

11. 2019年10月18日，在深圳大学演讲，题为《新文化运动的正面、侧面与背面》。

12. 2019年10月19日上午，参加深圳南山区图书馆理事会。

13. 2019年10月19日下午，出席"说文·写字——陈平原书法展"开展仪式。

14. 2019年11月15日，在深圳出席国务院参事室内刊编辑部和深圳读书月组委会办公室联合举办的"物质之强与精神之强"主题座谈会。

15. 2019年11月16日,参与深圳南山图书馆2019跨年对话"人文与科学"(对话者:南方科技大学刘科,主持人:深圳出版集团尹昌龙)。

16. 2020年11月27日,为深圳南山区干部做专题讲座,题为《岭南文化的蜕变与新生》。

17. 2020年11月28日,参加深圳中心书城举办的"'在历史的天空下'对话:阅读与城市——王京生、樊希安、陈平原对话"。

18. 2020年11月28日,在深圳南山区前檐书店演讲,题为《都市想象与北京记忆》。

19. 2020年11月29日,出席深圳南山区图书馆理事会。

20. 2021年11月获聘深圳市出版和全民阅读专业委员会第一批专家,因疫情无法离京,作为专家代表制作视频祝贺第22届深圳读书节。

对于像我这样不擅长交际且缺乏表演才能的学者来说,如此密集地在深圳抛头露面,已经是相当例外的了——连我自己都很惊讶。

大概是照顾我第一次登场,或得到读书节组委会的叮嘱,反正那场《"文学"如何"教育"》的讲座,深圳媒体反应很热烈,相关报道有:《北京大学中文系主任、著名学者陈平原昨登深圳读书论坛,纵论大学中文系为何不培养作家》(《深圳特区报》2009年11月16日)、《再学术一些,再专业一点》(《深圳商报》2009年11月16日)、《"有诗心才会做出大学问"》(《晶报》2009年11月16日)、《陈平原:唤回那些消逝的"文学课堂"》(深圳新闻网2009年11月17日)、《兴趣是首位,专业排其次——陈平原谈"文学"如何"教育"》(《深圳晚

报》2009年11月18日）。当然，这也与十年前的媒体生态有关。若在今天，无论我如何努力，都很难再占用那么多版面了。

我最怀念的是2012年5月27日在《深圳特区报》为纪念创办三十周年而举行的"名家论坛"上，与刘道玉、朱清时两位先生就"国民教育与高校改革"进行的学术对话。那场对话，媒体事先做了很多渲染，很让人期待。当天现场气氛热烈，我们三人发挥得都不错，可最后报道却极少，只有2012年5月28日《晶报》上的《大学"有病"，根在社会——刘道玉、朱清时、陈平原剖析"国民教育与高校改革"，为高校改革"会诊"》，以及2012年5月28日《南方都市报》上的《刘道玉等专家论大学改革称要学真才实学就出国》。稍为翻阅第一篇报道，就不难明白，为何此次活动的宣传虎头蛇尾。

2013年在"深圳读书论坛"上谈《八十年代的我们》，那次讲座效果也很好，我见到的报道有：《陈平原做客读书论坛回望上世纪80年代与学术人生》（《深圳特区报》2013年11月17日）、《"我是上世纪八十年代的受益者"》（《深圳商报》2013年11月18日）、《陈平原：现在讲述"八十年代"的人都是得利者》（《晶报》2013年11月17日）。此题目日后我在好几处讲过，进一步完善后，写成《遥望八十年代》，初刊《文艺争鸣》2018年第12期，中国人民大学复印报刊资料《中国现代、当代文学研究》2019年3期转载。

最近三四年，因受聘南山区文化顾问以及南山区图书馆理事，我在深圳的活动明显增加，其中有些简直是"神来之笔"。如2018年11月在南山讲《图像叙事与低调启蒙——晚清画报三十年》，第二个月此书便获指标性的深圳读书月"2018年度十大好书"等一系列图书奖，且成了学术畅销书。2019年11月的跨年对话"人文与科学",我自己觉得很精彩,将引言部分整理成《人文与科技:对话的必要与可能》,刊于《中华读书报》2019年12月4日,后收录于今年东方出版社刊行的《文学如何教育——人文视野下的文学教育》。去年(2020)11月,我为深圳南山区干部做题为《岭南文化的蜕变与新生》的专题讲座,有此讲座垫底,今年第六期的《人民画报》和英文版《中国画报》推出大湾区专号,我才敢答应为其撰写导言性质的《岭南文化的新变与大湾区的未来》。至于今年2月1日"南山书房·平原轩"正式运营,大受读者欢迎与媒体追捧,更是让我深感欣慰。

有趣的还在后头。上个月某一天,接紧急通知,我被聘为深圳市出版和全民阅读专业委员会第一批专家,有义务马上自制视频祝贺第22届深圳读书节。时间紧迫,技术生疏,那天晚上真难为我们了。好在妻子聪明绝顶,我又福至心灵,居然在没人指导的情况下,一次拍摄成功。如今抄录下当初的临场发挥,还是挺像样的:"我是陈平原,多次参加深圳读书月的活动,包含了演讲、对话、获奖、开会等等。今天是第22届深圳读书月启动的仪式。今天中国,深圳读书月已经成为一个所有的读书人的节日。不仅是深圳,不仅是广东,某种意义上,全中国的读书人都会关注这个读书月。因为,这里曾经汇聚了那么多思想的才华以及阅读的热情。某种意义上,深圳的读书月已经成为当下中国阅读热情的表征。而经由这二十二年的努力,这已经成为深圳最为重要的一个文化名片。深圳人在这里阅读,阅读中国的,阅读外国的,阅读古代的,也阅读当下的中国。我希望的是,我们越来越多地关注全世界的思想和学术,同时,也越来越多地关注脚下这一方土地。今天不只是读书月,而且深圳的大学在发展,深圳的出版业也在崛起。我希望再过一年、两年、三年、四年,在这个读书月上大家阅

深圳"陈平原教授著作风采展"海报（2021年）

读的作品,很多是由深圳的学者们撰写的,由深圳的出版社出版的。那个时候,阅读、写作、出版、传播,合起来,才是真正完整的深圳的文化形象。谢谢大家。"

与前檐书店再续前缘,制作《小说史学与文学教育——陈平原教授著作风采展》,本以为很简单,不就是新书推介吗,我每年都做。看了书店的制作规划,方才发现这回大不一样,简直是学术生涯回顾展。虽经再三调整,克制过于热切的期待,最终呈现出来的,还是让人惊艳。眼看展期将近,对方还在精益求精,我有些过意不去,怯生生地说:这简直可以直接印成纪念册。主持人王芳直愣愣地回了一句:本就有此设想;而且,书店展完,还想转移到"南山书房·平原轩"长期展出呢。

深圳"陈平原教授著作风采展"概况(2021年)

这下子我服了。于是，奉命撰写引言，说说我与深圳的文化因缘。

2021 年 12 月 15 日于京西圆明园花园

（初刊于《晶报》2021 年 12 月 17 日）